Harry Potter
9

Harry Potter and
the Goblet of Fire

ハリー・ポッターと
炎のゴブレット

4-3

J.K.ローリング

松岡佑子

WIZARDING
WORLD

静山社

To Peter Rowling
in memory of Mr Ridley
and to Susan Sladden,
who helped Harry out of his cupboard

Original Title: HARRY POTTER AND THE GOBLET OF FIRE

First published in Great Britain in 2000
by Bloomsbury Publishing Plc, 50 Bedford Square, London WC1B 3DP

Japanese edition first published in 2002

This book is published in Japan by arrangement with
the author through The Blair Partnership

ハリー・ポッターと炎のゴブレット 4-3 目次

佐竹美保

ハリー・ポッターと炎のゴブレット 4-1 目次

ハリー・ポッターと炎のゴブレット 4-2

第26章　第二の課題

「卵の謎はもう解いたって言ったじゃない！」ハーマイオニーが憤慨した。

「大きな声を出すなよ！」ハリーは不機嫌に言った。「ちょっと――仕上げが必要なだけなんだから。わかった？」

「呪文学」の授業中、ハリーとロン、ハーマイオニーは、教室の一番後ろに三人だけで机を一つ占領していた。今日は「呼び寄せ呪文」の反対呪文――「追いはらい呪文」――を練習することになっていた。いろいろな物体が教室を飛び回ると、始末の悪い事故にならないともかぎらないので、フリットウィック先生は生徒一人にクッションひと山を与えて練習させた。理論的には、たとえ目標を逸《そ》れても、クッションならだれもけがをしないはずだった。理論は立派だったが、実際はそううまくはいかない。ネビルは桁《けた》違いの的外れで、本人にそんなつもりはなくとも、クッションより重いものを教室の端まで飛ばしてしまった――たとえばフリットウィック先生を。

「頼むよ。卵のことはちょっと忘れて」ハリーは小声で言った。ちょうどそのとき、フリットウィック先生があきらめ顔で三人のそばをヒューッと飛び去り、大きなキャビネットの上に着地した。「スネイプとムーディのことを話そうとしてるんだから……」

私語をするには、このクラスはいい隠れ蓑《みの》だった。みな呪文をおもしろがって、三人のことなど気にも止めていない。この半時間ほど、ハリーは昨夜の冒険を少しずつ、ひそひそ声で話して聞かせていた。

「スネイプは、ムーディも研究室を捜索したって言ったのかい？」ロンは興味津々で、目を輝かせてささやいた。同時に、杖《つえ》を一振りして、クッションを一枚「追いはら」った（クッションは宙を飛び、パーバティの帽子を吹き飛ばした）。「どうなんだろう……ムーディは、カルカロフだけじゃなく、スネイプも監視《かんし》するためにここにいるのかな？」

「ダンブルドアがそれを頼んだかどうかわからない。だけど、ムーディは絶対そうしてるな」

ハリーが上の空で杖を振ったので、クッションはできそこないの宙返りをして机から落ちた。

「ムーディが言ったけど、ダンブルドアがスネイプをここに置いているのは、やりなおすチャンスを与えるためだとかなんとか……」

「なんだって？」ロンが目を丸くした。ロンの次のクッションが回転しながら高々と飛び上がり、シャンデリアにぶつかって跳ね返ってフリットウィック先生の机にドサリと落ちた。

「ハリー……もしかしたら、ムーディはスネイプが君の名前を『炎のゴブレット』に入れたと思ってるんじゃないか！」

「でもねえ、ロン」ハーマイオニーがそうじゃないでしょうと首を振りながら言った。「前にもスネイプがハリーを殺そうとしてるって疑ったことがあったけど、あのとき、スネイプはハリーの命を救おうとしてたのよ。憶えてる？」

ハーマイオニーはクッションを「追いはらい」した。クッションは教室を横切って飛び、決められた目的地の箱にスポッと収まった。ハリーはハーマイオニーを見ながら考えていた……たしかに、スネイプは一度ハリーの命を救った。しかし奇妙なことに、スネイプはハリーを毛嫌いしている――学生時代、同窓だったハリーの父親を毛嫌いしていたように。スネイプはハリーを減点処分にするのが大好きだし、罰を与えるチャンスは逃さない。退学処分にすべきだと提案することさえある。

「ムーディがなにを言おうが私は気にしないわ」ハーマイオニーは話し続けた。「ダンブルドアはばかじゃないもの。ハグリッドやルーピン先生を信用なさったのも正しかった。あの人たちを雇おうとしない人は山ほどいるのによ。だから、スネイプについてもまちがっていないはずだわ。たとえスネイプが少し——」

「——悪《わる》でも」ロンがすぐに言葉を引き取った。「だけどさあ、ハーマイオニー、それならどうして『闇の魔法使い捕獲人《ほかくにん》』たちが、揃ってあいつの研究室を捜索するんだい？」

「クラウチさんはどうして仮病なんか使うのかしら？」ハーマイオニーはロンの言葉を無視した。「ちょっと変よね。クリスマス・ダンスパーティにはこられないのに、きたいと思えば、真夜中にここにこられるなんて、おかしくない？」

「君はクラウチが嫌いなんだろう？　しもべ妖精のウィンキーのことで」クッションを窓のほうに吹っ飛ばしながら、ロンが言った。

「あなたこそ、スネイプに難癖《なんくせ》をつけたいだけなんじゃない」クッションをきっちり箱の中へと飛ばしながら、ハーマイオニーが応じた。

「僕はただ、スネイプがやりなおすチャンスをもらう前に、なにをやったかが知りたいんだ」

ハリーが厳しい口調で言った。ハリーのクッションは、自分でも驚いたことに、まっすぐ教室を横切り、ハーマイオニーのクッションの上に見事に着地した。

ホグワーツでなにか変わったことがあればすべて知りたい、というシリウスの言葉に従い、ハリーはその夜、茶モリフクロウにシリウス宛の手紙を持たせた。クラウチがスネイプの研究室に忍び込んだことや、ムーディとスネイプの会話のことを記した。それからハリーは、自分にとってより緊急な課題に真剣に取り組んだ。二月二十四日に、一時間、どうやって水の中で生き延びるかだ。

ロンはまた「呼び寄せ呪文」を使うというアイデアが気に入っていた――ハリーがアクアラングの説明をすると、ロンは、一番近くのマグルの町から一式呼び寄せればいいと提案した。この計画を、ハーマイオニーは即座に却下《きゃっか》した。一時間の制限時間内でハリーが使い方を習得することはありえないし、たとえできたにしても、「国際魔法秘密綱領《ひみつこうりょう》」に触れて失格になるにちがいないと言う。アクアラング一式がホグワーツめざして田舎の空を飛んでいくのを、マグルのだれも気づかないと思うのは虫がよすぎる。

「もちろん、理想的な答えは、あなたが潜水艦かなにかに変身することでしょうけど」ハーマイオニーが言った。「ヒトを変身させるところまで習ってたらよかったのに！　だけど、それは六年生まで待たないといけないし。生半可《なまはんか》に知らないことをやったら、とんでもないことになりかねないし……」

「うん、僕も、頭から潜望鏡を生やしたまま生活するのはうれしくないしね」ハリーが言った。「ムーディの目の前でだれかを襲ったら、ムーディが僕を変身させてくれるかもしれないけど……」

「でも、変身したいものを選ばせてくれるわけじゃないでしょ」ハーマイオニーは真顔で言った。「だめよ。やっぱり一番可能性のあるのは、なにかの呪文だわね」

そしてハリーは、もう一生図書室を見たくないほどうんざりした気分になりながら、またしても埃《ほこり》っぽい本の山に埋もれて、酸素なしでもヒトが生き残れる呪文はないかと探した。ハリーもロンもハーマイオニーも、昼食時、夜、週末全部を通して探しまくったが――ハリーはマクゴナガル先生に願い出て、禁書の棚を利用する許可までもらった上、怒りっぽい、ハゲタカに似た司書のマダム・ピンスにさえ助けを求めたにもかかわらず――水中で一時間生き延びて、それを後々の語り種《ぐさ》にすることができるような手段はまったく見つからなかった。

あの胸騒ぎのような恐怖感がふたたびハリーを悩ませはじめ、授業に集中することができなくなっていた。校庭の景色の一部としてなんの気なしに見ていた湖が、教室の窓近くに座るたびにハリーの目を引いた。湖は、いまや鋼のように灰色の冷たい水を湛《たた》えた巨大な物体に見え、その暗く冷たい水底は月ほどに遠く感じられた。

ホーンテールとの対決を控えたときと同様に、時間が滑り抜けていった。だれかが時計に魔法をかけ、超特急で進めているかのようだ。二月二十四日まであと一週間

（まだ時間はある）……あと五日（もうすぐなにかが見つかるはずだ）……あと三日（お願いだから、なにか教えて……お願い……）。

あと二日に迫った。ハリーはまた食欲がなくなってきた。月曜の朝食でたった一つよかったのは、シリウスに送った茶モリフクロウがもどってきたことだ。羊皮紙《ようひし》をもぎ取り広げると、これまでのシリウスからの手紙の中で最も短い手紙だった。

返信ふくろう便で、次のホグズミード行きの日を知らせよ

ハリーはほかになにかないかと、羊皮紙をひっくり返したが、白紙だった。

「来週の週末よ」ハリーの後ろから手紙を読んでいたハーマイオニーがささやいた。「ほら――私の羽根ペン使って、このふくろうですぐ返事を出しなさいよ」

ハリーはシリウスの手紙の裏に日にちを走り書きし、茶モリフクロウの足にそれを結びつけ、フクロウがふたたび飛び立つのを見送った。僕はなにを期待していたんだろう？　水中で生き残る方法のアドバイスか？　ハリーはスネイプとムーディのことをシリウスに教えるのに夢中で、卵のヒントに触れるのをすっかり忘れていた。

「次のホグズミード行きのこと、シリウスはどうして知りたいのかな？」ロンが言った。

「さあ」ハリーはのろのろと答えた。茶モリフクロウを見たときに一瞬心にはためいた幸福感が萎《しぼ》んでしまった。「行こうか……『魔法生物飼育学』に」

「尻尾《しっぽ》爆発スクリュート」の埋め合わせをするつもりなのか、スクリュートが二匹しか残っていないせいなのか、それともグラブリー‐プランク先生のやることとくらい自分にもできると証明したかったのかはわからない。しかし、仕事に復帰してからずっと、ハグリッドは一角獣《ユニコーン》の授業を続けていた。ハグリッドは、怪物についてと同じくらい一角獣にも詳しかった。ただ、ハグリッドが一角獣に毒牙《どくが》がないのが残念だと思っていることは確かだった。

いったいどうやったのか、今日は、一角獣の赤ん坊を二頭捕らえてきていた。成獣とちがい、純粋な金色だ。パーバティとラベンダーは、二頭を見てうれしさのあまりぼうっと恍惚《こうこつ》状態になり、パンジー・パーキンソンでさえ、どんなに気に入ったか、感情を隠し切れないでいた。

「おとなより見つけやすいぞ」ハグリッドがみなに教えた。「二歳ぐれえになると、銀色になるんだ。そんでもって、四歳ぐれえで角《つの》が生えるな。すっかりおとなになって、七歳ぐれえになるまでは真っ白にはならねえ。赤ん坊のときは、少しばっかり人懐っこいな……男の子でもあんまり嫌がらねえ……ほい、ちょっくら近くにこいや。なぜたければなぜてええぞ……この砂糖の塊《かたまり》を少しやるとええ……」

「ハリー、大丈夫か？」生徒たちが赤ん坊一角獣に群がっている隙を見て、ハグリッドは少し脇に避け、声をひそめてハリーに聞いた。

「うん」ハリーが答えた。

「ちょいと心配か？　ん？」ハグリッドが言った。

「ちょっとね」ハリーが答えた。

「ハリー」ハグリッドは巨大な手でハリーの肩をぽんとたたいた。衝撃でハリーの膝《ひざ》がガクンとなった。「おまえさんがホーンテールと渡り合うのを見る前は、おれも心配しちょった。だがな、いまはわかっちょる。おまえさんはやろうと思ったらなんでもできるんだ。おれはまったく心配しちょらんぞ。おまえさんは大丈夫だ。手がかりはわかったんだな？」

ハリーはうなずいた。しかしうなずきながらも、湖の底で一時間どうやって生き残るのかがわからないのだと、ぶちまけてしまいたい狂おしい衝動に駆られていた。ハリーはハグリッドを見上げた――もしかしたら、ハグリッドはときどき湖に出かけて、中にいる生物の面倒を見ることがあるのではないだろうか？　なにしろ地上の生物はなんでも面倒をみるのだから――。

「おまえさんは勝つ」ハグリッドはうなるように言うと、もう一度ハリーの肩をポンとたたいた。ハリーは柔らかい地面に数センチめり込むのが自分でもわかった。

「おれにはわかる。感じるんだ。おまえさんは勝つぞ、ハリー」

ハグリッドの顔に浮かんだ幸せそうな、確信に満ちた笑顔を拭《ぬぐ》い去ることなんて、ハリーにはとてもできなかった。繕《つくろ》った笑顔を返し、赤ん坊一角獣《ユニコーン》に興味があるふりをして、ハリーは一角獣をなでにみなのところに近づいていった。

いよいよ第二の課題の前夜、ハリーは悪夢に囚われたような気分だった。奇跡が起こって適切な呪文がわかったとしても、一晩で習得するのは至難の業だとハリーは十分認識していた。どうしてこんなことになってしまったのだろう？　もっと早く卵の謎に取り組むべきだったのに。どうして授業を受けるときぼんやりしていたんだろう？——先生が水中で呼吸する方法をどこかで話していたかもしれないのに。

夕日が落ちてからも、ハリー、ロン、ハーマイオニーは、図書室で互いに姿が見えないほど机にうずたかく本を積み、憑《つ》かれたように呪文のページをめくり続けていた。「水」という文字が見つかるたびに、ハリーの心臓は大きく飛び上がったが、たいていはこんな文章だった。「二パイントの水に、刻んだマンドレイクの葉を半ポンド、さらにイモリ……」

「不可能なんじゃないかな」机の向こう側から、ロンの投げやりな声がした。「なんにもない。なぁんにも。一番近いのでも、水溜りや池を干上がらせる『旱魃《かんばつ》の呪文』

だ。だけど、あの湖を干上がらせるには弱すぎて問題にならないよ」

「なにかあるはずよ」ハーマイオニーは蠟燭《ろうそく》を引き寄せながらつぶやいた。疲れ切った目をして、『忘れ去られた古い魔法と呪文』の細かい文字を鼻をくっつけるようにして詳細に読んでいた。「――不可能な課題が出されるはずはないんだから」

「出されたね」ロンが言った。「ハリー、明日はとにかく湖に行け。いいか。頭を水の中に突っ込んで、水中人《マーピープル》に向かってさけべ。なんだか知らないけど、ちょろまかしたものを返せって。やつらが投げ返してくるかどうか様子を見よう。それっきゃないぜ、相棒」

「絶対方法はあるの！」ハーマイオニーが不機嫌な声を出した。「なにかあるはずなの！」

この問題に関して図書室に役立つ情報がないことが、ハーマイオニーには、自分が侮辱されているような気になるらしい。これまで図書室で見つけられないものなどなかったのだから。

「僕、どうするべきだったのか、わかったよ」『トリック好きのためのおいしいトリック』の上に突っ伏して休憩しながら、ハリーが言った。「僕、シリウスみたいに、〝動物もどき《アニメーガス》〟になる方法を習えばよかった」

「うん。好きなときに金魚になれたろうに」ロンが言った。

「それともカエルだ」ハリーがあくびをした。疲れ果てていた。

「〝動物もどき〟になるには何年もかかるのよ。それから登録やらなんやらしなきゃならないし」

ハーマイオニーもぼうっとしていた。今度は『奇妙な魔法のジレンマとその解決法』の索引に目を凝らしている。

「マクゴナガル先生がおっしゃったわ。憶えてるでしょ……『魔法不適正使用取締局』に登録が必要だって……どんな動物に変身するかとか特徴はなにかとか。濫用できないように……」

「ハーマイオニー、僕、冗談で言ったんだよ」ハリーが疲れた声で言った。「明日の朝までにカエルになるチャンスがないことぐらい、わかってる……」

「ああ、これは役に立たないわ」ハーマイオニーは『奇妙な魔法のジレンマとその解決法』をパタンと閉じながら言った。「鼻毛を伸ばして小さな輪を作るですって。どこのどなたがそんなことしたがるって言うの？」

「おれ、やってもいいよ」フレッド・ウィーズリーの声がした。「話の種になるじゃないか」

ハリー、ロン、ハーマイオニーが顔を上げると、どこかの本棚の陰からフレッドとジョージが現れた。

「こんなところで、二人でなにしてるんだ？」ロンが聞いた。

「おまえたちを探してたのさ」ジョージが言った。「マクゴナガルが呼んでるぞ、ロン。ハーマイオニー、君もだ」

「どうして？」ハーマイオニーは驚いた。

「知らん……少し深刻な顔してたけど」フレッドが言った。

「おれたちが、二人をマクゴナガルの部屋に連れていくことになってる」ジョージが言った。

ロンとハーマイオニーはハリーを見つめた。ハリーは胃袋が落ち込むような気がした。マクゴナガル先生は、ロンとハーマイオニーを叱るのだろうか？　どうやって課題をこなすかは、自分一人で考えなければならないのに、二人がどんなにたくさん手伝ってくれているかに気づいたのだろうか？

「談話室で会いましょう」ハーマイオニーはそう言うと、ロンと一緒に席を立った――二人ともとても心配そうだった。「ここにある本、できるだけたくさん持ち帰ってね。いい？」

「わかった」ハリーも不安だった。

八時になると、マダム・ピンスがランプを全部消し、ハリーを巧みに図書室から追い出した。本を持てるだけ持って、重みでよろけながら、ハリーはグリフィンドールの談話室にもどった。テーブルを片隅に引っ張ってきて、ハリーはさらに調べ続けた。『突飛《とっぴ》な魔法戦士のための突飛な魔法』にはなにもない……『中世の魔術ガイドブック』もだめ……『十八世紀の呪文選集』には水中での武勇伝は皆無だ……『深い水底《みなそこ》の不可解な住人』も、『気づかず持ってるあなたの力、気づいたいまはどう使う』にもなにもない。

クルックシャンクスがハリーの膝《ひざ》に乗って丸くなり、低い声で喉《のど》を鳴らした。談話室のハリーのまわりには、次第に人がいなくなった。だれもが明日はがんばれと、ハグリッドと同じように明るい、信じ切った声で応援して出ていった。みながみな、第一の課題で見せたと同じ、目の覚めるような技をハリーが繰り出すだろうことを信じ切っている。ハリーは声援を受けても応えられなかった。ゴルフボールが喉に詰まったかのように、ただ黙ってうなずくだけだった。あと十分で午前零時というとき、談話室はハリーとクルックシャンクスだけになった。持ってきた本は全部調べた。しかし、ロンとハーマイオニーはもどってこない。

おしまいだ。ハリーは自分に言い聞かせた。できない。明日の朝、湖まで行って、審査員にそう言うほかない……。

ハリーは、課題ができませんと審査員に説明している自分の姿を想像した。バグマンが目を丸くして驚く顔が浮かぶ。カルカロフは、満足げに黄色い歯を見せてほくそえむ。フラー・デラクールの声が聞こえるようだ。「わたし、わかってまーした……あのいと《ひ》、わかすぎまーす。あのいと《ひ》、まだちいさな子供でーす」マルフォイが観客席の最前列で、「汚いぞ、ポッター」バッジをチカチカ光らせているのが見える。ハグリッドが、信じられないという顔で、打ち萎《しお》れている……。

クルックシャンクスが膝に乗っていることを忘れ、ハリーは突然立ち上がった。クルックシャンクスは怒ってシャーッと鳴きながら床に落ち、フンという目でハリーを睨《にら》みながら、瓶《びん》洗いブラシのような尻尾《しっぽ》をピンと立てて悠々と立ち去った。しかし、ハリーはもう寝室への螺旋《らせん》階段を駆け上がっていた……いますぐ透明マントを取って、図書室にもどるんだ。徹夜でもなんでもやってやる……。

「ルーモス！　光よ！」十五分後、ハリーは図書室の戸を開いていた。

杖灯《つえあか》りを頼りに、ハリーは本棚から本棚へと忍び足で歩き、本を引っ張り出した――呪いの本、呪文の本、水中人や水中怪獣の本、有名魔女・魔法使いの本、魔法発明の本、とにかく、一言でも水中でのサバイバルに触れてあればなんでもよかった。ハリーは全部の本を机に運び、調べにかかった。細い杖灯りの下で、ときどき腕時計を見ながら、探しに探した……。

午前一時……午前二時……同じ言葉を、何度も何度も自分に言い聞かせて、ハリーは調べ続けた。次の本にこそ……次こそ……次こそ……。

監督生《かんとくせい》の浴室にかかった人魚の絵が、岩の上で笑っている。そのすぐそばの泡だらけの水面に、ハリーはコルクのようにぷかぷか浮かんでいる。人魚がファイアボルトをハリーの頭上にかざした。「ここまでおいで！」人魚は意地悪くすくす笑った。「さあ、飛び上がるのよ！」「僕、できない」ファイアボルトを取りもどそうと空《くう》を引っかき、沈むまいともがきながらハリーは喘《あえ》いだ。「返して！」しかし、人魚は、ハリーに向かって笑いながら、箒《ほうき》の先でハリーの脇腹を痛いほど突ついただけだった。

「痛いよ――やめて――あいたっ――」

「ハリー・ポッターは起きなくてはなりません！」

「突っつくのはやめて――」

「ドビーはハリー・ポッターを突っつかないといけません。ハリー・ポッターは目を覚まさなくてはいけません！」

ハリーは目を開けた。まだ図書室にいた。寝ている間に、透明マントが頭からずり落ち、『杖《つえ》あるところに道は開ける』の本の見開きにべったり頬をつけていた。ハリーは体を起こしてメガネをかけなおし、まぶしい陽光に目を瞬《しばたた》かせた。

「ハリー・ポッターは急がないといけません！」ドビーがキーキー声で言った。「あと十分で第二の課題が始まります。そして、ハリー・ポッターは――」

「十分？」ハリーの声がかすれた。「じっ――十分？」

ハリーは腕時計を見た。ドビーの言うとおりだ。九時二十分過ぎ。ハリーの胸から胃へと、重苦しい大きなものがズーンと落ちていくようだった。

「急ぐのです。ハリー・ポッター！」ドビーはハリーの袖《そで》を引っ張りながら、キーキーさけんだ。「ほかの代表選手と一緒に、湖のそばにいなければならないのです！」

「もう遅いんだ、ドビー」ハリーは絶望的な声を出した。「僕、第二の課題はやらない。どうやっていいか僕には――」

「ハリー・ポッターは、その課題をやります！」妖精がキーキー言った。「ドビーは、ハリー・ポッターが正しい本を見つけなかったことを、知っていました。それで、ドビーは、代わりに見つけました！」

「えっ？　だけど、君は第二の課題がなにかを知らない――」ハリーが言った。

「ドビーは知っております！　ハリー・ポッターは、湖に入って、探さなければなりません。あなたさまのウィージーを――」

「僕の、なにをだって？」

「――そして、水中人《マーピープル》からあなたさまのウィージーを取りもどすのです！」

「ウィージーってなんだい？」

「あなたさまのウィージーでございます。ウィージー――ドビーにセーターをくださったウィージーさまでございます！」

ドビーはショートパンツの上に着ている縮んだ栗色のセーターを摘《つま》んでみせた。

「なんだって？」ハリーは息を呑《の》んだ。「水中人が取ってったのは……取ってったのは、ロン？」

「ハリー・ポッターが一番失いたくないものでございます！」ドビーがキーキー言った。「そして、一時間過ぎると——」

「——『もはや望みはありえない』」ハリーは恐怖に打ちのめされ、目をみはって妖精を見ながら、あの歌を繰り返した。

「『遅すぎたなら　そのものは　もはや二度とはもどらない……』ドビー——僕、なにをすればいいんだろう？」

「あなたさまは、これを食べるのです」

妖精はキーキー言って、ショートパンツのポケットに手を突っ込み、ねずみの尻尾《しっぽ》を団子にしたような、灰緑色のぬるぬるしたものを取り出した。

「湖に入るすぐ前にでございます——ギリウィード、〝えら昆布〟です！」

「なにするもの？」ハリーはえら昆布を見つめた。

「これは、ハリー・ポッターが水中で息ができるようにするのです！」

「ドビー」ハリーは必死だった。「ね——ほんとにそうなの？」

以前にドビーがハリーを〝助けよう〟とした際、結局右腕が骨抜きになってしまったことを、ハリーは完全に忘れるわけにはいかなかった。

「ドビーは、ほんとにほんとでございます！」妖精は大真面目だった。

「ドビーは耳利《みみき》きでございます。ドビーは屋敷妖精でございます。火を起こし、床にモップをかけ、城の隅々まで行くのでございます。ドビーはマクゴナガル先生とムーディ先生が、職員室で次の課題を話しているのを耳にしたのでございます……ドビーはハリー・ポッターにウィージーを失わせるわけにはいかないのです！」

ハリーの疑いは消えた。勢いよく立ち上がり、透明マントを脱いで鞄に丸めて入れ、えら昆布をつかんでポケットに突っ込むと、飛ぶように図書室を出た。ドビーがすぐあとについて出た。

「ドビーは厨房《ちゅうぼう》にもどらなければならないのでございます！」二人でわっと廊下に飛び出したとき、ドビーがキーキー言った。「ドビーがいないことに気づかれてしまいますから――がんばって、ハリー・ポッター、どうぞ、がんばって！」

「あとでね、ドビー！」そうさけぶと、ハリーは全速力で廊下を駆け抜け、階段を三段飛ばしで下りた。

玄関ホールにはまだ何人かうろうろしていた。みな大広間での朝食を終え、樫《かし》の両開き扉を通って第二の課題を観戦しに出かけるところだった。ハリーがそのそばを矢のように駆け抜け、石段を飛び下りる勢いでコリンとデニスのクリービー兄弟を宙に舞い上げながら、まばゆい肌寒い校庭に突進していくのを、みな呆気《あっけ》に取られて見ていた。

芝生を踏んで駆け下りながら、十一月にはドラゴンの囲い地のまわりに作られていた観客席が、今度は湖の反対側の岸辺に沿って築かれているのをハリーは見た。何段にも組み上げられたスタンドは超満員で、下の湖に影を映していた。湖面を渡って不思議に反響する大観衆の興奮したガヤガヤ声を聞きながら、ハリーは全速力で湖の反対側に走り込み、審査員席に近づいた。水際《みぎわ》に金色の垂れ布で覆われたテーブルが置かれ、審査員が着席していた。セドリック、フラー、クラムが審査員席のそばで、ハリーが疾走してくるのを見ていた。

「到着……しました……」

ハリーは泥に足を取られながら急停止し、はずみでフラーのローブに泥を撥《は》ね飛ばしてしまった。

「いったい、どこに行ってたんだ？」威張《いば》った、非難がましい声がした。「課題がまもなく始まるというのに！」

ハリーはきょろきょろ見回した。審査員席に、パーシー・ウィーズリーが座っていた——クラウチ氏はまたしても出席していない。

「まあ、まあ、パーシー！」ルード・バグマンだ。ハリーを見て心底ほっとした様子だった。「息ぐらいつかせてやれ！」

ダンブルドアはハリーにほほえみかけたが、カルカロフとマダム・マクシームは、ハリーの到着をまったく喜んではいなかった……ハリーはもうこないだろうと思っていたことが、表情からはっきり読み取れた。

ハリーは両手を膝《ひざ》に置き、前屈みになってゼイゼイと息を切らしていた。肋骨《ろっこつ》にナイフを刺し込まれたみたいに、脇腹がきりきり痛んだ。しかし、治まるまで待っている時間はない。ルード・バグマンが動き回り、湖の岸に沿って、三メートル間隔に選手を立たせた。ハリーは一番端で、クラムの隣だった。クラムは水泳パンツを履き、すでに杖《つえ》を構えていた。

「大丈夫か？　ハリー？」ハリーをクラムの三メートル隣からさらに数十センチ離して立たせながら、バグマンがささやいた。「なにをすべきか、わかってるね？」

「ええ」ハリーは胸をさすり、喘《あえ》ぎながら言った。

バグマンはハリーの肩をぎゅっとにぎり、審査員席にもどった。そして、ワールドカップのときと同じように、杖を自分の喉《のど》に向け、「ソノーラス！　響け！」と言った。バグマンの声が暗い水面《みなも》を渡り、スタンドに轟《とどろ》いた。

「さて、全選手の準備ができました。第二の課題はわたしのホイッスルを合図に始まります。選手たちは、きっちり一時間のうちに奪われたものを取り返します。では、三つ数えます。いーち……にー……さん！」

ホイッスルが冷たく静かな空気に鋭く鳴り響いた。スタンドが拍手と歓声でどよめく。他の代表選手のことなど見もせずに、ハリーは靴と靴下を脱ぎ、えら昆布をひとつかみポケットから取り出して口に押し込み湖に入っていった。

水は恐ろしく冷たく、氷水というより、両足の肌をジリジリ焼く火のように感じられた。深みへと歩いていくにつれ、水を吸ったローブの重みでハリーは下へ下へと引っ張られた。もう水は膝《ひざ》まできている。足はどんどん感覚がなくなり、泥砂やぬるぬるする平たい石で滑った。ハリーはえら昆布をできるだけ急いで、しっかり噛《か》んだ。ぬるっとしたゴムのようないやな感触で、生の蛸《たこ》の足のようだった。凍《い》てつく水が腰の高さにきたとき、ハリーは立ち止まってえら昆布を飲み込み、なにかが起こるのを待った。

観衆の笑い声が聞こえた。なんの魔力を表す気配もなく湖の中をただ歩いている姿は、きっとまぬけな姿に見えるのだろう。まだ濡れていない皮膚には鳥肌が立ち、氷のような水に半身を浸し、情け容赦ない風に髪を逆立て、ハリーは激しく震え出した。ハリーはスタンドを見ないようにした。笑い声がますます大きくなった。スリザリン生が口笛を吹いたり、野次ったりしている……。

そのときまったく突然、ハリーは見えない枕を口と鼻に押しつけられたような感覚に陥った。息をしようとすると、頭がくらくらする。肺が空っぽだ。その上、急に首の両脇に刺すような痛みを感じた――。

ハリーは両手で喉《のど》を押さえた。すると、耳のすぐ下の大きな裂け目に手が触れた。冷たい空気の中で、パクパクしている……〝えら〟がある。なんのためらいもなくハリーは、これしかない、という行動を取った――水に飛び込んだのだ。

ガブリと最初の一口を飲むと、氷のような湖の水が命の源のように感じられる。頭のくらくらが止まった。もう一口大きくガブリと飲んだ。水がえらを滑らかに通り抜け、脳に酸素を送り込むのを感じた。ハリーは両手を目の前に突き出して見つめた。水の中では緑色で半透明に見える。それに、水搔《みずか》きができている。身をよじってむき出しの足を見た――足は細長く伸びて、やはり指の間に水搔きがあった。まるで、えら足が生えたようだった。

水も、もう氷のようではない……それどころか、冷たさが心地よく、とても軽かった……ハリーはもう一度水を蹴ってみた。えら足が推進力になり、驚くほど速く、遠くまで動ける。それに、なんとはっきり見えるんだろう。もう瞬きをする必要もない。たちまち岸からずっと離れ、湖底が見えないほど遠いところまできていた。ハリーは身を翻《ひるがえ》し、頭を下にして湖深く潜っていった。

見たこともない暗い、霧のかかったような景色を下に見ながら、ハリーは泳ぎ続けた。静寂が鼓膜を押した。視界は周辺二、三メートルしかきかなかったので、前へ前へと泳いでいくと、突然新しい景色が前方の闇からぬっと姿を現した。もつれ合った黒い水草がゆらゆら揺れる森、泥の中に鈍い光を放つ石が点々と転がる広い平原。ハリーは深みへ深みへと、湖の中心に向かって泳いだ。周囲の不可思議な灰色に光る水を透かして、目を大きく見開き、前方の半透明の水に映る黒い影を見つめながら、ハリーは進んだ。

小さな魚が、ハリーの横を銀のダーツのようにキラッキラッと通り過ぎていった。一、二度、行く手になにかやや大きなものが動いたように思ったが、近づいてみると、単に黒くなった大きな水中木だったり、水草の密生した茂みなどだった。ほかの選手の姿も、水中人もロンも、まったくその気配はない――それに、ありがたいことに、大イカの影もない。

淡い緑色の水草が、目の届くかぎり先まで広がっている。一メートル弱の高さに伸びた、草ぼうぼうの牧草地のようだ。薄暗がりの中になにか形のあるものを見つけようと、ハリーは瞬きもせずに前方を見つめ続けた……すると、突如、なにかがハリーの足首をつかんだ。

ハリーは体をひねって足元を見た。グリンデロー、水魔だ。小さな、角《つの》のある魔物で、水草の中から顔を出し、長い指でハリーの足をがっちりつかんで尖《とが》った歯をむき出している――ハリーは水掻《みずか》きのついた手を急いでローブに突っ込み、杖《つえ》を探った――やっと杖をつかんだときには、水魔があと二匹、水草の中から現れてローブをぎゅっとにぎり、ハリーを引きずり込もうとしていた。

「レラシオ！　放せ！」ハリーはさけんだ。ただ、音は出てこない……大きな泡が一つ口から出てきた。杖からは、火花が飛ぶかわりに熱湯のようなものが噴き出て水魔を連打した。水魔に当たると、緑の皮膚に赤い斑点《はんてん》ができた。ハリーは水魔ににぎられていた足を引っ張って振り解き、ときどき肩越しに熱湯を当てずっぽうに噴射しながら、できるだけ速く泳いだ。何度か水魔がまた足をつかむのを感じたが、ハリーは思い切り蹴飛ばした。角《つの》のある頭が触れたような気がして振り返ると、気絶した水魔が白目をむいて流されていった。仲間の水魔はハリーに向かって拳《こぶし》を振り上げながら、ふたたび水草の中に潜っていった。

ハリーは少しスピードを落とし、杖をローブに滑り込ませ、まわりを見回してもう一度耳を澄ませた。水の中で一回転すると、静寂が前にも増して強く鼓膜を押した。いまはもう、湖のずいぶん深いところにいるにちがいない。しかし、揺れる水草以外に動くものはなにもなかった。

「うまくいってる？」

ハリーは心臓が止まるかと思った。くるりと振り返ると、「嘆きのマートル」がいた。ハリーの目の前に、ぼんやりと浮かび、分厚い半透明のメガネの向こうからハリーを見つめている。

「マートル！」ハリーはさけぼうとした――しかし、またしても、口から出たのは大きな泡一つだった。「嘆きのマートル」は声を出してくすくす笑った。「あっちを探してみなさいよ！」マートルは指さしながら言った。「わたしは一緒に行かないわ……あの連中はあんまり好きじゃないんだ。わたしがあんまり近づくと、いっつも追いかけてくるのよね……」

ハリーは感謝を表すために親指を上げる仕草をして、ふたたび泳ぎ出した。水草にひそむ水魔にまた捕まったりしないよう、今度は水草より少し高いところを泳ぐように気をつけた。

かれこれ二十分も泳ぎ続けたろうか。ハリーは、黒い泥地が広々と続く場所を通り過ぎていた。水を掻《か》くたびに黒い泥が巻き上がり、あたりが濁った。そして、ついに、あの耳について離れない、水中人歌が聞こえてきた。

　探す時間は　一時間
　取り返すべし　大切なもの……

ハリーは急いだ。まもなく、前方の泥で濁った水の中に大きな岩が見えてきた。岩には水中人の絵が描いてあった。槍《やり》を手に、巨大イカのようなものを追っている。ハリーは水中人歌を追って、岩を通り過ぎた。

……時間は半分　ぐずぐずするな
求めるものが　朽ち果てぬよう……

藻《も》に覆われた粗削りの石の住居の連なりが、薄暗がりの中から突然姿を現した。方々の暗い窓から覗く顔、顔……監督生《かんとくせい》の浴室に描かれていた人魚の絵とは似ても似つかぬ顔が見えた。

水中人の肌は灰色味を帯び、ぼうぼうとした長い暗緑色の髪をしていた。目は黄色く、あちこち欠けた歯も黄色だった。首には丸石をつなげたロープを巻きつけている。ハリーが泳いでいくのを、みな横目で見送った。その中の一人、二人が力強い尾びれで水を打ち、槍《やり》を手に洞窟から出てきて、ハリーをもっとよく見ようとした。

ハリーは目を凝らしてあたりを見ながら、スピードを上げた。まもなく穴居《けっきょ》の数がさらに増えた。まわりに水草の庭がある家もあるし、ドアの外に水魔をペットにして杭に繋《つな》いでいる家さえあった。いまや水中人が四方八方から近づいてきて、ハリーをしげしげ眺め、水掻《みずか》きのある手やえらを指さしては、口元を手で隠してひそひそ話をしていた。急いで角を曲がると、不思議な光景が目に入った。

水中人村の祭り広場のようなところを囲んで家が立ち並び、大勢の水中人がたむろしていた。その真ん中で、水中人コーラス隊が歌い、代表選手を呼び寄せている。後ろには、粗削りの石像が立っていた。大岩を削った巨大な水中人の像だ。その像の尾の部分に、四人の人間がしっかり縛りつけられていた。ロンはチョウ・チャンとハーマイオニーの間に縛られている。もう一人の女の子はせいぜい八歳ぐらいで、銀色の豊かな髪から考えると、フラー・デラクールの妹にちがいない。四人ともぐっすり眠っているようだ。頭をだらりと肩にもたせかけ、口から細かい泡がプクプク立ち昇っている。

ハリーは人質のほうへと急いだ。水中人が槍《やり》を構えてハリーを襲うのではないかと半ば覚悟していたが、なにもしない。人質を巨像に縛りつけている水草のロープは、太く、ぬるぬるして強靭《きょうじん》だった。一瞬、ハリーは、シリウスがクリスマスにくれたナイフのことを思った——遠く離れたホグワーツ城のトランクに鍵をかけてしまってある。いまはなんの役にも立たない。

ハリーはあたりを見回した。まわりにいる水中人の多くが槍を抱えている。ハリーは身の丈二メートル豊かな水中人のところに急いで泳いでいった。長い緑の顎《あご》ひげを蓄え、サメの歯をつないで首にかけている。ハリーは手まねで槍を貸してくれと頼んだ。水中人は声を上げて笑い、首を横に振った。「われらは助けはせぬ」厳しい、しわがれた声だ。

「お願いだ！」ハリーは強い口調で言った（しかし、口から出るのは泡ばかりだった）。槍を引っ張って、水中人の手から奪い取ろうとしたが、水中人はぐいと引いて、首を振りながらまだ笑っていた。

ハリーはぐるぐる回りながら、目を凝らしてあたりを見た。なにか尖《とが》った物はないか……なにかないか……。湖底には石が散乱していた。ハリーは潜って一番ギザギザした石を拾い、石像のところへもどった。ロンを縛りつけているロープに石を打ちつけ、数分間の苦労の末、ロープをたたき切った。ロンは気を失ったまま、湖底から十数センチのところに浮かび、水の流れに乗ってゆらゆら漂っていた。

ハリーはきょろきょろあたりを見回した。ほかの代表選手がくる気配がない。なにをもたもたしてるんだ？　どうして早くこない？　ハリーはハーマイオニーのほうに向きなおり、同じ石で縄目《なわめ》をたたき切りはじめた――。

たちまち何本かの屈強《くっきょう》な灰色の手がハリーを押さえた。五、六人の水中人が、緑の髪を振り立て、声を上げながらハリーをハーマイオニーから引き離そうとした。

「自分の人質だけを連れていけ」一人が言った。「ほかの者は放っておけ……」

「それは、できない！」ハリーが激しい口調で言った——しかし、大きな泡が二つ出てきただけだった。

「おまえの課題は、自分の友人を取り返すことだ……ほかにかまうな……」

「この子も僕の友達だ！」ハーマイオニーを指さして、ハリーがさけんだ。「それに、ほかの子たちも死なせるわけにはいかない！」巨大な銀色の泡が一つ、音もなくハリーの唇から現れた。

チョウは、ハーマイオニーの肩に頭をもたせかけていた。銀色の髪の小さな女の子は、透き通った真っ青な顔をしている。ハリーは水中人を振りはらおうともがいたが、水中人はますます大声で笑いながらハリーを押さえつけた。ハリーは必死にあたりを見回した。いったいほかの選手はどうしたんだ？　ロンを湖面まで連れていってからもどって、ハーマイオニーやほかの人質を助ける時間はあるだろうか？　もう一度きて、また人質を見つけることができるだろうか？

ハリーは残り時間はどのくらいかと、腕時計を見た——止まっている。しかしそのとき、水中人が興奮してハリーの頭上を指さした。見上げると、セドリックが泳いでくる。頭のまわりに大きな泡がついている。セドリックの顔は、その中で奇妙に横に広がって見えた。

「道に迷ったんだ」パニック状態のセドリックの口が、そう言っている。「フラーも

クラムもいまくる！」

ハリーはほっとして、セドリックがナイフをポケットから取り出し、チョウの縄を切るのを見ていた。セドリックはチョウを引っ張り上げ、姿を消した。

ハリーはあたりを見回しながら待っていた。フラーとクラムはどこだろう？　時間は残り少ない。歌によれば、一時間経つと人質は永久に失われてしまう……。

水中人たちが興奮してギャアギャア騒ぎ出した。ハリーを押さえていた手が緩み、水中人が振り返って背後を見つめた。ハリーも振り返って見ると、水を切り裂きながら近づいてくる怪物のようなものが見えた。水泳パンツを履いた胴体にサメの頭……クラムだ。変身したらしい――ただし、やりそこなっている。

サメ男はまっすぐにハーマイオニーのところにきて縄に噛《か》みつき、噛み切りはじめた。残念ながらクラムの新しい歯は、イルカより小さいものを噛み切るには非常に不便な歯並びだった。注意しないと、まちがいなくハーマイオニーを真っ二つに噛み切ってしまう。ハリーは飛び出して、クラムの肩を強くたたき、持っていたギザギザの石を差し出した。クラムはそれをつかみ、ハーマイオニーの縄を切りはじめた。数秒で切り終えると、クラムはハーマイオニーの腰のあたりをむんずと抱え、ちらりとも振り返らず、湖面めざして急速浮上していった。

さあどうする？　ハリーは必死だった。フラーがくると確信できるなら……しかし、そんな気配はまだない。もうどうしようもない……。ハリーはクラムが捨てていった石を拾い上げた。しかし水中人が、今度はロンと少女を取り囲み、ハリーに向かって首を振る。ハリーは杖《つえ》を取り出した。

「邪魔するな！」ハリーの口からは泡しか出てこなかったが、ハリーは手応えを感じた。水中人には自分の言っていることがわかったらしい。急に笑うのをやめたからだ。黄色い目がハリーの杖に釘づけになり、怖がっているように見えた。水中人の数は、たった一人のハリーよりはるかに多い。しかし、水中人の表情から、彼らの魔法についての知識は、大イカと同じ程度しかないと踏んだ。

「三つ数えるまで待ってやる！」ハリーがさけんだ。ハリーの口から、ブクブクと泡が噴き出した。それでも、ハリーは指を三本立て、水中人にまちがいなく言いたいことを伝えようとした。

「ひとーつ……」（ハリーは指を一本折った）――。「ふたーつ……」（二本折った）――。

水中人が散り散りになった。ハリーはすかさず飛び込んで、少女を石像に縛りつけている縄をたたき切りはじめた。ついに少女は自由になった。ハリーは少女の腰のあたりを抱え、ロンのローブの襟首《えりくび》をつかみ、湖底を蹴った。

なんとものろのろとした作業だった。もう水掻《みずか》きのある手を使って前に進むことはできない。ハリーはえら足を激しくばたつかせた。しかし、ロンとフラーの妹は、ジャガイモをいっぱいに詰め込んだ袋のように重く、湖底へとハリーを引きずり下ろす……湖面までの水は暗く、まだかなり深いところにいることはわかっていたが、ハリーはしっかりと天を見つめていた。

水中人がハリーと一緒に上がってきた。ハリーが水と悪戦苦闘するのを眺めながら、まわりを楽々泳ぎ回っている……。時間切れになったら、水中人はハリーを湖深く引きもどすのだろうか？　水中人はヒトを食うんだっけ？　泳ぎ疲れて足が攣《つ》りそうだ。ロンと少女を引っ張り上げようとしているので、肩も激しく痛んだ……。

息が苦しくなってきた。首の両側に、ふたたび痛みを感じた……口の中で、水が重たくなったのが、はっきりわかった……闇は確実に薄らいできた……上に陽の光が見える……。

ハリーはえら足で強く蹴った。しかし、足はもう普通の足だった……水が口に、そして肺にどっと流れ込んできた……目がくらむ。もう少し。光と空気はほんの三メートル上にある……たどり着くんだ……たどり着かなければ……。ハリーは両足を思い切り強く、速くばたつかせて水を蹴った。筋肉が抵抗の悲鳴を上げているように感じる。頭の中が水浸しだ。息ができない。酸素が欲しい。やめることはできない。やめてたまるか――。

そのとき、頭が水面を突き破るのを感じた。すばらしい、冷たい澄んだ空気が、ハリーの濡れた顔をちくちくと刺すようだった。ハリーは思い切り空気を吸い込んだ。これまで一度もちゃんと息を吸ったことがなかったような気がした。そして、喘《あえ》ぎ喘ぎ、ハリーはロンと少女を引き上げた。ハリーのまわりをぐるりと囲んで、ぼうぼうとした緑の髪の頭がいっせいに水面に現れた。みなハリーに笑いかけている。

スタンドの観衆が大騒ぎしていた。さけんだり悲鳴を上げたり、総立ちになっているようだ。みな、ロンと少女が死んだと思っているのだろう。だが、そうではない……二人とも目を開けた。少女は混乱して怖がっていたが、ロンはピューッと水を吐き出し、明るい陽射しに目を瞬《しばたた》かせ、ハリーを見て言った。

「びしょびしょだな、こりゃ」たったそれだけだ。それからフラーの妹に目を止め、ロンが言った。「なんのためにこの子を連れてきたんだい?」

「フラーが現れなかったんだ。僕、この子を残しておけなかった」ハリーがゼイゼイと言った。

「ハリー、ドジだな」ロンが言った。「あの歌を真に受けたのか? ダンブルドアが僕たちを溺《おぼ》れさせるわけないだろ!」

「だけど、歌が――」

「制限時間内に君がまちがいなくもどれるように歌ってただけなんだ！」ロンが言った。「英雄気取りで、湖の底で時間をむだにしたんじゃないだろうな」

ハリーは自分のばかさかげんとロンの言い方の両方に嫌気がさした。ロンはそれでいいだろう。君はずっと眠っていたんだから。やすやすと人を殺《あや》めそうな、槍《やり》を持った水中人に取り囲まれて、湖の底でどんなに不気味な思いをしたか、君は知らずにすんだのだから。

「行こう」ハリーはぽつんと言った。「この子を連れてゆくのを手伝って。あんまり泳げないようだから」

フラーの妹を引っ張り、二人は岸に向かった。審査員が岸辺に立って眺めている。二十人の水中人が護衛兵のようにハリーとロンにつき添い、恐ろしい悲鳴のような歌を歌っていた。

マダム・ポンフリーが、せかせかとハーマイオニー、クラム、セドリック、チョウの世話をしているのが見えた。みな厚い毛布に包まっている。ダンブルドアとルード・バグマンが岸辺から、近づいてくるハリーとロンににっこり笑いかけていた。しかし、パーシーは蒼白《そうはく》な顔で、なぜかいつもよりずっと幼く見えた。パーシーが水しぶきを上げて二人に駆け寄った。マダム・マクシームは、湖にもどろうと半狂乱で必死にもがいているフラー・デラクールを抑えようとしていた。

「ガブリエール！　ガブリエール！　あの子は生きているの？　けがしてないの？」

「大丈夫だよ！」ハリーはそう伝えようとした。しかし、疲労困憊《こんぱい》で、ほとんど口をきくこともできない。ましてや大声を出すことなどできなかった。

パーシーはロンをつかみ、岸まで引っ張っていこうとした（「放せよ、パーシー。僕、なんともないんだから！」）。ダンブルドアとバグマンがハリーに手を貸して立たせた。フラーはマダム・マクシームの制止を振り切って、妹をしっかり抱きしめた。

「水魔なの……わたーし、襲われて……ああ、ガブリエール、もうだめかと……だめかと……」

「こっちへ。ほら」マダム・ポンフリーの声がした。ハリーを捕まえると、マダム・ポンフリーは、ハーマイオニーやほかの人がいるところにハリーを引っ張ってきて、毛布に包んだ。あまりにきっちり包まれて、ハリーは身動きができなかった。熱い煎《せん》じ薬を一杯、喉《のど》に流し込まれると、ハリーの耳から湯気が噴き出した。

「よくやったわ、ハリー！」ハーマイオニーがさけんだ。「できたのね。自分一人でやり方を見つけたのね！」

「えーと――」ハリーは口ごもった。ドビーのことを話すつもりだった。しかし、そのとき、カルカロフがハリーを見つめているのに気づいた。カルカロフはただ一人、審査員席を離れていない。ハリー、ロン、フラーの妹が無事もどったことに、カルカロフだけが、喜びも安堵《あんど》の素振りも見せていなかった。

「うん、そうさ」ハリーは、カルカロフに聞こえるように、少し声を張り上げた。

「髪にゲンゴロウがついているよ、ハーム‐オウン‐ニニー」クラムが言った。

クラムはハーマイオニーの関心を取りもどそうとしている、とハリーは感じた。たったいま、湖から君を救い出したのは僕だよと言いたいのだろう。しかしハーマイオニーは、うるさそうにゲンゴロウを髪から払いのけ、こう言った。

「でも、あなた、制限時間をずいぶんオーバーしたのよ、ハリー……私たちを見つけるのに、そんなに長くかかったの？」

「ううん……ちゃんと見つけたけど……」ばかだったという気持ちが募った。ダンブルドアが安全対策を講じていて、代表選手が現れなかったからといって人質を死なせたりするはずがない。水から上がってみると、そんなことは明々白々だと思えた。ロンだけを取り返してもどってくればよかったのに。自分が一番にもどれたのに……。セドリックやクラムは、ほかの人質のことを心配して時間をむだにしたりはしなかった。水中人の歌を真に受けたりはしなかった……。

ダンブルドアは水際《みぎわ》にかがみ込んで、水中人の長《おさ》らしい、ひときわ荒々しく恐ろしい顔つきの女水中人《マーメイド》と話し込んでいた。水中人は水から出ると悲鳴のような声を発するが、ダンブルドアも同じような音で話している。ダンブルドアはマーミッシュ語が話せるのだ。ようやくダンブルドアが立ち上がり、審査員に向かって言った。

「どうやら、点数をつける前に、協議じゃ」

審査員が秘密会議に入った。マダム・ポンフリーが、パーシーにがっちり捕まっているロンを救出に行った。ハリーやほかのみながいるところにロンを連れてくると、マダム・ポンフリーはロンに毛布をかけ、「元気爆発薬」を飲ませ、それからフラーと妹を迎えにいった。フラーは顔や腕が切り傷だらけでローブは破れていたが、そんなことはまったく気にかけない様子で、マダム・ポンフリーがきれいにしようとしても断った。

「ガブリエールの面倒をみて」フラーはそう言うと、ハリーに目を移した。「あなた、妹を助けました」フラーは声を詰まらせた。「あの子があなたのい《ひ》とじちではなかったのに」

「うん」ハリーは女の子を三人全部、石像に縛られたまま残してくれればよかったと、いま、心からそう思っていた。

フラーは身をかがめて、ハリーの両頬に二回ずつキスした（ハリーは顔が燃えるかと思った。また耳から湯気が出てもおかしくない）。それからフラーはロンに言った。

「それに、あなたもです――エ《へ》ルプしてくれました――」

「うん」ロンはなにかを期待しているように見えた。「ちょっとだけね――」

フラーはロンの上にかがみ込んで、ロンにもキスした。ハーマイオニーはぷんぷん怒っている顔だ。しかしそのとき、ルード・バグマンの魔法で拡大された声がすぐそばで轟《とどろ》き、みな飛び上がった。スタンドの観衆はしんとなった。

「レディーズ　アンド　ジェントルメン。審査結果が出ました。水中人の女長《おんなおさ》、マーカスが、湖底でなにがあったかを仔細《しさい》に話してくれました。そこで、50点満点で、各代表選手は次のような得点となりました……」

「ミス・デラクール。すばらしい『泡頭呪文《あぶくあたまじゅもん》』を使いましたが、水魔に襲われ、ゴールにたどり着けず、人質を取り返すことができませんでした。得点は25点」

スタンドから拍手がわいた。

「わたーしは零点のいと《ひ》です」見事な髪の頭を横に振りながら、フラーが喉《のど》を詰まらせた。

「セドリック・ディゴリー君。やはり『泡頭呪文』を使い、最初に人質を連れて帰ってきました。ただし、制限時間の一時間を一分オーバー」

ハッフルパフから大きな声援がわいた。チョウがセドリックに熱い視線を送ったのをハリーは見た。

「そこで、47点を与えます」

ハリーはがっかりした。セドリックがオーバーなら、自分は絶対オーバーだ。

「ビクトール・クラム君は変身術が中途半端でしたが、効果的なことに変わりはありません。人質を連れもどしたのは二番目でした。得点は40点」

カルカロフが得意顔で、とびきり大きく拍手した。

「ハリー・ポッター君の〝えら昆布〟はとくに効果が大きい」解説は続く。「もどってきたのは最後でしたし、一時間の制限時間を大きくオーバーしていました。しかし、水中人《マーピープル》の長《おさ》の報告によれば、ポッター君は最初に人質に到着したとのことです。遅れたのは、自分の人質だけではなく、全部の人質を安全にもどらせようと決意したせいだとのことです」

ロンとハーマイオニーは半ば呆《あき》れ、半ば同情するような目でハリーを見た。

「ほとんどの審査員が」――と、ここでバグマンは、カルカロフをじろりと見た――「これこそ道徳的な力を示すものであり、50点満点に値するとの意見でした。しかしながら……ポッター君の得点は45点です」

ハリーは胃袋が飛び上がった――これで、セドリックと同点一位になった。ロンとハーマイオニーは、きょとんとしてハリーを見つめたが、すぐに笑い出して、観衆と一緒に力一杯拍手した。

「やったぜ、ハリー！」ロンが歓声に負けじと声を張り上げた。「君は結局まぬけじゃなかったんだ――道徳的な力を見せたんだ！」

フラーも大きな拍手を送っていた。しかし、クラムはまったくうれしそうではなかった。なんとかハーマイオニーと話そうとしていたが、ハーマイオニーはハリーに声援を送るのに夢中で、クラムの話になど耳を貸そうとしなかった。

「第三の課題、最終課題は、六月二十四日の夕暮れ時に行われます」引き続きバグマンの声がした。「代表選手は、そのきっかり一か月前に、課題の内容を知らされることになります。諸君、代表選手の応援をありがとう」

終わった。ぼうっとした頭でハリーはそう思った。マダム・ポンフリーが代表選手と人質の濡れた服を着替えさせるために、みなを引率して城へと歩き出したところだった。……終わったんだ。通過したんだ……六月二十四日までは、もうなにも心配する必要はないんだ……。

城に入る石段を上りながら、ハリーは心に決めた。今度ホグズミードに行ったら、ドビーに、一日一足として一年分の靴下を買ってきてやろう。

第27章　パッドフット帰る

第二の課題の余波《よは》で一つよかったのは、湖の底で起こっていたことを、だれもが詳しく聞きたがったことだ。つまり、はじめてロンが、ハリーと一緒に脚光を浴びることになった。ただ、ロンが話す事件の経緯《けいい》が、毎回微妙にちがうことにハリーは気づいた。最初は、真実だと思われる話、少なくともハーマイオニーの話と一致していた――マクゴナガル先生の部屋でダンブルドアが人質役全員に、安全であることと水から上がれば目覚めることを保証し、それから眠りの魔法をかけた、というものだった。ところが一週間経つと、ロンの話はスリルに満ちた誘拐話に変わっていた。ロンがたった一人で五十人もの武装した水中人と戦い、さんざん打ちのめされて服従させられ、縛り上げられたというものになっていた。

「だけど、僕、袖《そで》に杖《つえ》を隠してたんだ」ロンがパドマ・パチルに話して聞かせた。パドマは、ロンが注目の的になっているので、前よりずっと関心を持ったらしく、廊下ですれちがうたびにロンに話しかけた。

「やろうと思えばいつでも、ばか水中人なんかやっつけられたんだ」

「どうするつもりだったの？　いびきでも吹っかけてやるつもりだった？」

ハーマイオニーはぴりっと皮肉った。ビクトール・クラムの失いたくないものがハーマイオニーだったことをだれもがからかうので、かなり気が立っていたのだ。

ロンは耳元を赤らめ、それからは元の「魔法の眠り」版に話をもどした。

三月に入ると、天気はからっとしてきたが、校庭に出ると風が情け容赦なく手や顔を赤むけにした。ふくろうが吹き飛ばされて進路を逸《そ》れるため、郵便も遅れた。ホグズミード行きの日にちをシリウスに知らせる手紙を託したふくろうは、金曜の朝食時にもどってきた。全身の羽の半分が逆立っていた。ハリーがシリウスの返信を外すや、あわてて茶モリフクロウは飛び去った。また配達に出されてはかなわないと思ったにちがいない。

シリウスの手紙は前のと同じくらい短かった。


ホグズミードから出る道に、柵《さく》が立っている（ダービシュ・アンド・バングズ店を過ぎたところだ）。土曜日の午後二時に、そこにいること。食べ物を持てるだけ持ってきてくれ。

「まさかホグズミードに帰ってきたんじゃないだろうな？」ロンが信じられないという顔をした。

「帰ってきているみたいね？」ハーマイオニーが言った。

「そんなばかな」ハリーが緊張した。「捕まったらどうするつもり……」

「これまでは大丈夫だったみたいだ」ロンが言った。「それに、あそこはもう、吸魂鬼《ディメンター》がうじゃうじゃというわけじゃないし」

ハリーは手紙を折りたたみ、あれこれ考えた。正直言って、ハリーはシリウスに会いたくてたまらない。だから、午後の最後の授業に出かけるときも――二時限続きの「魔法薬学」の授業だ――地下牢教室への階段を下りながら、いつもよりずっと心がはずんでいた。

マルフォイ、クラッブ、ゴイルが、パンジー・パーキンソンの率いるスリザリンの女子生徒と一緒に教室のドアの前に群がっていた。ハリーからは見えないなにかを見て、みなで思い切りくすくす笑いをしている。ハリー、ロン、ハーマイオニーが近づくと、ゴイルのだだっ広い背中の陰から、パンジーのパグ犬そっくりの顔が、興奮してこちらを覗いた。

「きた、きた！」パンジーがくすくす笑った。すると塊《かたま》っていたスリザリン生の群れがパッと割れた。パンジーが手にした雑誌が、ハリーの目に入った――「週刊魔女《しゅうかんまじょ》」だ。表紙の動く写真は巻き毛の魔女で、にっこり歯を見せて笑い、杖《つえ》で大きなスポンジケーキを指している。

「あなたの関心がありそうな記事が載ってるわよ、グレンジャー！」パンジーが大声でそう言いながら、雑誌をハーマイオニーに投げてよこした。ハーマイオニーは驚いたような顔で受け取った。そのとき、地下牢のドアが開いて、スネイプがみなに入れと合図した。

ハーマイオニー、ハリー、ロンは、いつものように地下牢教室の最後列に向かった。スネイプが今日の魔法薬の材料を書くのに黒板を向いたとたん、ハーマイオニーは急いで机の下で雑誌をめくった。真ん中のページに、ハーマイオニーは探している記事を見つけた。ハリーとロンも横から覗き込んだ。ハリーのカラー写真の下に短い記事が載り、「ハリー・ポッターの密《ひそ》やかな胸の痛み」と題がついている。

　ほかの少年とはちがう。そうかもしれない――しかしやはり少年だ。あらゆる青春の痛みを感じている。と、リータ・スキーターは書いている。両親の悲劇的な死以来、愛を奪われた十四歳のハリー・ポッターは、ホグワーツでマグル出身のハーマイオニー・グレンジャーというガールフレンドを得て、安らぎを見出していた。すでに痛みに満ちたその人生で、やがてまた一つ心の痛手を味わうことになろうとは、少年は知る由《よし》もなかったのである。

ミス・グレンジャーは、美しいとは言いがたいが、有名な魔法使いがお好みの野心家で、ハリーだけでは満足できないらしい。先ごろ行われたクィディッチ・ワールドカップのヒーローでブルガリアのシーカー、ビクトール・クラムがホグワーツにやってきて以来、ミス・グレンジャーは二人の少年の愛情をもてあそんできた。クラムが、このすれっ枯《か》らしのミス・グレンジャーに首ったけなのは公の事実だが、夏休みにブルガリアにきてくれとすでに招待している。クラムは、「こんな気持ちをほかの女の子に感じたことはない」とはっきり言った。

しかしながら、この不幸な少年たちの心をつかんだのは、ミス・グレンジャーの自然な魅力（それも大した魅力ではないが）ではないかもしれない。

「あの子、ブスよ」活発でかわいらしい四年生のパンジー・パーキンソンは、そう言う。「だけど、『愛《あい》の妙薬《みょうやく》』を調合することは考えたかもしれない。頭でっかちだから。たぶん、そうしたんだと思うわ」

「愛の妙薬」はもちろん、ホグワーツでは禁じられている。アルバス・ダンブルドアは、この件の調査に乗り出すべきであろう。しばらくの間ハリーの応援団としては、次にはもっとふさわしい相手に心を捧げることを願うばかりである。

「だから言ったじゃないか！」記事をじっと見下ろしているハーマイオニーに、ロンが歯ぎしりしながらささやいた。「リータ・スキーターにかまうなって、そう言ったろう！　あいつ、君のことを、なんていうか——緋色《ひいろ》のおべべ扱いだ！」

愕然《がくぜん》としていたハーマイオニーの表情が崩れ、プッと吹き出した。

「緋色のおべべ？」ハーマイオニーはロンのほうを見て、体を震わせて笑いをこらえていた。

「ママがそう呼ぶんだ。その手の女の人を」ロンはまた耳を真っ赤にしてボソボソつぶやいた。

「せいぜいこの程度なら、リータも衰えたものね」ハーマイオニーはまだ笑いを口元に残しながら、隣の空いた椅子に「週刊魔女」を放り出した。「ばかばかしいの一言だわ」

ハーマイオニーはスリザリンのほうを見た。スリザリン生はみな、記事の嫌がらせ効果は上がったかと、教室の向こうからハーマイオニーとハリーの様子をじっと窺《うかが》っていた。ハーマイオニーは皮肉っぽくほほえんで手を振り、そして、ハリー、ロンと一緒に「頭冴え薬《あたまさえぐすり》」に必要な材料を広げはじめた。

「だけど、ちょっと変だわね」十分後、タマオシコガネの入った乳鉢《にゅうばち》の上で乳棒を持った手を休め、ハーマイオニーが言った。「リータ・スキーターはどうして知ってたのかしら……?」

「なにを?」ロンが聞き返した。「君、まさか『愛の妙薬』、調合してたの?」

「ばか言わないで」ハーマイオニーはぴしゃりと言って、またタマオシコガネをトントンつぶしはじめた。「ちがうわよ。ただ……夏休みにきてくれって、ビクトールが私に言ったこと、どうして知ってるのかしら?」

そう言いながら、ハーマイオニーの顔が緋色《ひいろ》になった。そして、意識的にロンの目を避けていた。

「えーっ?」ロンは乳棒をガチャンと取り落とした。

「湖から引き上げてくれたすぐあとだったわ」ハーマイオニーが口ごもった。「サメ頭を取ったあとにね。マダム・ポンフリーが私たちに毛布をくれて、それからビクトールが、審査員に聞こえないように私をちょっと脇に引っ張っていって、それで言ったの。夏休みにとくに計画がないなら、きてくれないかって――」

「それで、なんて答えたんだ?」ロンは乳棒を拾い上げ、乳鉢《にゅうばち》から十五センチも離れた机をゴリゴリこすっている。ハーマイオニーを見ていたからだ。

「そして、たしかに言ったのよ。こんな気持ちをほかの人に感じたことはないんだって」ハーマイオニーは燃えるように赤くなった。ハリーはその熱を感じたくらいだ。「だけど、リータ・スキーターはどうやってあの人の言うことを聞いたのかしら？　あそこにはいなかったし……それともいたのかしら？　透明マントを本当に持っているのかもしれない。第二の課題を見るのに、こっそり校庭に忍び込んでいたのかもしれない……」

「それで、なんて答えたんだ？」ロンが繰り返し聞いた。乳棒であまりに強くこすったので、机がへこんでいる。

「それは、私、あなたやハリーが無事かどうか見るほうが忙しくて、とても――」

「君の個人生活のお話は、たしかに目くるめくものではあるが、ミス・グレンジャー」氷のような声が三人のすぐ後ろから聞こえた。「我輩《わがはい》の授業では、そういう話はご遠慮願いたいですな。グリフィンドール、一〇点減点」

三人が話し込んでいる間に、スネイプが音もなく三人の机まできていた。教室中が三人を振り返って見ていた。マルフォイはすかさず、「汚いぞ、ポッター」のバッジを点滅させ、地下牢の向こうからハリーに見せつけた。

「ふむ……その上、机の下で雑誌を読んでいたな？」スネイプは椅子に置かれた「週刊魔女」をさっと取り上げた。「グリフィンドール、もう一〇点減点……ふむ、しかし、なるほど……」

リータ・スキーターの記事に目を止め、スネイプの暗い目がぎらぎら光った。

「ポッターは自分の記事を読むのに忙しいようだな……」

地下牢にスリザリン生の笑いが響いた。スネイプの薄い唇が歪《ゆが》み、不快な笑いが浮かんだ。ハリーが怒るのを尻目に、スネイプは声を出して記事を読みはじめた。

「ハリー・ポッターの密《ひそ》やかな胸の痛み……おうおう、ポッター、今回はなんの病気かね？　ほかの少年とはちがう。そうかもしれない……」

ハリーは顔から火が出そうだった。スネイプは一文読むごとに間を取って、スリザリン生がさんざん笑えるようにした。スネイプが読むと、十倍もひどい記事に聞こえた。

「……ハリーの応援団としては、次にはもっとふさわしい相手に心を捧げることを願うばかりである。——感動的ではないか」

スリザリン生の大爆笑が続く中、スネイプは雑誌を丸めながら鼻先で笑った。

「さて、三人を別々に座らせたほうがよさそうだ。もつれた恋愛関係より、魔法薬に集中できるようにな。ウィーズリー、ここに残れ。ミス・グレンジャー、こっちへ。ミス・パーキンソンの横に。ポッター——我輩《わがはい》の机の前のテーブルへ。移動だ。さあ」

怒りに震えながら、ハリーは材料と鞄を大鍋《おおなべ》に放り込み、空席になっている地下牢教室の最前列のテーブルに鍋を引きずっていった。スネイプがあとからついてきて、自分の机の前に座り、ハリーが鍋の中身を出すのをじっと見ていた。わざとスネイプと目を合わさないようにしながら、ハリーはタマオシコガネつぶしを続けた。タマオシコガネの一つひとつをスネイプの顔だと思いながらつぶした。

「マスコミに注目されて、おまえのデッカチ頭がさらにふくれ上がったようだな。ポッター」

クラスが落ち着きを取りもどすと、スネイプが低い声で言った。

ハリーは答えなかった。スネイプが挑発しようとしているのはわかっていた。これがはじめてではない。授業が終わる前に、グリフィンドールからまるまる五〇点減点する口実を作りたいにちがいない。

「魔法界全体が君に感服しているという妄想に取り憑《つ》かれているのだろう」スネイプはハリー以外には聞こえないような低い声で話し続けた（タマオシコガネはもう細かい粉になっていたが、ハリーはまだたたきつぶし続けていた）。「しかし、我輩《わがはい》は、おまえの写真が何度新聞に載ろうと、なんとも思わん。我輩にとって、ポッター、おまえは単に、規則を見下している性悪《しょうわる》の小童《こわっぱ》だ」

ハリーはタマオシコガネの粉末を大鍋に空け、根生姜《ねしょうが》を刻みはじめた。怒りで手が少し震えていたが、目を伏せ、スネイプの言うことが聞こえないふりをしていた。

「そこで、きちんと警告しておくぞ。ポッター」スネイプはますます声を落とし、一段と危険な声で話し続けた。「小粒でもぴりりの有名人であろうがなんだろうが――こんど我輩《わがはい》の研究室に忍び込んだところを捕まえたら――」

「僕、先生の研究室に近づいたことなどありません」聞こえないふりも忘れ、ハリーは怒ったように言った。

「我輩に嘘は通じない」スネイプは歯を食いしばったまま言った。底知れない暗い目が、ハリーの目を抉《えぐ》るように覗き込んだ。「毒ツルヘビの皮。えら昆布。どちらも我輩個人の保管庫のものだ。だれが盗んだかはわかっている」

ハリーはじっとスネイプを見つめ返した。瞬きもせず、後ろめたい様子も見せまいと突っ張った。事実、そのどちらも、スネイプから盗んだのはハリーではない。毒ツルヘビの皮は、二年生のときハーマイオニーが盗った――ポリジュース薬を煎じるのに必要だったのだ――あのとき、スネイプはハリーを疑ったが証拠がなかった。えら昆布を盗んだのは、当然ドビーだ。

「なんのことか僕にはわかりません」ハリーは冷静に嘘をついた。

「おまえは、我輩の研究室に侵入者があった夜、ベッドを抜け出していた」スネイプのひそひそ声が続いた。「わかっているぞ、ポッター！　こんどはマッド-アイ・ムーディがおまえのファンクラブに入ったらしいが、我輩はおまえの行動を許さん！　もう一度我輩の研究室に夜中に入り込むことがあれば、ポッター、つけを払うはめになるからな！」

「わかりました」ハリーは冷静にそう言うと、根生姜《ねしょうが》刻みにもどった。「どうしてもそこに行きたいという気持ちになることがあれば、覚えておきます」

スネイプの目が光り、黒いローブに手を突っ込んだ。ハリーは一瞬ドキリとした。スネイプが杖《つえ》を取り出し、ハリーに呪いをかけるのではないかと思ったのだ――しかし、スネイプが取り出したのは、透き通った液体の入った小さなクリスタル瓶《びん》だった。ハリーはじっと瓶を見つめた。

「なんだかわかるか、ポッター」スネイプの目がふたたび怪しげに光った。

「いいえ」今度はハリーは真っ正直に答えた。

「ベリタセラム――真実薬だ。強力で、三滴あれば、おまえは心の奥底にある秘密を、この教室中に聞こえるようにしゃべることになる」スネイプが毒々しく言った。「さて、この薬の使用は、魔法省の指針で厳しく制限されている。しかし、おまえが足元に気をつけないと、我輩の手が〝滑る〟ことになるぞ――」スネイプはクリスタル瓶をわずかに振った。「――おまえの夕食のかぼちゃジュースの真上で。そうすれば、ポッター……そうすれば、おまえが我輩の研究室に入ったかどうかわかるだろう」

ハリーは黙っていた。もう一度根生姜の作業にもどり、ナイフを取って薄切りにしはじめた。「真実薬」なんて、いやなことを聞いた。スネイプなら手が〝滑って〟飲ませるくらいのことはやりかねない。そんなことになったら、自分の口からなにが漏《も》れるか、ハリーは考えるだけで震えがくるのをやっと抑えつけた……いろいろな人をトラブルに巻き込んでしまう――手始めにハーマイオニーとドビーだ――そればかりか、ほかにも隠していることはたくさんある……シリウスと連絡を取り合っていること……それに――チョウへの思い――そう考えると内臓がよじれた……ハリーは根生《ねしょう》姜《が》も大鍋《おおなべ》に入れた。ムーディを見習うべきかもしれない、とハリーは思った。これからは自分用の携帯瓶《びん》からしか飲まないようにするのだ。

　地下牢教室の戸をノックする音がした。

「入れ」スネイプがいつもどおりの声で言った。

戸が開くのをクラス全員が振り返って見た。カルカロフ校長だった。スネイプの机に向かって歩いてくるのを、みなが見つめた。山羊《やぎ》ひげを指でひねりながら、カルカロフはなにやら興奮していた。

「話がある」カルカロフはスネイプのところまでくると、出し抜けに言った。自分の言っていることをだれにも聞かれないように、カルカロフはほとんど唇を動かさずにしゃべっていた。下手な腹話術師のようだ。ハリーは根生姜に目を落としたまま、耳をそばだてた。

「授業が終わってから話そう、カルカロフ――」スネイプがつぶやくように言った。しかし、カルカロフはそれを遮《さえぎ》った。

「いま話したい。セブルス、君が逃げられないときに。君はわたしを避け続けている」

「授業のあとだ」スネイプがぴしゃりと言った。

アルマジロの胆汁《たんじゅう》の量が正しかったかどうか見るふりをして、ハリーは計量カップを持ち上げ、二人を横目でちらりと見た。カルカロフは極度に心配そうな顔をし、一方のスネイプは怒っているようだった。

カルカロフは二時限続きの授業の間、ずっとスネイプの机の後ろでうろうろしていた。授業が終わると同時にスネイプが逃げるのを、どうあっても阻止する構えだ。カルカロフがいったいなにを言いたいのか聞きたくて、終業ベルが鳴る二分前、ハリーはわざとアルマジロの胆汁の瓶をひっくり返した。これで、大鍋の陰にしゃがみ込む口実ができた。ほかの生徒がガヤガヤといっせいにドアに向かう中、ハリーは床を拭《ふ》いていた。

「なにがそんなに緊急なんだ?」スネイプがひそひそ声でカルカロフに言うのが聞こえた。

「これだ」カルカロフが答えた。

ハリーは大鍋《おおなべ》の縁から覗き見た。カルカロフがローブの左袖《そで》をまくり上げ、腕の内側にあるなにかをスネイプに見せている。

「どうだ？」カルカロフは、依然として、懸命に唇を動かさないようにしていた。「見たか？　こんなにはっきりしたのははじめてだ。あれ以来――」

「しまえ！」スネイプがうなった。暗い目が教室全体をさっと見た。

「君も気づいているはずだ――」カルカロフの声が興奮している。

「あとで話そう、カルカロフ」スネイプが吐《は》き棄《す》てるように言った。「ポッター！　なにをしているんだ？」

「アルマジロの胆汁《たんじゅう》を拭き取っています、先生」

ハリーは何事もなかったかのように立ち上がって、汚れた雑巾をスネイプに見せた。

カルカロフは踵《きびす》を返し、大股で地下牢を出ていった。心配と怒りが入り交じったような表情だった。怒り心頭のスネイプと二人きりになるのは願い下げだ。ハリーは教科書と材料を鞄に投げ入れ、猛スピードでその場を離れた。たったいま目撃したことを、ロンとハーマイオニーに話さなければ。

翌日、三人は正午に城を出た。校庭を淡い銀色の太陽が照らしている。これまでになく穏やかな天気で、ホグズミードに着くころには、三人ともマントを脱いで片方の肩に引っかけていた。シリウスが持ってこいと言った食料は、ハリーのカバンに入っている。鳥の足を十二本、パン一本、かぼちゃジュース一瓶《ひとびん》。昼食のテーブルからくすねておいたのだ。

三人でグラドラグス・魔法ファッション店に入り、ドビーへのみやげを買った。思い切りけばけばしい靴下を選ぶのはおもしろかった。金と銀の星が点滅する柄や、あんまり臭くなると大声でさけぶ靴下もあった。一時半、三人はハイストリート通りを歩き、ダービシュ・アンド・バングズ店を通り過ぎて村のはずれに向かっていた。

ハリーはこっちのほうにはきたことがなかった。曲りくねった小道が、ホグズミードを囲む荒涼とした郊外へと続いていた。住宅もこのあたりはまばらで、庭も大きめだった。三人は山の麓《ふもと》に向かって歩いた。ホグズミードはその山懐《やまふところ》にある。そこで角を曲がると、道のはずれに柵《さく》があった。一番高い柵に二本の前足を載せ、新聞らしいものを口にくわえて三人を待っている大きな毛むくじゃらの黒い犬がいた。見覚えのある、懐かしい姿……。

「やあ、シリウスおじさん」そばまで行って、ハリーが挨拶した。

黒い犬はハリーの鞄を夢中で嗅《か》ぎ、尻尾《しっぽ》を一度だけ振ると向きを変えてとことこ走り出した。あたりは低木が茂り、上り坂となり、行く手は岩だらけの山の麓だ。ハリー、ロン、ハーマイオニーは、柵《さく》を乗り越えてあとを追った。

シリウスは三人を山のすぐ下まで導いた。あたり一面岩石で覆われている。四本足なら苦もなく歩けるが、ハリー、ロン、ハーマイオニーはたちまち息が切れた。およそ三十分、三人はシリウスの振る尻尾《しっぽ》に従い、太陽に照らされて汗をかきながら曲りくねった険しい石ころだらけの道を登っていった。ハリーの肩に、鞄のベルトが食い込んだ。

シリウスがするりと視界から消えた。三人がその姿の消えた場所まで行くと、狭い岩の裂け目があった。裂け目に体を押し込むようにして入ると、中は薄暗い涼《すず》しい洞窟だった。一番奥に、大きな岩にロープを回して繋《つな》がれているのは、ヒッポグリフのバックビークだ。下半身は灰色の馬、上半身は巨大な鷲のバックビークは、三人の姿を見ると獰猛《どうもう》なオレンジ色の眼をぎらぎらさせた。三人が丁寧にお辞儀をすると、バックビークは一瞬尊大な目つきで三人を見たが、鱗《うろこ》に覆われた前足を折って挨拶した。ハーマイオニーは駆け寄って、羽毛の生えた首をなでた。ハリーは、黒い犬が名付け親の姿にもどるのを見ていた。

シリウスはボロボロの灰色のローブを着ていた。アズカバンを脱出したときと同じローブだ。黒い髪は、暖炉の火の中に現れたときより伸びて、また昔のようにぼうぼうにもつれていた。とてもやせたように見えた。

「チキンを！」くわえていた「日刊予言者新聞《にっかんよげんしゃしんぶん》」の古新聞を口から離し、洞窟の床に落とした後、シリウスはかすれた声で言った。

ハリーは鞄をパッと開け、鳥の足をひとつかみと、パンを渡した。

「ありがとう」そう言うなりシリウスは包みを開け、鳥の足をつかむと洞窟の床に座り込んで歯で大きく食いちぎった。

「ほとんどネズミばかり食べて生きていた。ホグズミードからあまりたくさん食べ物を盗むわけにもいかない。注意を引くことになるからね」シリウスはハリーに笑いかけた。ハリーも笑いを返したが、心から笑う気持ちにはなれなかった。

「シリウスおじさん、どうしてこんなところにいるの？」ハリーが言った。

「名付け親としての役目を果たしている」シリウスは、犬のような仕草で鳥の骨をかじった。「わたしのことは心配しなくていい。愛すべき野良犬のふりをしているから」

シリウスはまだほほえんでいた。しかし、ハリーの心配そうな表情を見て、さらに真剣に言葉を続けた。

「わたしは現場にいたいのだ。君が最後にくれた手紙……そう、ますますきな臭くなっているとだけ言っておこう。だれかが新聞を捨てるたびに拾っていたのだが、どうやら、心配しているのはわたしだけではないようだ」

シリウスは洞窟の床にある、黄色く変色した「日刊予言者新聞《にっかんよげんしゃしんぶん》」を顎《あご》で指した。ロンが何枚か拾い上げて広げた。

しかし、ハリーはまだシリウスを見つめ続けていた。

「捕まったらどうするの？　姿を見られたら？」

「わたしが『動物もどき』だと知っているのは、ここでは君たち三人とダンブルドアだけだ」

シリウスは肩をすくめ、鳥の足を貪《むさぼ》り続けた。

ロンがハリーを小突《こづ》いて、「日刊予言者新聞」を渡した。二枚あった。最初の記事の見出しは、「バーテミウス・クラウチの不可解な病気」とあり、二つ目の記事は「魔法省の魔女、いまだに行方不明――いよいよ魔法大臣自ら乗り出す」とあった。

ハリーはクラウチの記事をざっと読んだ。切れぎれの文章が目に飛び込んできた。十一月以来、公の場に現れず……家に人影はなく……聖マンゴ魔法疾患《しっかん》傷害病院はコメントを拒否……魔法省は重症の噂《うわさ》を否定……。

「まるでクラウチが死にかけているみたいだ」ハリーは考え込んだ。「だけど、ここまでこられる人がそんなに重い病気のはずないし……」

「僕の兄さんが、クラウチの秘書なんだ」ロンがシリウスに教えた。「兄さんは、クラウチが働きすぎだって言ってる」

「だけど、あの人、僕が最後に近くで見たときは、ほんとに病気みたいだった」ハリーはまだ新聞を読みながら、ゆっくりと言った。「僕の名前がゴブレットから出てきたあの晩だけど……」

「ウィンキーをクビにした当然の報いじゃない？」ハーマイオニーが冷たく言った。ハーマイオニーは、シリウスの食べ残した鳥の骨をバリバリ噛《か》んでいるバックビークをなでていた。「クビにしなきゃよかったって、きっと後悔してるのよ――世話してくれるウィンキーがいないと、どんなに困るかわかったんだわ」

「ハーマイオニーは屋敷しもべに取り憑《つ》かれてるのさ」ロンがハーマイオニーに困ったもんだという目を向けながら、シリウスにささやいた。

しかし、シリウスは関心を持ったようだった。

「クラウチが屋敷しもべをクビに？」

「うん、クィディッチ・ワールドカップのとき」ハリーは「闇《やみ》の印《しるし》」が現れたこと、ウィンキーがハリーの杖《つえ》をにぎりしめたまま発見されたこと、クラウチ氏が激怒したこと、などを話しはじめた。

聞き終わるとシリウスはふたたび立ち上がり、洞窟を往《い》ったり来たりしはじめた。

「整理してみよう」しばらくすると、鳥の足をもう一本持って振りながら、シリウスが言った。「はじめはしもべ妖精が、貴賓席《きひんせき》に座っていた。クラウチの席を取っていた。そうだね？」

「そう」ハリー、ロン、ハーマイオニーが同時に答えた。

「しかし、クラウチは試合には現れなかった？」

「うん」ハリーが言った。「あの人、忙しすぎてこれなかったって言ったと思う」

シリウスは洞窟の中を黙って歩き回った。それから口を開いた。

「ハリー、貴賓席《きひんせき》を離れたとき、杖《つえ》があるかどうかポケットの中を探ってみたか？」

「うーん……」ハリーは考え込んだ。そしてやっと答えが出た。「ううん。森に入るまでは使う必要がなかった。そこでポケットに手を入れたら、『万眼鏡《まんがんきょう》』しかなかったんだ」

ハリーはシリウスを見つめた。

『闇《やみ》の印《しるし》』を創り出しただれかが、僕の杖を貴賓席で盗んだってこと？」

「その可能性はある」シリウスが言った。

「ウィンキーは杖を盗んだりしないわ！」ハーマイオニーが鋭い声を出した。

「貴賓席にいたのは妖精だけじゃない」シリウスは眉根《まゆね》にしわを寄せて、歩き回っていた。「君の後ろにはだれがいたのかね？」

「いっぱい、いた」ハリーが答えた。「ブルガリアの大臣たちとか……コーネリウス・ファッジとか……マルフォイ一家……」

「マルフォイ一家だ！」ロンが突然さけんだ。あまりに大きな声を出したので、洞窟中に反響し、バックビークが神経質に首を振り立てた。「絶対、ルシウス・マルフォイだ！」

「ほかには？」シリウスが聞いた。

「ほかにはいない」ハリーが言った。

「いたわ。いたわよ。ルード・バグマンが」ハーマイオニーがハリーに教えた。

「ああ、そうだった……」

「バグマンのことはよく知らないな。ウイムボーン・ワスプスのビーターだったこと以外は」シリウスはまだ歩き続けながら言った。「どんな人だ？」

「あの人は大丈夫だよ」ハリーが言った。「三校対抗試合で、いつも僕を助けたいって言うんだ」

「そんなことを言うのか？」シリウスはますます眉根にしわを寄せた。「なぜそんなことをするのだろう？」

「僕のことを気に入ったって言うんだ」ハリーが言った。

「ふぅむ」シリウスは考え込んだ。

「『闇の印』が現われる直前に、私たち森でバグマンに出会ったわ」ハーマイオニーがシリウスに教えた。

「憶《おぼ》えてる？」ハーマイオニーはハリーとロンに言った。「騒ぎのことを言ったら、バグマンは森に残ったわけじゃないだろ？」ロンが言った。「どうしてそう言える？」ハーマイオニーはすぐにキャンプ場に行ったよ」

「どうしてそう言える？」ハーマイオニーが切り返した。「『姿くらまし』したのに、どうして行き先がわかるの？」

「やめろよ」ロンは信じられないという口調だ。「ルード・バグマンが『闇《やみ》の印《しるし》』を創り出したと言いたいのか？」

「ウィンキーよりは可能性があるわ」ハーマイオニーは頑固に言い張った。

「言ったよね？」ロンが意味ありげにシリウスを見た。「言ったよね。ハーマイオニーが取り憑《つ》かれてるって、屋敷……」

しかし、シリウスは手を上げてロンを黙らせた。

「『闇の印』が現れて、妖精がハリーの杖《つえ》を持ったまま発見されたとき、クラウチはなにをしたかね？」

「茂みの様子を見にいった」ハリーが答えた。「でも、そこにはなにもなかった」

「そうだろうとも」シリウスは、往《い》ったり来たりしながらつぶやいた。「そうだろうとも。クラウチは自分のしもべ妖精以外のだれかだと決めつけたかっただろうな……それで、しもべ妖精をクビにしたのかね？」

「そうよ」ハーマイオニーの声が熱くなった。「クビにしたのよ。テントに残って、踏みつぶされるままになっていなかったのがいけないっていうわけ――」

「ハーマイオニー、頼むよ、妖精のことはちょっと放っといてくれ！」ロンが声を大きくした。

しかし、シリウスは頭を振ってこう言った。

「クラウチのことは、ハーマイオニーのほうがよく見ているぞ、ロン。人となりを知るには、その人が、自分と同等の者より目下の者をどう扱うかをよく見ることだ」

シリウスはひげの伸びた顔を手でなでながら、考えに没頭しているようだった。

「バーティ・クラウチがずっと不在だ……わざわざしもべ妖精にクィディッチ・ワールドカップの席を取らせておきながら、観戦にはこなかった。三校対抗試合の復活にずいぶん尽力したのに、それにもこなくなった……クラウチらしくない。これまでのあいつなら、一日たりとも病気で欠勤したりしない。そんなことがあったら、わたしはバックビークを食ってみせるよ」

「それじゃ、クラウチを知ってるの？」ハリーが聞いた。

シリウスの顔が曇った。突然、ハリーが最初に会ったときのシリウスの顔のように、ハリーがシリウスを殺人者だと信じていたあの夜のように、恐ろしげな顔になった。

「ああ、クラウチのことはよく知っている」シリウスが静かに言った。「わたしをアズカバンに送れと命令を出したやつだ――裁判もせずに」

「えーっ?」ロンとハーマイオニーが同時にさけんだ。

「嘘でしょう!」ハリーが言った。

「いや、嘘ではない」シリウスはまた大きく一口、チキンにかぶりついた。「クラウチは当時、魔法省の警察である『魔法法執行部《まほうほうしっこうぶ》』の部長だった。知らなかったのか?」

ハリー、ロン、ハーマイオニーは首を横に振った。

「次の魔法大臣と噂《うわさ》されていた」シリウスが言った。「すばらしい魔法使いだよ、バーティ・クラウチは。強力な魔法力――それに、権力欲だ。ああ、ヴォルデモートの支持者だったことはない」

ハリーの顔を読んで、シリウスがつけ加えた。

「それはない。バーティ・クラウチは常に闇の陣営にはっきり対抗していた。しかし、闇の陣営に反対を唱えていた多くの者が……いや、わかるまい。若い君たちには……」

「僕のパパもワールドカップでそう言ったんだ」ロンが、声にいらだちを滲《にじ》ませて言った。「わかるかもしれないじゃないか。言ってみてよ」

シリウスのやせた顔がにこっと綻《ほころ》びた。

「いいだろう。試してみよう……」シリウスは洞窟の奥まで歩いていき、またもどってきて話しはじめた。

「ヴォルデモートがいま、強大だと考えてごらん。だれが支持者なのかわからない。だれがあいつに仕え、だれがそうでないのか、わからない。あいつには人を操る力がある。だれもが、自分では止めることができずに恐ろしいことをやってしまう。自分で自分が怖くなる。家族や友達でさえ怖くなる。毎週、毎週、またしても死人や行方不明や、拷問のニュースが入ってくる……魔法省は大混乱だ。どうしてよいやらわからない。すべてをマグルから隠そうとするが、一方でマグルも死んでゆく。いたるところ恐怖だ……パニック……混乱……そういう状態だった」

「いや、そういうときにこそ、最良の面を発揮する者もいれば、最悪の面が出る者もいる。クラウチの主義主張は最初はよいものだったのだろう――わたしにはわからないが。あいつは魔法省でたちまち頭角《とうかく》を現し、ヴォルデモートに従うものにきわめて厳しい措置を取りはじめた。『闇祓《やみばら》い』たちに新しい権力が与えられた――たとえば、捕まえるのでなく、殺してもいいという権力だ。裁判なしに『吸魂鬼《ディメンター》』の手に渡されたのは、わたしだけではない。クラウチは、暴力には暴力をもって立ち向かい、疑わしき者に対しては『許されざる呪文』の使用を許可した。あいつは、多くの闇の陣営の輩《やから》と同じように、冷酷非情になってしまったと言える。たしかに、あいつを支持する者もいた――あいつのやり方が正しいと思う者もたくさんいたし、多くの魔法使いたちが、あいつを魔法大臣にせよとさけんでいた。ヴォルデモートがいなくなったとき、クラウチがその最高の職に就くのは時間の問題だと思われた。しかし、そのとき不幸な事件があった……」シリウスがにやりと笑った。

「クラウチの息子が『死喰い人《デス・イーター》』の一味と一緒に捕まった。この一味は、言葉巧みにアズカバンを逃れた者たちで、ヴォルデモートを探し出して権力の座への復帰を画策していた」

「クラウチの息子が捕まった？」ハーマイオニーが息を呑《の》んだ。

「そう」シリウスは鳥の骨をバックビークに投げ与え、自分は飛びつくようにパンの横に座り込み、その半分を引きちぎった。

「あのパーティにとっては、相当きついショックだったろうね。もう少し家にいて、家族と一緒に過ごすべきだった。そうだろう？　たまには早く仕事を切り上げて帰るべきだった……自分の息子をよく知るべきだったのだ」

シリウスは大きなパンの塊《かたまり》を、ガツガツ食らいはじめた。

「自分の息子が本当に『死喰い人』だったの？」ハリーが聞いた。

「わからない」シリウスはまだパンを貪《むさぼ》っていた。

「息子がアズカバンに連れてこられたとき、わたし自身もアズカバンにいた。いま話していることは、大部分アズカバンを出てからわかったことだ。あのとき捕まったのは、たしかに『死喰い人』だった。わたしの首を賭けてもいい。あの子がその連中と一緒に捕まったのも確かだ――しかし、屋敷しもべと同じように、単に運悪くその場に居合わせただけかもしれない」

「クラウチは自分の子の罰を逃れさせようとしたの？」ハーマイオニーが小さな声で聞いた。

シリウスは犬の吠え声のような笑い方をした。

「クラウチが自分の息子の罰を逃れさせる？　ハーマイオニー、君にはあいつの本性がわかっていると思ったんだが？　少しでも自分の評判を傷つけるようなことは消してしまうやつだ。魔法大臣になることに一生をかけてきた男だよ。献身的なしもべ妖精をクビにするのを見ただろう。しもべ妖精が、またしても自分と『闇《やみ》の印《しるし》』とを結びつけるようなことをしたからだ――それでやつの正体がわかるだろう？　クラウチがせいぜい父親らしい愛情を見せたのは、息子を裁判にかけることだった。それとて、どう考えても、クラウチがどんなにその子を憎んでいるかを公に見せつけるための口実にすぎなかった……それから息子をまっすぐアズカバン送りにした」

「自分の息子を『吸魂鬼《ディメンター》』に？」ハリーは声を落とした。

「そのとおり」シリウスはもう笑ってはいなかった。「『吸魂鬼』が息子を連れてくるのを見たよ、独房の鉄格子を通して。十九歳になるかならないかだったろう。わたしの房に近い独房に入れられた。その日が暮れるころには、母親を呼んで泣きさけんだ。二、三日するとおとなしくなったがね……みんなしまいには静かになったものだ……眠っているときに悲鳴を上げる以外は……」

一瞬、シリウスの目に生気がなくなった。まるで目の奥にシャッターが下りたような暗さだ。

「それじゃ、息子はまだアズカバンにいるの？」ハリーが聞いた。

「いや」シリウスがゆっくり答えた。「いや。あそこにはもういない。連れてこられてから約一年後に死んだ」

「死んだ？」

「あの子だけじゃない」シリウスが苦々しげに答えた。

「たいがいは精神に異常をきたす。最後にはなにも食べなくなる者も多い。生きる意志を失うのだ。死が近づくと、まちがいなくそれがわかる。『吸魂鬼』がそれを嗅《か》ぎつけて興奮するからだ。あの子は収監《しゅうかん》されたときから病気のようだった。クラウチは魔法省の重要人物だから、奥方と一緒に息子の死際《しにぎわ》に面会を許された。それが、わたしがバーティ・クラウチに会った最後だった。奥方を半分抱きかかえるようにしてわたしの独房の前を通り過ぎていった。奥方はどうやらそれからまもなく死んでしまったらしい。嘆き悲しんで、息子と同じように憔悴《しょうすい》していったらしい。クラウチは息子の遺体を引き取りにこなかった。『吸魂鬼』が監獄の外に埋葬した。わたしはそれを目撃している」

シリウスは口元まで持っていったパンを脇に放り出し、代わりにかぼちゃジュースの瓶《びん》を取り上げて飲み干した。

「そして、あのクラウチは、すべてをやり遂げたと思ったときに、すべてを失った」

シリウスは手の甲で口を拭《ぬぐ》いながら話し続けた。

「一時は、魔法大臣と目されたヒーローだった……次の瞬間、息子は死に、奥方も亡くなり、家名は汚された。そして、わたしがアズカバンを出てから聞いたのだが、人気も大きく落ち込んだ。あの子が亡くなると、みんながあの子に少し同情をしはじめた。れっきとした家柄の立派な若者が、なぜそこまで大きく道を誤ったのかと、人々は疑問に思いはじめた。結論は、父親が息子をかまってやらなかったからだ、ということになった。そこで、コーネリウス・ファッジが最高の地位に就き、クラウチは『国際魔法協力部』などという傍流《ぼうりゅう》に押しやられた」

長い沈黙が流れた。ハリーは、クィディッチ・ワールドカップのあの日の、森の中で自分に従わなかった屋敷しもべ妖精を見下ろしたときの、目が飛び出したクラウチの顔を思い浮かべていた。なるほど、「闇《やみ》の印《しるし》」の下で発見されたウィンキーに対してクラウチが過剰な反応を示したのには、こんな事情があったのか。息子の思い出が、昔の醜聞《しゅうぶん》が、そして魔法省での没落が蘇《よみがえ》ったのか。

「ムーディは、クラウチが闇の魔法使いを捕まえることに取り憑《つ》かれているって言ってた」

ハリーがシリウスに話した。

「ああ、ほとんど病的だと聞いた」シリウスはうなずいた。「わたしの推測では、あいつは、もう一人『死喰い人』を捕まえれば昔の人気を取りもどせると、まだそんなふうに考えているのだ」

「そして、学校に忍び込んで、スネイプの研究室を家捜《やさが》ししたんだ！」ロンがハーマイオニーを見ながら、勝ち誇ったように言った。

「そうだ。それがまったく理屈に合わない」シリウスが言った。

「理屈に合うよ！」ロンが興奮して言った。

しかし、シリウスは頭を振った。

「いいかい。クラウチがスネイプを調べたいなら、試合の審査員としてくればいい。始終ホグワーツにきて、スネイプを見張る恰好《かっこう》な口実ができるじゃないか」

「それじゃ、スネイプがなにか企んでいるって、そう思うの？」

ハリーが聞いた。が、ハーマイオニーが口を挟んだ。

「いいこと？　あなたがなんと言おうと、ダンブルドアがスネイプを信用なさっているのだから――」

「まったく、いいかげんにしろよ、ハーマイオニー」ロンがいらついた。「ダンブルドアは、そりゃ、すばらしいよ。だけど、ほんとにずる賢い闇の魔法使いなら、ダンブルドアをだませないわけじゃない――」

「だったら、そもそもどうしてスネイプは、一年生のときハリーの命を救ったりしたの？　どうしてあのままハリーを死なせてしまわなかったの？」

「知るかよ――ダンブルドアに追い出されるかもしれないと思ったんだろ」

「どう思う？　シリウス？」ハリーが声を張り上げ、ロンとハーマイオニーは罵《のの》り合うのをやめて、耳を傾けた。

「二人ともそれぞれいい点を突いている」シリウスがロンとハーマイオニーを見て、考え深げに言った。

「スネイプがここで教えていると知って以来、わたしは、どうしてダンブルドアがスネイプを雇ったのかと不思議に思っていた。スネイプはいつも闇の魔術に魅《み》せられていて、学校ではそれで有名だった。気味の悪い、べっとりと脂《あぶら》っこい髪をした子供だったよ。あいつは」

シリウスがそう言うと、ハリーとロンは顔を見合わせてニヤッとした。

「スネイプは学校に入ったとき、もう七年生の大半の生徒より多くの『呪い』を知っていた。スリザリン生の中で、後にほとんど全員が『死喰い人』になったグループがあり、スネイプはその一員だった」シリウスは手を前に出し、指を折って名前を挙げた。「ロジエールとウィルクス――両方ともヴォルデモートが失墜する前の年に、『闇祓《やみばら》い』に殺された。レストレンジたち――夫婦だが――アズカバンにいる。エイブリー――聞いたところでは、『服従の呪文』で動かされていたと言って、辛《から》くも難を逃れたそうだ――まだ捕まっていない。だが、わたしの知るかぎり、スネイプは『死喰い人』だと非難されたことはない――それだからどうと言うのではないが。『死喰い人』の多くが一度も捕まっていないのだから。しかも、スネイプは、たしかに難を逃れるだけの狡猾《こうかつ》さを備えている」

「スネイプはカルカロフをよく知っているよ。でもそれを隠したがってる」ロンが言った。

「うん。カルカロフが昨日『魔法薬』の教室にきたときの、スネイプの顔を見せたかった！」

ハリーが急いで言葉を継いだ。

「カルカロフがスネイプに話があったんだ。スネイプが自分を避けているってカルカロフが言ってた。カルカロフはとっても心配そうだった。スネイプに自分の腕のなにかを見せていたけど、なんだか、僕には見えなかった」

「スネイプに自分の腕のなにかを見せた?」シリウスはすっかり当惑した表情だった。なにかに気を取られたように汚れた髪を指でかきむしり、それからまた肩をすくめた。「さあ、わたしにはなんのことやらさっぱりわからない……しかし、もしカルカロフが真剣に心配していて、スネイプに答えを求めたとすれば……」

シリウスは洞窟の壁を見つめ、それから焦燥感《しょうそうかん》で顔をしかめた。

「それでも、ダンブルドアがスネイプを信用しているというのは事実だ。ほかの者なら信用しないような場合でも、ダンブルドアなら信用するということもわかっている。しかし、もしもスネイプがヴォルデモートのために働いたことがあるなら、ホグワーツで教えるのをダンブルドアが許すとはとても考えられない」

「それなら、ムーディとクラウチは、どうしてそんなにスネイプの研究室に入りたがるんだろう」ロンがしつこく言った。

「そうだな」シリウスは考えながら答えた。「マッド-アイのことだ。ホグワーツにきたとき、教師全員の部屋を捜索するぐらいのことはやりかねない。ムーディは『闇の魔術に対する防衛術』を真剣に受け止めている。ダンブルドアとちがい、ムーディのほうはだれも信用しないのかもしれない。ダンブルドアが見てきたことを考えれば、ムーディが当然だろう。しかし、これだけはムーディのために言っておこう。あの人は殺さずにすむときは殺さなかった。できるだけ生け捕りにした。厳しい人だが、『死喰い人』のレベルまで身を落とすことはなかった。しかし、クラウチは……クラウチはまた別だ……本当に病気か？　病気なら、なぜそんな身を引きずってまでスネイプの研究室に入り込んだ？　病気でないなら……なにが狙いだ？　ワールドカップで、貴賓席《きひんせき》にこれないほど重要なことをしていたのか？　三校対抗試合の審査をするべきときに、なにをやっていたんだ？」

シリウスは、洞窟の壁を見つめたまま、黙り込んだ。バックビークは見逃した骨はないかと、岩の床をあちこちほじくっている。

シリウスがやっと顔を上げ、ロンを見た。

「君の兄さんがクラウチの秘書だと言ったね？　最近クラウチを見かけたかどうか、聞くチャンスはあるか？」

「やってみるけど」ロンは自信なさそうに言った。「でも、クラウチがなにか怪しげなことを企んでいる、なんていうふうに取られる言い方はしないほうがいいな。パーシーはクラウチが大好きだから」

「それに、ついでだから、バーサ・ジョーキンズの手がかりがつかめたかどうかも聞き出してみるといい」シリウスは別な「日刊予言者新聞《にっかんよげんしゃしんぶん》」を指した。

「バグマンは僕に、まだつかんでないって教えてくれた」ハリーが言った。

「ああ、バグマンの言葉がそこに引用されている」シリウスは新聞のほうを向いてうなずいた。

「バーサがどんなに忘れっぽいかとわめいている。まあ、わたしの知っていたころのバーサとは変わっているかもしれないが、わたしの記憶では、バーサは忘れっぽくはなかった――むしろ逆だ。ちょっとぼんやりしていたが、ゴシップとなると、すばらしい記憶力だった。それで、よく災いに巻き込まれたものだ。いつ口を閉じるべきなのかを知らない女だった。魔法省では少々厄介者だったはずだ……だからバグマンが長い間探そうともしなかったのだろう……」

シリウスは大きなため息をつき、落ち窪《くぼ》んだ目をこすった。

「何時かな？」

ハリーは腕時計を見たが、湖の中で一時間を過ごしてから、ずっと止まったたままだったことを思い出した。

「三時半よ」ハーマイオニーが答えた。

「もう学校にもどったほうがいい」シリウスが立ち上がりながら、そう言った。「いいか。よく聞きなさい……」シリウスはとくにハリーをじっと見た――「君たちは、わたしに会うために学校を抜け出したりしないでくれ。いいね？　ここ宛にメモを送ってくれ。これからも、おかしなことがあったら知りたい。しかし許可なしにホグワーツを出たりしないように。だれかが君たちを襲う恰好《かっこう》のチャンスになってしまうから」

「僕を襲おうとした人なんてだれもいない。ドラゴンと水魔が数匹だけだよ」ハリーが言った。

しかし、シリウスはハリーを睨《にら》んだ。

「そんなことじゃない……この試合が終われば、わたしはまた安心して息ができる。つまり六月まではだめだ。それから、大切なことが一つ。君たちの間でわたしの話をするときは、『スナッフルズ』と呼びなさい。いいかい？」

シリウスはナプキンと空になったジュースの瓶《びん》をハリーに返し、バックビークを「ちょっと出かけてくるよ」となでた。

「村境まで送っていこう」シリウスが言った。「新聞が拾えるかもしれない」

洞窟を出る前に、シリウスは巨大な黒い犬に変身した。三人は犬と一緒に岩だらけの山道を下って、柵《さく》のところまでもどった。そこで犬は三人に代わるがわる頭をなでさせ、それから村はずれを走り去っていった。

ハリー、ロン、ハーマイオニーはホグズミードへ、そしてホグワーツへと向かった。

「パーシーのやつ、クラウチのいろんなことを全部知ってるのかなあ？」城への道

を歩きながら、ロンが言った。「でも、たぶん、気にしないだろうな……クラウチを
もっと崇拝するようになるだけかもな。うん、パーシーは規則ってやつが好きだから
な。クラウチはたとえ息子のためでも規則を破るのを拒んだのだって、きっとそう言
うだろう」

「パーシーは自分の家族を『吸魂鬼』の手に渡すなんてことしないわ」ハーマイオ
ニーが厳しい口調で言った。

「わかんねえぞ」ロンが言った。「僕たちがパーシーの出世の邪魔になるとわかった
とたん……あいつ、ほんとに野心家なんだから……」

三人は玄関ホールへの石段を上った。大広間からおいしそうな匂いが漂ってきた。

「かわいそうなスナッフルズ」ロンが大きく匂いを吸い込んだ。「あの人って、本当
に君のことをかわいがっているんだね、ハリー……ネズミを食って生き延びてまで」

第28章　クラウチ氏の狂気

日曜の朝食のあと、ハリー、ロン、ハーマイオニーはふくろう小屋に行き、パーシーに手紙を送った。シリウスの提案どおり、最近クラウチ氏を見かけたかどうかをたずねる手紙だ。ヘドウィグにはずいぶん長いこと仕事を頼んでいなかったので、この手紙はヘドウィグに託すことにした。ふくろう小屋の窓からヘドウィグの姿が見えなくなるまで見送り、三人は、ドビーに新しい靴下をプレゼントするために厨房《ちゅうぼう》へ下りていった。

屋敷しもべ妖精たちは三人を迎え、お辞儀したり、膝《ひざ》をちょっと折り曲げる宮廷風の挨拶をしたり、お茶を出そうと走り回ったり、と大はしゃぎだった。プレゼントを手にしたドビーは、うれしくて恍惚《こうこつ》状態となった。

「ハリー・ポッターはドビーにやさしすぎます！」

ドビーは巨大な目からこぼれる大粒の涙を拭《ぬぐ》いながら、キーキー言った。

「君の『えら昆布』のお陰で、僕、命拾いしたんだ。ドビー、ほんとだよ」ハリーが言った。

「この前のエクレア、もうないかなあ？」にっこりしたり、お辞儀したりしているしもべ妖精を見回しながら、ロンが言った。

「いま朝食を食べたばかりでしょう？」ハーマイオニーが呆《あき》れ顔で言った。しかしそのときにはもう、エクレアの入った大きな銀の盆が四人の妖精に支えられて、飛ぶようにこちらに向かってくるところだった。

「スナッフルズになにか少し送らなくちゃ」ハリーがつぶやいた。

「そうだよ」ロンが言った。「ピッグにも仕事をさせよう。ねえ、少し食べ物を分けてくれるかなあ？」まわりを囲んでいる妖精にそう言うと、みな喜んでお辞儀し、急いでまた食べ物を取りにいった。

「ドビー、ウィンキーはどこ？」ハーマイオニーがきょろきょろした。

「ウィンキーは、暖炉のそばです。お嬢さま」ドビーはそっと答えた。ドビーの耳が少し垂れ下がった。

「まあ……」ウィンキーを見つけたハーマイオニーが声を上げた。

ハリーも暖炉のほうを見た。ウィンキーは前に見たのと同じ丸椅子に座っていたが、汚れ放題で、黒く煤《すす》けた後ろのレンガとすぐには見分けがつかなかった。洋服はボロボロで洗濯もしていない。バタービールの瓶《びん》をにぎり、暖炉の火を見つめてかすかに体を揺らしている。ハリーたちが見ている前で、ウィンキーは大きく「ヒック」としゃくり上げた。

「ウィンキーはこのごろ一日六本も飲みます」ドビーがハリーにささやいた。

「でも、そんなに強くないよ、あれは」ハリーが言った。

「屋敷妖精には強すぎるのでございます」ドビーは頭を振った。

ウィンキーがまたしゃっくりした。エクレアを運んできた妖精たちは、非難がましい目でウィンキーに一瞥《いちべつ》をくれると持ち場にもどった。

「ウィンキーは嘆き暮らしているのでございます。ハリー・ポッター」ドビーが悲しそうにささやいた。「ウィンキーは家に帰りたいのです。ウィンキーはいまでもクラウチさまをご主人だと思っているのでございます。ダンブルドア校長先生がいまのご主人さまだと、ドビーがどんなに言っても聞かないのでございます」

「やあ、ウィンキー」ハリーは突然ある考えが閃《ひらめ》き、ウィンキーに近づくと腰をかがめて話しかけた。「クラウチさんがどうしてるか知らないかな？　三校対抗試合の審査をしにこなくなっちゃったんだけど」

ウィンキーの目がちらちらっと光った。大きな瞳が、ぴたりとハリーを捕らえた。もう一度ふらりと体を揺らしてから、ウィンキーが言った。

「ご―ご主人さまが――ヒック――こない――こなくなった？」

「うん」ハリーが言った。「第一の課題のときからずっと姿を見てない。『日刊予言者新聞《にっかんよげんしゃしんぶん》』には病気だって書いてあるよ」

ウィンキーがまたふらふらっと体を揺らし、とろんとした目でハリーを見つめた。

「ご主人さま――ヒック――ご病気？」ウィンキーの下唇がわなわな震えはじめた。

「だけど、本当かどうか、私たちにはわからないのよ」ハーマイオニーが急いで言った。

「ご主人さまには必要なのです――ヒック――このウィンキーが！」妖精は涙声で言った。「ご主人さまは――ヒック――一人では――ヒック――おできになられません……」

「ほかの人は、自分のことは自分でできるのよ、ウィンキー」ハーマイオニーは厳しく言った。

「ウィンキーは――ヒック――ただ――ヒック――クラウチさまの家事だけをやっているのではありません！」ウィンキーは怒ったようにキーキーさけび、体をさらに激しく揺らして、染《し》みだらけになってしまったブラウスにバタービールをボトボトこぼした。「ご主人さまは――ヒック――ウィンキーを信じて、預けています――ヒック――一番大事な――ヒック――一番秘密の――」

「なにを?」ハリーが聞いた。

しかし、ウィンキーは激しく頭を振り、またまたバタービールをこぼした。

「ウィンキーは守ります――ヒック――ご主人さまの秘密を」反抗的にそう言うと、ウィンキーはまた激しく体を揺すり、寄り目でハリーを睨《にら》みつけた。「あなたは――ヒック――お節介なのでございます。あなたは」

「ウィンキーはハリー・ポッターにそんな口をきいてはいけないのです!」ドビーが怒った。「ハリー・ポッターは勇敢で気高いのです。ハリー・ポッターはお節介ではないのです!」

「あたしのご主人さまの――ヒック――秘密を――ヒック――覗こうとしています――ヒック――ウィンキーはよい屋敷しもべです――ヒック――ウィンキーは黙ります――ヒック――みんながいろいろ――ヒック――根掘り葉掘り――ヒック――」

ウィンキーの瞼《まぶた》が垂れ下がり、突然丸椅子からずり落ちて、暖炉の前で大いびきをかきはじめた。空になったバタービールの瓶《びん》が、石畳の床を転がった。
五、六人のしもべ妖精が、愛想が尽きたという顔で急いで駆け寄った。一人が瓶を拾い、他の妖精がウィンキーを大きなチェックのテーブルクロスで覆い、端をきれいにたくし込んで姿が見えないようにした。
「お見苦しいところをお見せして、あたくしたちは申し訳なく思っていらっしゃいます！」

すぐそばにいた一人の妖精が、頭を振り、恥ずかしそうな顔でキーキー言った。

「お嬢さま、お坊っちゃま方。ウィンキーを見て、あたくしたちみんながそうだと思わないようにお願いなさいます！」

「ウィンキーは不幸なのよ！」ハーマイオニーが憤然として言った。「隠したりせずに、どうして元気づけてあげないの？」

「お言葉ではございますが、お嬢さま」同じしもべ妖精が、また深々とお辞儀をしながら言った。「でも屋敷しもべ妖精は、やるべき仕事があり、お仕えするご主人がいるときに、不幸になる権利はありません」

「なんてばかげてるの！」ハーマイオニーが怒った。「みんな、よく聞いて！　みんなは魔法使いとまったく同じように、不幸になる権利があるの！　賃金や休暇、ちゃんとした服をもらう権利があるの。なにもかも言われたとおりにしている必要はないわ――ドビーをご覧なさい！」

「お嬢さま、どうぞ、ドビーのことは別にしてくださいませ」ドビーは怖くなったようにもごもご言った。厨房《ちゅうぼう》中のしもべ妖精の顔から、楽しそうな笑顔が消えていた。急にみなが、ハーマイオニーを狂った危険人物を見るような目で見ていた。

「食べ物を余分に持っていらっしゃいました！」ハリーの肘《ひじ》のところで、妖精がキーキー言った。そして、大きなハム、ケーキ一ダース、果物少々をハリーの腕に押しつけた。

「それでは、さようなら！」

屋敷しもべ妖精たちがハリー、ロン、ハーマイオニーのまわりに群がって、三人を厨房《ちゅうぼう》から追い出そうとしはじめた。たくさんの小さな手が三人の腰を押す。

「靴下、ありがとうございました。ハリー・ポッター！」ウィンキーを包んで盛り上がっているテーブルクロスの横に立ち、ドビーが情けなさそうな声で言った。

「君って、どうして黙ってられないんだ？　ハーマイオニー？」厨房の戸がバタンと閉まったとたん、ロンが怒り出した。「連中は、僕たちにもうここにきて欲しくないと思ってるぞ！　クラウチのことをもっと聞き出せたのに！」

「あら、まるでそれが気になってるみたいな言い方ね！」ハーマイオニーが混ぜっ返した。「食べ物に釣られてここに下りてきたいくせに！」

その後はとげとげしい一日となった。談話室で、ロンとハーマイオニーが宿題をしながら口論に火花を散らすのを聞くのに疲れ、ハリーはシリウスへの食べ物を持って、一人でふくろう小屋に向かった。

一羽で大きなハムをまるまる山まで運び切るには、ピッグウィジョンは小さすぎる。そこでハリーは、メンフクロウ二羽を介助役に頼むことにした。夕暮れの空に、三羽は飛び立った。一緒に大きな包みを運ぶ姿が、なんとも奇妙だ。ハリーは窓枠にもたれて校庭を見ていた。禁じられた森の暗い梢がざわめき、ダームストラングの船の帆がはためいている。一羽のワシミミズクが、ハグリッドの小屋の煙突からくるくると立ち昇る煙をくぐり抜けて飛んできた。そして城のほうに舞い下り、ふくろう小屋のまわりを旋回して姿を消した。見下ろすと、ハグリッドが小屋の前で、せっせと土を掘り起こしていた。なにをしているのだろう。新しい野菜畑を作っているようにも見える。ハリーが見ていると、マダム・マクシームがボーバトンの馬車から現れ、ハグリッドのほうに歩いていく。ハグリッドと話をしたがっている様子だ。ハグリッドは鋤《すき》に寄りかかって手を休めたが、長く話す気はなかったらしい。ほどなくマダム・マクシームは馬車にもどっていった。

グリフィンドール塔にもどってロンとハーマイオニーのいがみ合いを聞く気にはなれず、ハリーは闇がハグリッドの姿を呑《の》み込んでしまうまで、その耕す姿を眺めていた。やがてまわりのふくろうが目を覚ましはじめ、ハリーのそばを音もなく飛んで夜空に消え去った。

翌日の朝食では、ロンとハーマイオニーの険悪なムードも燃え尽きたようだった。

ほっとしたことには、ハーマイオニーがしもべ妖精たちを侮辱したからグリフィンドールの食事はお粗末なものが出る、というロンの暗い予想は外れた。ベーコン、卵、燻製鰊《くんせいにしん》、どれもいつものようにおいしかった。

郵便配達ふくろうが手紙類を持ってやってくると、ハーマイオニーは熱心に見上げた。なにかを待っているようだ。

「パーシーの返事はまだだよ」ロンが言った。「昨日ヘドウィグを送ったばかりじゃないか」

「そうじゃないの」ハーマイオニーが答えた。「『日刊予言者新聞《にっかんよげんしゃしんぶん》』を新しく購読予約したの。なにもかもスリザリン生から聞かされるのは、もううんざりよ」

「いい考えだ！」ハリーもふくろうたちを見上げた。

「あれっ、ハーマイオニー、君、ついてるかもしれないよ――」

灰色モリフクロウが、ハーマイオニーのほうにスイーッと舞い降りてきた。

「でも、新聞を持ってないわ」ハーマイオニーががっかりしたように言った。「これって――」

しかし、驚くハーマイオニーをよそに、灰色モリフクロウがハーマイオニーの皿の前に降り、そのすぐあとにメンフクロウが四羽、茶モリフクロウが二羽、続いて舞い降りた。

「いったい何部申し込んだの？」ハリーはふくろうの群れにひっくり返されないよう、ハーマイオニーのゴブレットを押さえた。ふくろうたちは、自分の手紙を一番先に渡そうと、押し合いへし合いハーマイオニーに近づこうとしている。

「いったいなんの騒ぎ――？」ハーマイオニーは灰色モリフクロウから手紙を外し、開けて読みはじめた。

「まあ、なんてことを！」ハーマイオニーは顔を赤くし、早口に言った。

「どうした？」ロンが言った。

「これ――まったく、なんてばかな――」

ハーマイオニーは手紙をハリーに押しやった。手書きでなく、「日刊予言者新聞」を切り抜いたような文字が貼りつけてあった。

おまえは　わるい　おんなだ……ハリー　ポッターは　もっと　いい子が　ふさわしい　マグルよもどれ　もと居た　ところへ

「みんなおんなじようなものだわ！」次々と手紙を開けながら、ハーマイオニーがやり切れなさそうに言った。「『ハリー・ポッターは、おまえみたいなやつよりもっとましな子を見つける……』『おまえなんか、カエルの卵と一緒に茹《ゆ》でてしまうのがいいんだ……』——あいたっ！」

最後の封筒を開けると、強烈な石油臭のする黄緑色の液体が噴き出し、ハーマイオニーの手にかかった。両手に大きな黄色い腫物《はれもの》がぶつぶつふくれ上がった。『腫《は》れ草《ぐさ》』の膿《うみ》の薄めてないやつだ！」ロンが恐る恐る封筒を拾い上げて臭いを嗅《か》ぎながら言った。

「「あー！」ナプキンで拭《ふ》き取りながら、ハーマイオニーの目から涙がこぼれ出した。指が腫物だらけで痛々しく、まるで分厚いボコボコの手袋をはめているようだ。

「医務室に行ったほうがいいよ」ハーマイオニーのまわりのふくろうが飛び立つや、ハリーが言った。「スプラウト先生には、僕たちがそう言っておくから……」

「だから言ったんだ！」ハーマイオニーが手をかばいながら急いで大広間から出ていくのを見て、ロンが言った。「リータ・スキーターにはかまうなって、忠告しただろ！　これを見ろよ……」

ロンはハーマイオニーが置いていった手紙の一つを読み上げた。

「『あんたのことは『週刊魔女』で読んだわ。ハリーをだましてるって。あの子はもう十分に辛《つら》い思いをしてきたんだよ。大きな封筒が見つかり次第、ふくろう便で呪いを送るからね』たいへんだ。ハーマイオニー、気をつけないといけないよ」

「薬草学」の授業にハーマイオニーは出てこなかった。ハリーとロンが温室を出て

「魔法生物飼育学」の授業に向かう途中で、マルフォイ、クラッブ、ゴイルが城の石段を下りてくるのが見えた。その後ろでパンジー・パーキンソンが、スリザリンの女子軍団と一緒にくすくす笑っている。ハリーを見つけたパンジーが大声で言った。

「ポッター、ガールフレンドと別れちゃったの？　あの子、朝食のとき、どうしてあんなにあわててたの？」

ハリーは無視した。「週刊魔女」の記事がこんなトラブルを引き起こしたなどとパンジーに教えて、喜ばせるのはごめんだ。

ハグリッドは先週の授業で、もう一角獣《ユニコーン》はおしまいだと言っていたが、今日は小屋の外で、新しいふたなしの木箱をいくつか足元に置いて待っていた。木箱を見てハリーは気落ちした――まさかまたスクリュートが孵《かえ》ったのでは？　――しかし、中が見えるまで近づくと、そこにいたのは、何匹もの鼻の長い、ふわふわの黒い生き物だけだった。前足がまるで鋤《すき》のようにペタンと平たく、みなに見つめられて、不思議そうにおとなしく生徒たちを見上げて目をパチパチさせている。

「ニフラーだ」生徒たちが集まるとハグリッドが言った。「だいたい鉱山に棲《す》んどるな。光るものが好きだ……ほれ、見てみろ」

一匹が突然跳び上がって、パンジー・パーキンソンの腕時計を噛《か》み切ろうとした。パンジーが金切り声を上げて飛び退《の》いた。

「宝探しにちょいと役立つぞ」ハグリッドがうれしそうに言った。「今日はこいつらで遊ぼうと思ってな。あそこが見えるか?」

ハグリッドは耕されたばかりの広い場所を指さした。ハリーがふくろう小屋から見ていたときにハグリッドが掘っていたところだ。

「金貨を何枚か埋めておいたからな。自分のニフラーに金貨を一番たくさん見つけさせた者に褒美《ほうび》をやろう。自分の貴重品は外しておけ。そんでもって、自分のニフラーを選んで、放してやる準備をしろ」

ハリーは自分の腕時計を外してポケットに入れた。動いていない時計だが、ただ習慣ではめている。それからニフラーを一匹選んだ。ニフラーはハリーの耳に長い鼻をくっつけ、夢中でくんくん嗅《か》いだ。抱きしめたいようなかわいさだ。

「ちょっと待て」木箱を覗き込んでハグリッドが言った。「一匹余っちょるぞ……だれがいない? ハーマイオニーはどうした?」

「医務室に行かなきゃならなくて」ロンが言った。

「あとで説明するよ」パンジー・パーキンソンが聞き耳を立てていたので、ハリーはボソボソと言った。

いままでの「魔法生物飼育学」で最高に楽しい授業だった。ニフラーは、まるで水に飛び込むようにやすやすと土の中に潜り、這《は》い出しては、自分を放してくれた生徒のところに大急ぎで駆けもどって、その手に金貨を吐き出した。ロンのニフラーがとくに優秀で、ロンの膝《ひざ》はあっという間に金貨で埋まった。

「こいつら、ペットとして飼えるのかな、ハグリッド？」

ニフラーが自分のローブに泥を撥《は》ね返して飛び込むのを見ながら、ロンが興奮して言った。

「おふくろさんは喜ばねえぞ、ロン」ハグリッドがニヤッと笑った。「家中を掘り返すからな、ニフラーってやつは。さーて、そろそろ全部掘り出したな」

ハグリッドはあたりを歩き回りながら言った。その間もニフラーはまだ潜り続けていた。

「金貨は百枚しか埋めとらん。おう、きたか、ハーマイオニー！」

ハーマイオニーが芝生を横切ってこちらに歩いてきた。両手を包帯でぐるぐる巻きにして、惨《みじ》めな顔をしている。パンジー・パーキンソンが詮索《せんさく》するようにハーマイオニーを見た。

「さーて、どれだけ取れたか調べるか！」ハグリッドが言った。

「金貨を数えろや！　そんでもって、持ち帰ろうと思ってもだめだぞ、ゴイル」ハグリッドは黄金虫《こがねむし》のような黒い目を細めた。「レプラコーンの金貨だ。数時間で消えるわ」

ゴイルはぶすっとしてポケットをひっくり返した。結局、ロンのニフラーが一番成績がよかった。ハグリッドは賞品として、ロンにハニーデュークス菓子店の大きな板チョコを与えた。校庭の向こうで鐘が鳴り、昼食を知らせた。みなは城に向かったが、ハリー、ロン、ハーマイオニーは残って、ハグリッドがニフラーを箱に入れるのを手伝った。マダム・マクシームが馬車の窓からこちらを見ているのに、ハリーは気がついた。

「手をどうした？　ハーマイオニー？」ハグリッドが心配そうに聞いた。

ハーマイオニーは、今朝受け取った嫌がらせの手紙と、「腫《は》れ草《くさ》」の膿《うみ》が詰まった封筒の事件を話した。

「あぁぁー、心配するな」ハグリッドがハーマイオニーを見下ろしてやさしく言った。「おれも、リータ・スキーターがおれのおふくろのことを書いたあとにな、そんな手紙だのなんだの、きたもんだ。『おまえは怪物だ。やられてしまえ』とか、『おまえの母親は罪もない人たちを殺した。恥を知って湖に飛び込め』とか」

「そんな！」ハーマイオニーはショックを受けた顔をした。

「ほんとだ」ハグリッドはニフラーの木箱をよいしょと小屋の壁際に運んだ。「やつらは、頭がおかしいんだ。ハーマイオニー、またくるようだったら、もう開けるな。すぐ暖炉に放り込め」

「せっかくいい授業だったのに、残念だったね」城にもどる道々、ハリーがハーマイオニーに言った。「いいよね、ロン？　ニフラーってさ」

しかし、ロンは、顔をしかめてハグリッドがくれたチョコレートを見ていた。すっかり気分を害した様子だ。

「どうしたんだい？」ハリーが聞いた。「味が気に入らないの？」

「ううん」ロンはぶっきらぼうに言った。「金貨のこと、どうして話してくれなかったんだ？」

「なんの金貨？」ハリーが聞いた。

「クィディッチ・ワールドカップで僕が君にやった金貨さ」ロンが答えた。「『万眼鏡《まんがんきょう》』の代わりに君にやった、レプラコーンの金貨。貴賓席《きひんせき》で。あれが消えちゃったって、どうして言ってくれなかったんだ？」

ハリーはロンがなんのことを言っているのか、しばらくわからなかった。

「ああ……」やっと記憶がもどってきた。「さあ、どうしてか……なくなったことにちっとも気がつかなかった。杖《つえ》のことばっかり心配してたから。そうだろ？」

三人は玄関ホールへの階段を上り、昼食をとりに大広間に入った。

「いいなあ」席に着き、ローストビーフとヨークシャー・プディングを取り分けながら、ロンが出し抜けに言った。「ポケット一杯のガリオン金貨が消えたことにも気づかないぐらい、お金をたくさん持ってるなんて」

「あの晩は、ほかのことで頭が一杯だったんだって、そう言っただろ！」ハリーはいらいらした。「僕たち全員、そうだった。そうだろう？」

「レプラコーンの金貨が消えちゃうなんて、知らなかった」ロンがつぶやいた。「君に支払いずみだと思ってた。君、クリスマス・プレゼントにチャドリー・キャノンズの帽子を僕にくれちゃいけなかったんだ」

「そんなこと、もういいじゃないか」ハリーが言った。

ロンはフォークの先で突き刺したローストポテトを睨《にら》みつけた。

「貧乏って、いやだな」

ハリーとハーマイオニーは顔を見合わせた。二人とも、なんと言っていいかわからなかった。

「惨《みじ》めだよ」ロンはポテトを睨みつけたままだった。「フレッドやジョージが少しでもお金を稼ごうとしてる気持ち、わかるよ。僕も稼げたらいいのに。僕、ニフラーが欲しい」

「じゃあ、次のクリスマスにあなたにプレゼントする物、決まったわね」ハーマイオニーが明るく言った。ロンがまだ暗い顔をしているので、ハーマイオニーがまた言った。「さあ、ロン、あなたなんか、まだいいほうよ。だいたい指が膿《うみ》だらけじゃないだけましじゃない」

ハーマイオニーは指が強《こわ》ばって腫《は》れ上がり、ナイフとフォークを使うのに苦労していた。

「あのスキーターって女、憎たらしい！」ハーマイオニーは腹立たしげに言った。「なにがなんでもこの仕返しはさせていただくわ！」


嫌がらせメールはそれから一週間、途切れることなくハーマイオニーに届いた。ハグリッドに言われたとおり、ハーマイオニーはもう開封しなかったが、嫌がらせ屋の中には「吠《ほ》えメール」を送ってくる者もいた。グリフィンドールのテーブルでメールが爆発し、大広間全体に聞こえるような音でハーマイオニーを侮辱した。「週刊魔女」を読まなかった生徒でさえ、いまやハリー―クラム―ハーマイオニーの噂《うわさ》の三角関係のすべてを知ることになった。ハリーは、ハーマイオニーはガールフレンドじゃないと訂正するのにうんざりしてきた。

「そのうち収まるよ」ハリーがハーマイオニーに言った。「僕たちが無視してさえいればね……前にあの女が僕のことを書いた記事だって、いつの間にかみんな飽きてしまったし――」

「学校に出入り禁止になってるのに、どうして個人的な会話を立ち聞きできるのか、私、それが知りたいわ！」ハーマイオニーは腹を立てていた。

次の「闇の魔術に対する防衛術」の授業終了後、ハーマイオニーはムーディ先生に質問があると言って教室に残った。ほかの生徒は、一刻も早く教室から出たがった。ムーディが「呪《のろ》い逸《そ》らし」の厳しいテストをしたお陰で、生徒の多くが軽い傷をさすっている。ハリーは「耳ひくひく」の症状がひどく、両手で耳を押さえながら教室を出る始末だった。

ハーマイオニーは五分後に、玄関ホールで、息をはずませながらハリーとロンに追いついた。

「ねえ、リータは絶対『透明マント』を使ってないわ！」ハーマイオニーが、ハリーに聞こえるように、ハリーの片手をひくひくする耳から引きはがしながら言った。「ムーディは、第二の課題のとき、審査員席の近くでも、湖の近くでもあの女を見なかったって言ったわ」

「ハーマイオニー、そんなことやめろって言ってもむだか？」ロンが言った。

「むだ！」ハーマイオニーが頑固に言った。「私がビクトールに話してたのを、あの女がどうやって聞いたのか、それが知りたいの！　それに、ハグリッドのお母さんのことをどうやって知ったのかもよ！」

「もしかして、君に虫をつけたんじゃないかな」ハリーが言った。

「虫をつけた？」ロンがぽかんとした。「なんだい、それ……ハーマイオニーに蚤《のみ》でもくっつけるのか？」

ハリーは「虫」と呼ばれる盗聴マイクや録音装置の説明をはじめた。ロンは夢中になって聞いたが、ハーマイオニーは話を遮《さえぎ》った。

「二人とも、いつになったら『ホグワーツの歴史』を読むの？」

「そんな必要あるか？」ロンが言った。「君が全部暗記してるもの。僕たちは君に聞けばいいじゃないか」

「マグルが魔法の代用品に使うものは――電気製品だとかコンピューター、レーダー、その他いろいろだけど――ホグワーツでは全部めちゃめちゃに狂うの。空気中の魔法が強すぎるから。だからちがうわ。リータは盗聴の魔法を使ってるのよ。そうにちがいないわ……それがなんなのかつかめたらなあ……うーん、それが非合法だったら、もうこっちのものだわ……」

「ほかにも心配することがたくさんあるだろ？」ロンが言った。「この上リータ・スキーターへの復讐劇までおっぱじめる必要があるのかい？」

「なにも手伝ってくれなんて言ってないわ！」ハーマイオニーがきっぱり言った。

「ひとりでやります！」

ハーマイオニーは大理石の階段を、振り返りもせずどんどん上っていった。ハリーは、図書室に行くにちがいないと思った。

「賭けようか？　あいつが『リータ・スキーター大嫌い』ってバッジの箱を持ってもどってくるかどうか」ロンが言った。

しかしハーマイオニーは、リータ・スキーターの復讐にハリーやロンの手を借りようとはしなかった。二人にとってそれはありがたいことだった。なにしろイースター休暇を控え、勉強の量が増える一方だったからだ。こんなにやることがあるのに、ハーマイオニーはその上どうやって盗聴の魔法を調べることができるのか、ハリーは正直、感心していた。宿題をこなすだけでもハリーは目一杯だったが、定期的に山の洞窟にいるシリウスに食べ物を送ることだけは忘れなかった。去年の夏以来、ハリーは、いつも空腹でいるということがどんな状態なのかが身に染みていた。ハリーはシリウスへのメモを同封して、なにも異常のないことや、パーシーからの返事をまだ待っていることなどを書いておいた。

ヘドウィグは、イースター休暇のあとようやくもどってきた。パーシーの返事は、ウィーズリーおばさん手製のチョコレートでできた「イースター卵」の包みの中に入っていた。ハリーとロンの卵はドラゴンの卵ほど大きく、手作りのヌガーがぎっしり詰まっていたが、ハーマイオニーの卵は鶏のより小さい。見たとたん、ハーマイオニーはがっかりした顔になった。

「あなたのお母さん、もしかしたら『週刊魔女』を読んでる？ ロン？」ハーマイオニーが小さな声で聞いた。

「ああ」ロ一杯にヌガーを頬張って、ロンが答えた。「料理のページを見るのにね」

ハーマイオニーは悲しそうに小さなチョコレート卵を見た。

「パーシーがなんて書いてきたか、見たくない？」ハリーがあわてて話題を変えた。パーシーの手紙は短く、いらだっている調子だった。


「日刊予言者新聞《にっかんよげんしゃしんぶん》」にも絶えずそう言っているのだが、クラウチ氏は当然取るべき休暇を取っている。クラウチ氏は定期的にふくろう便で仕事の指示を送ってよこす。実際にお姿は見ていないが、私はまちがいなく自分の上司の筆跡を見分けることくらいできる。そもそも私はいま、仕事が手一杯で、ばかな噂《うわさ》を揉《も》み消している暇などないくらいなのだ。よほど大切なこと以外で、私を煩《わずら》わせないでくれ。

イースターおめでとう。


イースターが終わると夏学期が始まる。いつもならハリーは、シーズン最後のクィディッチ試合に備えて猛練習をしている時期だ。しかし、今年は三校対抗試合の最終課題があり、その準備が必要だ。もっとも、ハリーはどんな課題なのかをまだ知らなかった。五月の最後の週に、やっと、マクゴナガル先生が「変身術」の授業のあとでハリーを呼び止めた。

「ポッター、今夜九時にクィディッチ競技場に行きなさい。そこで、バグマンさんが第三の課題を代表選手に説明します」

夜の八時半、ハリーはロンやハーマイオニーと別れて、グリフィンドール塔をあとにした。階段を下りて玄関ホールを横切る途中、ハッフルパフの談話室から出てきたセドリックに会った。

「今度はなんだと思う？」二人で石段を下りながら、セドリックがハリーに聞いた。外は曇り空だった。「フラーは地下トンネルのことばかり話すんだ。宝探しをやらされると思ってるんだよ」

「それならいいけど」ハグリッドからニフラーを借りて、自分の代わりに探させればいいとハリーは思った。

二人は暗い芝生を競技場へと歩き、スタンドの隙間を通ってピッチに出た。

「いったいなにをしたんだ？」セドリックが憤慨してその場に立ちすくんだ。平らで滑らかだったクィディッチ・ピッチが様変わりしている。そこには、長く低い壁が張り巡らされていた。壁は曲りくねり、四方八方に入り組んでいる。

「生け垣だ！」かがんで一番近くの壁を調べたハリーが言った。

「よう、よう」元気な声がした。

ルード・バグマンがピッチの真ん中に立っていた。クラムとフラーもいる。ハリーとセドリックは、生け垣を乗り越え乗り越え、バグマンたちの許《もと》に行った。近づくと、フラーがハリーに笑いかけた。湖からフラーの妹を助け出して以来、フラーのハリーに対する態度は一変していた。

「さあ、どう思うね？」ハリーとセドリックが最後の垣根を乗り越えると、バグマンがうれしそうに言った。「しっかり育ってるだろう？　あと一か月もすれば、ハグリッドが六メートルほどの高さにしてくれるはずだ。いや、心配ご無用」ハリーとセドリックが気に入らないという顔をしているのを見て取って、バグマンがにこにこしながらつけ加えた。「課題が終われば、ピッチは元通りにして返すよ！　さて、わたしたちがここになにを作っているのか、想像できるかね？」

一瞬だれもなにも言わなかった。そして――。

「迷路」クラムがうなるように言った。

「そのとおり！」バグマンが宣言した。「迷路だ。第三の課題は、きわめて明快だ。迷路の中心に三校対抗優勝杯が置かれる。最初にその優勝杯に触れた者が満点だ」

「迷路をあやく抜《は》けるだーけですか？」フラーが聞いた。

「障害物がある」バグマンはうれしそうに、体をはずませながら言った。

「ハグリッドがいろんな生き物を置く……それに、いろいろ呪いを破らないと進めない……まあ、そんなとこだ。さて、これまでの成績でリードしている選手が先にスタートして迷路に入る」

バグマンが、ハリーとセドリックに向かってにっこりした。

「次にミスター・クラムが入る……それからミス・デラクールだ。しかし、全員に優勝のチャンスはある。障害物をどううまく切り抜けるか、それ次第だ。おもしろいだろう、え？」

ハグリッドがこういうイベントにどんな生き物を置きそうか、ハリーはよく知っている。とても「おもしろい」とは思えなかったが、他の代表選手と同じく、礼儀正しくうなずいた。

「よろしい……質問がなければ、城にもどるとしようか。少し冷えるようだ……」

みなが育ちかけの迷路を抜けて外に出ようとすると、バグマンが急いでハリーに近づいてきた。バグマンがハリーに、助けてやろうとまた申し出るような気がした。しかし、ちょうどそのとき、クラムがハリーの肩をたたいた。

「ちょっと話したいんだけど？」

「ああ、いいよ」ハリーはちょっと驚いた。

「君と一緒に少し歩いてもいいか？」

「オッケー」ハリーはいったいなんだろうと思った。

「ハリー、ここで待っていようか？」バグマンは少し戸惑った表情だった。

「いいえ、バグマンさん、大丈夫です」ハリーは笑いをこらえて言った。「ありがとうございます。でも、城には一人で帰れますから」

ハリーとクラムは一緒に競技場を出た。しかしクラムはダームストラングの船にもどる道は取らず、禁じられた森に向かって歩き出した。

「どうしてこっちのほうに行くんだい？」ハグリッドの小屋や、照明に照らされたボーバトンの馬車を通り過ぎながら、ハリーが聞いた。

「盗み聞きされたくヴぁ《は》ない」クラムが短く答えた。

ボーバトンの馬のパドックから少し離れた静かな空地にたどり着くと、ようやくクラムは木陰で足を止め、ハリーに顔を向けた。

「知りたいのだ」クラムが睨《にら》んだ。「君とハーミィ‐オウン‐ニニーの間にヴぁ《は》、なんかあるのか」

クラムの秘密めいたやり方からして、もっと深刻なことを予想していたハリーは、拍子抜けしてクラムをまじまじと見た。

「なんにもないよ」ハリーが答えた。

しかし、クラムはまだ睨《にら》みつけている。なぜか、ハリーは、クラムがとても背が高いことにあらためて気づき、説明をつけ足した。

「僕たち、友達だ。ハーマイオニーはいま僕のガールフレンドじゃないし、これまで一度もそうだったことはない。スキーターって女がでっち上げただけだ」

「ハーミィーオウンーニニーヴぁ《は》、しょっちゅう君のことをヴぁ《わ》題にする」

クラムは疑うような目でハリーを見た。

「ああ。それは、友達だからさ」ハリーが言った。

国際的に有名なクィディッチ選手、ビクトール・クラムとこんな話をしていることが、ハリーにはなんだか信じられなかった。まるで、十八歳のクラムが、僕を同等に扱っているようじゃないか――本当のライバルのように――。

「君たちヴぁ《は》一度も……これまで一度も……」

「一度もない」ハリーはきっぱり答えた。

クラムは少し気が晴れたような顔になった。ハリーをじっと見つめ、それからこう言った。

「君ヴぁ《は》飛ぶのがうまいな。第一の課題のとき、ヴぉく、見ていたよ」

「ありがとう」ハリーはにっこりした。そして、急に自分も背が高くなったような気がした。「僕、クィディッチ・ワールドカップで、君のこと見たよ。ウロンスキー・フェイント。君って本当に——」

　そのとき、クラムの背後の木立ちの中でなにかが動いた。禁じられた森に蠢《うごめ》くものについていささか経験のあるハリーは、本能的にクラムの腕をつかみ、くるりと体の向きを変えさせた。

「なんだ？」クラムが言った。

　ハリーは頭を横に振り、動きの見えた場所をじっと見た。そしてローブに手を滑り込ませ、杖《つえ》をつかんだ。

　大きな樫《かし》の木の陰から、突然男が一人、よろよろと現れた。一瞬、ハリーにはだれだかわからなかった……そして、気づいた。クラウチ氏だ。

　クラウチ氏は何日も旅をしてきたあとのように見えた。ローブの膝《ひざ》が破れ、血が滲《にじ》んでいる。顔は傷だらけで、無精ひげが伸び、疲れ切って灰色だ。きっちりと分けてあった髪も口ひげもぼさぼさに伸び、汚れ放題だ。しかし、その奇妙な格好も、クラウチ氏の行動の奇妙さに比べればなんということもない。ブツブツ言いながら、身振り手振りでクラウチ氏は自分にしか見えないだれかと話をしているようだ。ダーズリーたちと一緒に買い物に行ったときに一度見たことがある浮浪者を、ハリーはまざまざと思い出した。その浮浪者も、空に向かってわめき散らしていた。ペチュニアおばさんはダドリーの手をつかんで、道の反対側に引っ張っていき、浮浪者を避けようとした。そのあと、バーノンおじさんは、自分なら物乞《ものご》いや浮浪者みたいなやつらをどう始末するか、家族全員に長々と説教したものだ。

「審査員の一人でヴ《は》ぁないのか？」クラムはクラウチ氏をじっと見た。「あの人ヴ《は》ぁ、こっちの魔法省の人だろう？」

ハリーはうなずいた。一瞬迷ったが、ハリーはそれから、ゆっくりとクラウチ氏に近づいた。クラウチ氏はハリーには目もくれず、近くの木に話し続けている。

「……それが終わったら、ウェーザビー、ダンブルドアにふくろう便を送って、試合に出席するダームストラングの生徒の数を確認してくれ。カルカロフが、たったいま、十二人だと言ってきたところだが……」

「クラウチさん？」ハリーは慎重に声をかけた。

「……それから、マダム・マクシームにもふくろう便を送るのだ。カルカロフが一ダースという切りのいい数にしたと知ったら、マダムのほうも生徒の数を増やしたいと言うかもしれない……そうしてくれ、ウェーザビー、頼んだぞ。頼ん……」

クラウチ氏の目が飛び出ていた。じっと木を見つめて立ったまま、声も出さず口だけもごもご動かして木に話しかけている。それからよろよろと横に逸《そ》れ、崩れ落ちるように膝《ひざ》をついた。

「クラウチさん？」ハリーが大声で呼んだ。「大丈夫ですか？」

クラウチ氏の目がぐるぐる回っている。ハリーは振り返ってクラムを見た。クラムもハリーについて木立ちに入り、驚いてクラウチ氏を見下ろしていた。

「この人ヴぁ《は》、いったいどうしたの？」

「わからない」ハリーがつぶやいた。「君、だれかを連れてきてくれないか――」

「ダンブルドア！」クラウチ氏が喘《あえ》いだ。手を伸ばし、ハリーのローブをにぎってぐっと引き寄せた。しかしその目は、ハリーを通り越してあらぬ方向を見ている。

「私は……会わなければ……ダンブルドアに……」

「ええ、わかりました」ハリーが言った。「立てますか。クラウチさん。一緒に行きます――」

「私は……ばかなことを……してしまった……」クラウチ氏が低い声で言った。完全に様子がおかしい。目は飛び出しぐるぐる回り、涎《よだれ》が一筋だらりと顎《あご》まで流れている。一言一言、言葉を発することさえ苦しそうだ。「どうしても……話す……ダンブルドアに……」

「立ってください、クラウチさん」ハリーは大声ではっきりと言った。「立つんです。ダンブルドアのところへお連れします！」

クラウチ氏の目がぐるりと回ってハリーを見た。

「だれだ……君は？」ささやくような声だ。

「僕、この学校の生徒です」ハリーは、助けを求めてクラムを振り返ったが、クラムは後ろに突っ立ったまま、ますます心配そうな顔をしているだけだった。

「君はまさか……彼の」クラウチ氏は口をだらりと開け、ささやくように言った。

「ちがいます」ハリーはクラウチ氏がなにを言っているのか見当もつかなかったが、そう答えた。

「ダンブルドアの？」

「そうです」ハリーが答えた。

クラウチ氏はハリーをさらに引き寄せた。ハリーはローブをにぎるクラウチ氏の手を緩めようとしたが、できなかった。恐ろしい力だ。

「警告を……ダンブルドアに……」

「離してくれたら、ダンブルドアを連れてきます。クラウチさん、離してください。そしたら連れてきますから……」

「ありがとう、ウェーザビー。それが終わったら、紅茶を一杯もらおうか。妻と息子がまもなくやってくるのでね。今夜はファッジご夫妻とコンサートに行くのだ」クラウチ氏はふたたび木に向かって流暢《りゅうちょう》に話しはじめた。ハリーがそこにいることなどまったく気づいていないようだ。ハリーはあまりの驚きから、クラウチ氏が手を離したことすら気づいていなかった。「そうなんだよ。息子は最近『O・W・L《ふくろう》試験』

で十二科目もパスしてね。満足だよ。いや、ありがとう。いや、まったく鼻が高い。さてと、アンドラの魔法大臣のメモを持ってきてくれるかな。返事を書く時間ぐらいあるだろう……」

「君はこの人とここにいてくれ！」ハリーはクラムに言った。「ダンブルドアを連れてくる。僕が行くほうが早い。校長室がどこにあるかを知ってるから――」

「この人、狂ってる」木をパーシーだと思い込んでいるらしく、ベラベラ木に話しかけているクラウチ氏を見下ろして、クラムは胡散《うさん》くさそうに言った。

「一緒にいるだけだから」ハリーは立ち上がりかけた。するとその動きに刺激されてか、クラウチ氏がまた急変した。ハリーの膝《ひざ》をつかみ、ふたたび地べたに引きずり下ろしたのだ。

「私を……置いて……行かないで！」ささやくような声だ。また目が飛び出している。「逃げてきた……警告しないと……言わないと……ダンブルドアに会う……私のせいだ……みんな私のせいだ……バーサ……死んだ……みんな私のせいだ……息子……私のせいだ……ダンブルドアに言う……ハリー・ポッター……闇の帝王……より強くなった……ハリー・ポッター……」

「ダンブルドアを連れてきます。行かせてください。クラウチさん！」ハリーは夢中でクラムを振り返った。「手伝って。お願いだ」クラムは恐る恐る近寄り、クラウチ氏の横にしゃがんだ。

「ここで見ていてくれればいいから」ハリーはクラウチ氏を振り解きながら言った。「ダンブルドアを連れてもどってくるよ」

「急いでくれよ」

クラムが呼びかける声を背に、ハリーは禁じられた森を飛び出し、暗い校庭を全速力で走った。校庭にはもうだれもいない。バグマン、セドリック、フラーの姿もない。ハリーは飛ぶように石段を上がり、樫《かし》の木の正面扉を抜け、大理石の階段を上がって三階へと疾走した。

五分後、ハリーは、三階のだれもいない廊下の中ほどに立つ、ガーゴイルの石像めがけて突進していた。

「レ——レモン・キャンディー！」ハリーは息せき切って石像にさけんだ。

これがダンブルドアの部屋に通じる隠れた階段への合言葉だった——いや、少なくとも二年前まではそうだった。しかし、どうやら、合言葉は変わったらしい。石のガーゴイルは命を吹き込まれてピョンと飛び退《の》くはずだったが、じっと動かず、意地の悪い目でハリーを睨《にら》むばかりだった。

「動け！」ハリーは像に向かってどなった。「頼むよ！」

しかしホグワーツでは、どなられたからといって動くものは一つもない。どうせだめだと、ハリーにはわかっていた。ハリーは暗い廊下を端から端まで見た。もしかしたら、ダンブルドアは職員室か？　ハリーは階段に向かって全速力で駆け出した。

「ポッター！」

ハリーは急停止してあたりを見回した。

スネイプが石のガーゴイルの裏の隠れ階段から姿を現したところだった。スネイプがハリーにもどれと合図する間に、背後の壁がするすると閉まった。

「ここでなにをしているのだ？　ポッター？」

「ダンブルドア先生にお目にかからないと！」ハリーは廊下を駆けもどり、スネイプの前で急停止した。「クラウチさんです……たったいま、現れたんです……禁じられた森にいます……クラウチさんの頼みで――」

「寝呆《ねぼ》けたことを！」スネイプの暗い目がぎらぎら光った。「なんの話だ？」

「クラウチさんです！」ハリーはさけんだ。「魔法省の！　あの人は病気かなにかです――禁じられた森にいます。ダンブルドア先生に会いたがっています！　教えてください。そこの合言葉を――」

「校長は忙しいのだ。ポッター」スネイプの薄い唇がめくれ上がって、不愉快《ふゆかい》な笑いが浮かんだ。

「ダンブルドア先生に伝えないといけないんです！」ハリーが大声でさけんだ。

「聞こえなかったのか？　ポッター？」

ハリーが必死になっているときに、ハリーの欲っするものを拒むのが、スネイプにとってこの上ない楽しみなのはわかっている。

「スネイプ先生」ハリーは腹が立った。「クラウチさんは普通じゃない——あの人は——正気じゃないんです——警告したいって、そう言ってるんです——」

スネイプの背後の石壁がするすると開いた。長い緑のローブを着て、少し物問いたげな表情で、ダンブルドアが立っていた。

「なにか問題が起こったのかね？」ダンブルドアが、ハリーとスネイプを見比べながら聞いた。

「先生！」スネイプが口を開く前に、ハリーがスネイプの横に進み出た。

「クラウチさんがいるんです……禁じられた森です。ダンブルドア先生に話したがっています！」ハリーはダンブルドアがなにか質問するだろうと身構えた。しかし、ダンブルドアはいっさいなにも聞かなかった。ハリーはほっとした。

「案内《あない》するのじゃ」ダンブルドアはすぐさまそう言うと、ハリーのあとから滑るように廊下を急いだ。あとに残されたスネイプが、ガーゴイルと並んで、ガーゴイルの二倍も醜《みにく》い顔で立っていた。

「クラウチ氏はなんと言うたのかね？　ハリー？」大理石の階段をすばやく下りな

がら、ダンブルドアが聞いた。

「先生に警告したいと……ひどいことをやってきたとも言いました……息子さんのことも……それに、バーサ・ジョーキンズのこと……それに……それにヴォルデモートのこと……ヴォルデモートが強力になってきているとか……」

「なるほど」ダンブルドアは足を速めた。二人は真っ暗闇の中へと急いだ。

「あの人の行動は普通じゃありません」ハリーはダンブルドアと並んで急ぎながら言った。「自分がどこにいるのかもわからない様子で、パーシー・ウィーズリーがその場にいるかのように話しかけたかと思えば、急に変わって、ダンブルドア先生に会わなくちゃって言うんです……ビクトール・クラムをその場に残してきました」

「残した？」ダンブルドアの声が鋭くなり、いっそう大股に歩きはじめた。ハリーは遅れないよう、小走りになった。「だれかほかにはクラウチ氏を見たかの？」

「いいえ」ハリーが答えた。「僕、クラムと話をしていました。バグマンさんが僕たちに第三の課題について話をしたすぐあとで、僕たちだけが残って、それで、クラウチさんが森から出てきたのを見ました――」

「どこじゃ？」ボーバトンの馬車が暗闇から浮き出て見えたとき、ダンブルドアが聞いた。

「あっちです」ハリーはダンブルドアの前に立ち、木立ちの中を案内した。クラウチ氏の声はもう聞こえなかったが、ハリーはどこに行けばいいかわかっていた。ボーバトンの馬車からそう離れてはいなかった……どこかこのあたりだ……。

「ビクトール？」ハリーが大声で呼びかけた。

答えがない。

「ここにいたんです」ハリーがダンブルドアに言った。「絶対このあたりにいたんです……」

「ルーモス！　光よ！」ダンブルドアが杖《つえ》に灯《あか》りを点《とも》し、上にかざした。

細い光が地面を照らし、黒い木の幹を一本また一本と照らし出した。そして、二本の足の上で光が止まった。

ハリーとダンブルドアが駆け寄った。クラムが地面に大の字に倒れている。意識がないらしい。クラウチ氏の影も形もない。ダンブルドアはクラムの上にかがみ込み、片方の瞼《まぶた》をそっと開けた。

「『失神術《しっしんじゅつ》』にかかっておる」ダンブルドアは静かに言った。周囲の木々を透《す》かすように見回すダンブルドアの半月メガネが、杖灯りにキラリと光った。

「だれか呼んできましょうか？」ハリーが言った。「マダム・ポンフリーを？」

「いや」ダンブルドアがすぐに答えた。「ここにおるのじゃ」

ダンブルドアは杖を宙に上げ、ハグリッドの小屋を指した。杖からなにか銀色の物が飛び出し、半透明な鳥のゴーストのように、それは木々の間をすり抜け、飛び去った。それからダンブルドアはふたたびクラムの上にかがみ込み、杖をクラムに向けて唱えた。

「リナベイト！　蘇生《そせい》せよ！」

クラムが目を開けた。ぼんやりしている。ダンブルドアを見ると、クラムは起き上がろうとした。しかし、ダンブルドアはクラムの肩を押さえ、横にならせた。

「あいつがヴぉくを襲った！」クラムが頭を片手で押さえながらつぶやいた。「あの狂った男がヴぉくを襲った！　ヴぉくが、ポッターがどこへ行ったかと振り返ったら、あいつが、後ろからヴぉくを襲った！」

「しばらくじっと横になっているがよい」ダンブルドアが言った。

雷のような足音が近づいてきた。ハグリッドがファングを従え、息せき切ってやってきた。石弓を背負っている。

「ダ、ダンブルドア先生さま！」ハグリッドは目を大きく見開いた。「ハリー――いってえ、これは――？」

「ハグリッド、カルカロフ校長を呼んできてくれんか」ダンブルドアが言った。「カルカロフの生徒が襲われたのじゃ。それがすんだら、ご苦労じゃが、ムーディ先生に警告を――」

「それには及ばん、ダンブルドア」ゼイゼイというなり声がした。「ここにおる」

ムーディがステッキにすがり、杖灯《つえあか》りを点《とも》し、足を引きずってやってきた。

「この足め」ムーディが腹立たしげに言った。「もっと早くこれたものを……何事だ？　スネイプが、クラウチがどうのとかと言っておったが――」

「クラウチ？」ハグリッドがぽかんとした。

「カルカロフを早く、ハグリッド！」ダンブルドアの鋭い声が飛んだ。

「あ、へえ……わかりましただ。先生さま……」そう言うなりくるりと背を向け、ハグリッドは暗い木立ちの中に消えていった。ファングが駆け足であとに従った。

「バーティ・クラウチがどこに行ったのか、わからんのじゃが」ダンブルドアがムーディに話しかけた。「しかし、なんとしても探し出すことが大事じゃ」

「承知した」ムーディはうなるようにそう言うと、杖を構えなおし、足を引きずりながら禁じられた森へと去った。

それからしばらく、ダンブルドアもハリーも無言だった。やがて、まぎれもなくハグリッドとファングのもどってくる音がした。カルカロフがそのあとから急いでやってきた。滑らかなシルバーの毛皮を羽織り、青ざめて動揺しているように見えた。

「いったいこれは？」クラムが地面に横たわり、ダンブルドアとハリーがそばにいるのを見て、カルカロフがさけんだ。「これは何事だ？」

「ヴォく、襲われました！」クラムが今度は身を起こし、頭をこすった。「クラウチ氏とかなんとかいう名前の――」

「クラウチが君を襲った？　クラウチが襲った？　対校試合の審査員が？」

「イゴール」ダンブルドアが口を開いた。しかしカルカロフは身構え、激怒した様子で、毛皮をギュッと体に巻きつけた。

「裏切りだ！」ダンブルドアを指さし、カルカロフがわめいた。「罠《わな》だ！　君と魔法省とで、わたしをここに誘《おび》き寄せるために、偽《にせ》の口実を仕組んだな、ダンブルドア！　はじめから平等な試合ではないのだ！　最初は、年齢制限以下なのに、ポッターを試合に潜り込ませた！　今度は魔法省の君の仲間の一人が、わたしの代表選手を動けなくしようとした！　なにもかも裏取引と腐敗の臭いがするぞ、ダンブルドア。魔法使いの国際連携を深めるの、旧交を温めるの、昔の対立を水に流すのと、口先ばかりだ――おまえなんか、こうしてやる！」

カルカロフはダンブルドアの足下にペッと唾《つば》を吐《は》いた。そのとたん、ハグリッドがあっという間にカルカロフの毛皮の胸倉《むねぐら》をつかみ、宙吊りにしてそばの木に押しつけた。

「謝れ！」ハグリッドがうなった。ハグリッドの巨大な拳《こぶし》を喉元《のどもと》に突きつけられ、カルカロフは息が詰まり、両足は宙に浮いてぶらぶらしていた。

「ハグリッド、やめるのじゃ！」ダンブルドアがさけんだ。目がピカリと光った。ハグリッドがカルカロフを押しつけていた手を離した。カルカロフはずるずると幹に沿ってずり落ち、ぶざまに丸まって木の根元にどさりと落ちた。小枝や木の葉がバラバラとカルカロフの頭上に降りかかった。

「ご苦労じゃが、ハグリッド、ハリーを城まで送ってやってくれ」ダンブルドアが鋭い口調で言った。

ハグリッドは息を荒らげ、カルカロフを恐ろしい顔で睨《にら》みつけた。

「おれは、ここにいたほうがいいんではねえでしょうか、校長先生さま……」

「ハリーを学校に連れていくのじゃ、ハグリッド」

ダンブルドアはきっぱりと繰り返した。

「まっすぐにグリフィンドール塔へ連れていくのじゃ。そして、ハリー――動くでないぞ。なにかしたくとも――ふくろう便を送りたくとも――明日の朝まで待つのじゃ。わかったかな？」

「あの――はい」ハリーはダンブルドアをじっと見た。たったいま、ピッグウィジョンをシリウスのところに送って、なにが起こったかを知らせようと思っていたのに、ダンブルドアはどうしてそれがわかったんだろう？

「ファングを残していきますだ。校長先生さま」ハグリッドがカルカロフを脅すように睨みつけながら言った。

カルカロフは毛皮と木の根とにからまって、まだ木の根元に伸びていた。

「ファング、ステイ。ハリー、行こう」

二人は黙ったまま、ボーバトンの馬車を通り過ぎ、城に向かって歩いた。

「あいつ、よくも」急ぎ足で湖を通り過ぎながら、ハグリッドがうなった。「ダンブルドアを責めるなんて、よくも。そんなことをダンブルドアがしたみてえに。ダンブルドアがおまえさんを、はじめから試合に出したかったみてえに。心配なさってるんだ！　ここんとこ、ずっとだ。ダンブルドアがこんなに心配なさるのをいままでに見たことがねえ。それにおまえもおまえだ！」

ハグリッドが急にハリーに怒りを向けた。ハリーは驚いてハグリッドを見た。

「クラムみてえな野郎と、ほっつき歩いて、なにしとったんだ？　やつはダームストラングだぞ、ハリー！　あそこでおまえさんに呪いをかけることもできただろうが。え？　ムーディからなにを習っちょった？　ほいほい進んで、やつに誘《おび》き出されるたあ――」

「クラムはそんな人じゃない！」玄関ホールの石段を上りながら、ハリーが言った。「僕に呪いをかけようとなんかしなかった。ただ、ハーマイオニーのことを話したかっただけなんだ――」

「ハーマイオニーとも少し話をせにゃならんな」石段をドシンドシン踏みしめながら、ハグリッドが暗い顔をした。「よそ者とはなるべくかかわらんほうがええ。そのほうが身のためだ。だれも信用できん」

「ハグリッドだって、マダム・マクシームと仲良くやってたじゃない」ハリーはちょっと癪《しゃく》に障《さわ》った。

「あの女の話は、もうせんでくれ」ハグリッドは一瞬恐い顔をした。「もう腹は読めとる！　おれに取り入ろうとしとる。第三の課題がなんなのか聞き出そうとしとる。へん！　あいつら、だれも信用できん！」

ハグリッドの機嫌が最悪だったので、「太った婦人《レディ》」の前でおやすみを言ったとき、ハリーは正直ほっとした。肖像画の穴を這《は》い登って談話室に入ると、ハリーはまっすぐロンとハーマイオニーのいる部屋の隅に急いだ。今夜の出来事を二人に話さなければ。

第29章　夢

「つまり、こういうことになるわね」ハーマイオニーが額《ひたい》をこすりながら言った。「クラウチさんがビクトールを襲ったか、それともビクトールがよそ見をしているときに、別のだれかが二人を襲ったかだわ」

「クラウチに決まってる」ロンがすかさず突っ込んだ。「だから、ハリーとダンブルドアが現場に行ったとき、クラウチはいなかった。遁《とん》ずらしたんだ」

「ちがうと思うな」ハリーが首を振った。「クラウチはとっても弱っていたみたいだ――『姿くらまし』なんかもできなかったと思う」

「ホグワーツの敷地内では、『姿くらまし』はできないの。何度も言ったでしょ？」ハーマイオニーが言った。

「ようし……この説はどうだ」ロンが興奮しながら言った。「クラムがクラウチを襲った――いや、ちょっと待って――それから自分自身に『失神術《しっしんじゅつ》』をかけた！」

「そして、クラウチさんは蒸発した。そういうわけ？」ハーマイオニーが冷たく言い放った。

「ああ、そうか……」

夜明けだった。ハリー、ロン、ハーマイオニーは朝早くこっそり寮を抜け出し、シリウスに手紙を送るために急いでふくろう小屋にやってきた。いま、三人は朝靄《あさもや》の立ち込める校庭を眺めながら話をしている。夜遅くまでクラウチ氏の話をしていたので、三人とも顔色が悪く、腫《は》れぼったい目をしていた。

「ハリー、もう一回話してちょうだい」ハーマイオニーが言った。「クラウチさんは、なにをしゃべったの？」

「もう話しただろ。わけのわからないことだったって」ハリーが言った。「ダンブルドアになにかを警告したいって。バーサ・ジョーキンズの名前ははっきり言った。もう死んでると思ってるらしいよ。なにかが、自分のせいだって、何度も繰り返してた……自分の息子のことを言った」

「そりゃ、たしかにあの人のせいだわ」ハーマイオニーはつっけんどんに言った。

「あの人、正気じゃなかった」ハリーが言った。「話の半分ぐらいは、奥さんと息子がまだ生きているつもりで話してたし、パーシーに仕事のことばかり話しかけて、命令していた」

「それと……『例のあの人』についてはなんて言ったんだっけ？」ロンが聞きたいような、聞きたくないような言い方をした。

「それも、もう話しただろ」ハリーは不承不承《ふしょうぶしょう》に繰り返した。「より強くなっているって、そう言ってたんだ」

みな黙り込んだ。それから、ロンが空元気《から》を振りしぼって言った。

「だけど、クラウチは正気じゃなかったんだ。そう言ったよね。だから、半分ぐらいはたぶんうわごとさ……」

「ヴォルデモートのことをしゃべろうとしたときは、正気みたいだったよ」ハリーは、ヴォルデモートの名前にぎくりとするロンを無視した。「言葉を二つつなぐことさえやっとだったけれど、そのことになると、自分がどこにいてなにをしたいのかがわかってたみたいなんだ。ダンブルドアに会わなきゃって、そればかり言ってた」

ハリーは窓から目を離し、天井の垂木《たるき》を見上げた。ふくろうのいない止まり木が多かった。ときどき一羽また一羽と、夜の狩《かり》からもどったふくろうが、ネズミをくわえてスイーッと窓から入ってきた。

「スネイプに邪魔されなけりゃ」ハリーは悔しそうに言った。「間に合ってたかもしれないのに。『校長は忙しいのだ、ポッター……寝呆《ねぼ》けたことを！』だってさ。邪魔せずに放っといてくれればよかったんだ」

「もしかしたら、君を現場に行かせたくなかったんだ！」ロンが急《せ》き込んで言った。「たぶん――待てよ――スネイプが禁じられた森に行くとしたら、どのぐらい早く行けたと思う？　君やダンブルドアを追い抜けたと思うか？」

「コウモリかなにかに変身しないとむりだ」ハリーが言った。

「それもありだな」ロンがつぶやいた。

「ムーディ先生に会わなきゃ」ハーマイオニーが言った。「クラウチさんを見つけたかどうか、確かめなきゃ」

「ムーディがあのとき『忍《しの》びの地図《ちず》』を持ってたら、簡単だったろうけど」ハリーが言った。

「ただし、クラウチが校庭から外に出てしまっていなければだけどな」ロンが言った。「だって、あれは学校の境界線の中しか見せてくれないはずだし――」

「しっ！」突然ハーマイオニーが制した。

だれかがふくろう小屋に続く、階段を上がってくる。ハリーの耳に、二人で口論する声が徐々に近づいてくるのが聞こえた。

「――脅迫だよ、それじゃ。面倒なことになるかもしれないぜ――」

「――これまでは行儀よくやってきたんだ。もう汚い手に出るときだ、やつとおんなじにな。やつは自分のやったことを、魔法省に知られたくないだろうから――」

「それを書いたら、脅迫状になるって、そう言ってるんだよ！」

「そうさ。だけど、そのお陰でどっさりおいしい見返りがあるなら、おまえだって文句はないだろう？」

ふくろう小屋の戸がバーンと開き、フレッドとジョージが敷居《しきい》をまたいで入ってきた。そして、ハリー、ロン、ハーマイオニーを見つけ、その場に凍りついた。

「こんなとこでなにしてるんだ？」ロンとフレッドが同時にさけんだ。

「ふくろう便を出しに」ハリーとジョージが同時に答えた。

「え？　こんな時間に？」ハーマイオニーとフレッドが言った。

フレッドがニヤッとした。

「いいさ――君たちがなにも聞かなけりゃ、おれたちも君たちがなにをしているか聞かないことにしよう」

フレッドは封書を手に持っていた。ハリーがちらりと見ると、フレッドは偶然かわざとか、手をもぞもぞさせて宛名を隠した。

「さあ、みなさんをお引き止めはいたしませんよ」フレッドが出口を指さしながら、おどけたようにお辞儀をした。

ロンは動かなかった。

「だれを脅迫するんだい？」ロンが聞いた。

フレッドの顔からにやりが消えた。ジョージがちらっとフレッドを横目で見て、それからロンに笑いかけた。

「ばか言うな。単なる冗談さ」ジョージがなんでもなさそうに言った。

「そうは聞こえなかったぞ」ロンが言った。

フレッドとジョージが顔を見合わせた。それから、ふいにフレッドが言った。

「前にも言ったけどな、ロン、鼻の形を変えたくなかったら、引っ込んでろ。もっとも鼻の形は変えたほうがいいかもしれないけどな――」

「だれかを脅迫しようとしてるなら、僕にだって関係がある」ロンが言った。「ジョージの言うとおりだよ、そんなことしたら、すごく面倒なことになるぞ」

「冗談だって言ったじゃないか」ジョージが言った。

ジョージはフレッドの手から手紙をもぎ取り、すぐそばにいたメンフクロウの足にくくりつけはじめた。

「おまえ、少しあの懐かしの兄貴に似てきたぞ、ロン。このままいけば、おまえも監督生《かんとくせい》になれる」

「そんなのになるもんか！」ロンが熱くなった。

ジョージはメンフクロウを窓際に連れていって、飛び立たせた。

そして、振り返ってロンにニヤッと笑いかけた。

「そうか、それなら他人になにしろかにしろと、うるさく言うな。じゃあな」

フレッドとジョージはふくろう小屋を出ていった。ハリー、ロン、ハーマイオニーは互いに顔を見合わせた。

「あの二人、なにか知ってるのかしら？」ハーマイオニーがささやいた。「クラウチのこととか、いろいろ」

「いいや」ハリーが言った。「そんな深刻なことなら、二人ともだれかに話してるはずだ。ダンブルドアに話すだろう」

しかし、ロンはなんだか落ち着かない。

「どうしたの？」ハーマイオニーが聞いた。

「あのさ……」ロンが言いにくそうに言った。「あの二人がだれかに話すかどうか、僕、わかんない。あの二人……あの二人、最近金儲《かねもう》けに取り憑《つ》かれてるんだ。僕、あの連中にくっついて歩いていたときにそのことに気づいたんだ――ほら、あのときだよ――ほら――」

「僕たちが口をきかなかったとき」ハリーがロンの代わりに言った。「わかったよ。だけど、脅迫なんて……」

「あの『悪戯《いたずら》専門店』のことさ」ロンが言った。「僕、あの二人が、ママを困らせるために店のことを言ってるんだと思ってた。だけど、真剣なんだよ。二人で店を始めたいんだ。ホグワーツ卒業まであと一年しかない。いまこそ将来のことを考えるときだって。パパは二人を援助できないし、だから二人は、店を始めるのに金貨が必要だって、いつもそう言ってるんだ」

今度はハーマイオニーが落ち着かなくなった。

「そう。でも……あの二人は、まさか金貨のために法律を犯すようなことはしないでしょう？」

「しないかなあ」ロンが疑わしそうに言った。「わかんない……規則破りを気にするような二人じゃないだろ？」

「だけど、今回は法律なのよ」ハーマイオニーは恐ろしそうに言った。「ばかげた校則とはちがうわ……脅迫したら、居残り罰じゃすまないわよ！　ロン……パーシーに言ったほうがいいんじゃないかしら……」

「正気か？」ロンが言った。「パーシーに言う？　あいつ、クラウチとおんなじように、弟を突き出すぜ」

ロンは、フレッドとジョージがふくろうを放った窓をじっと見た。

「さあ、行こうか。朝食だ」

「ムーディ先生にお目にかかるのには早すぎると思う？」螺旋《らせん》階段を下りながら、ハーマイオニーが言った。

「うん」ハリーが答えた。「こんな夜明けに起こしたら、僕たちドアごと吹っ飛ばされるだろうな。寝込みを襲ったと思われてね。休み時間まで待ったほうがいい」

「魔法史」の授業がこんなにのろのろ感じられるのもめずらしかった。ハリーは壊れた腕時計をとうとう捨ててしまったので、ロンの腕時計を覗き込んでばかりいた。しかしロンの時計の進みがあまりに遅いので、きっとこれも壊れているにちがいないと思った。三人とも疲れ果てていたので、机に頭を載せたら気持ちよく眠り込んでしまっただろう。ハーマイオニーでさえ、いつものようにノートを取る様子もなく、片手で頭を支え、ビンズ先生をとろんとした目で見つめているだけだった。

やっと終業のベルが鳴ると、三人は廊下に飛び出し、「闇の魔術」の教室に急いだ。ムーディは教室から出るところだった。ムーディも、三人と同じように疲れた様子だった。普通の目の瞼《まぶた》が垂れ下がり、いつもに増してひん曲がった顔に見えた。

「ムーディ先生！」生徒たちをかき分けて近づきながら、ハリーが呼びかけた。

「おお、ポッター」ムーディがうなった。「魔法の目」が、通り過ぎていく二、三人の一年生を追っていた。一年生はびくびくしながら足を速めて通り過ぎた。「魔法の目」が、背後を見るようにひっくり返り、一年生が角を曲がるのを見届け、それからムーディが口を開いた。

「こっちへこい」ムーディは少し後ろに下がって、空になった教室に三人を招じ入れ、自分も入ってドアを閉めた。

「見つけたのですか？」ハリーは前置きなしに聞いた。「クラウチさんを？」

「いや」そう言うと、ムーディは自分の机まで行って腰掛け、小さくうめきながら義足を伸ばし、携帯用酒瓶《さかびん》を引っ張り出した。

「あの地図を使いましたか？」ハリーが聞いた。

「もちろんだ」ムーディは酒瓶を口にしてぐいと飲んだ。「おまえのまねをしてな、ポッター。『呼び寄せ呪文』でわしの部屋から禁じられた森まで地図を呼び出した。クラウチは地図のどこにもいなかった」

「それじゃ、やっぱり『姿くらまし』術？」ロンが言った。

「ロン！　学校の敷地内では、『姿くらまし』はできないの！」ハーマイオニーが言った。「消えるには、なにかほかの方法があるんですね？　先生？」

ムーディの「魔法の目」が、ハーマイオニーを見据えて、笑うように震えた。

「おまえもプロの『闇祓《やみばら》い』になることを考えてもよい一人だな」ムーディが言った。「グレンジャー、考えることに筋道が立っておる」

ハーマイオニーがうれしそうに頬を赤らめた。

「うーん、クラウチは透明ではなかったし」ハリーが言った。「あの地図は透明でも現れます。それじゃ、きっと学校の敷地から出てしまったのでしょう」

「だけど、自分ひとりの力で？」ハーマイオニーの声に熱がこもった。「それとも、だれかがそうさせたのかしら？」

「そうだ。そのだれかだ——箒《ほうき》に乗せて一緒に飛んでいった。ちがうかな？」

ロンは急いでそう言うと、期待のこもった目でムーディを見た。自分も「闇祓い」の素質があると言ってもらいたそうな顔だった。

「攫《さら》われた可能性が皆無ではない」ムーディがうなった。

「じゃ」ロンが続けた。「クラウチはホグズミードのどこかにいると？」

「どこにいてもおかしくはないが」ムーディが頭を振った。「確実なのは、ここにはいないということだ」

ムーディは大きなあくびをした。傷痕《きずあと》が引っ張られて伸びた。ひん曲がった口の中で、歯が数本欠けているのが見えた。

「さて、ダンブルドアが言っておったが、おまえたち三人は探偵ごっこをしておるようだな。クラウチはおまえらの手には負えん。魔法省が捜索に乗り出すだろう、ダンブルドアが知らせたのでな。ポッター、おまえは第三の課題に集中することだ」

「え？」ハリーは不意を衝《つ》かれた。「ああ、ええ……」

あの迷路のことは、昨夜クラムと一緒にあの場を離れてから一度も考えなかった。

「お手の物だろう、これは」ムーディは傷だらけの無精ひげの生えた顎《あご》をさすりながら、ハリーを見上げた。「ダンブルドアの話では、おまえはこの手のものは何度もやってのけたらしいな。一年生のとき、賢者の石を守る障害の数々を破ったとか。そうだろうが？」

「僕たちが手伝ったんだ」ロンが急いで言った。「僕とハーマイオニーが手伝った」

ムーディがにやりと笑った。

「ふむ。今度のも練習を手伝うがよい。今回はポッターが勝って当然だ。当面は……ポッター、警戒を怠るな。油断大敵だ」

ムーディは携帯用酒瓶《さかびん》からまたぐいっと大きくひと飲みし、「魔法の目」を窓のほうにくるりと回した。ダームストラング船の一番上の帆が窓から見えていた。

「おまえたち二人は」ムーディの普通の目がロンとハーマイオニーを見ていた。「ポッターから離れるでないぞ。いいか？　わしも目を光らせているが、それにしてもだ……警戒の目は多すぎて困るということはない」

翌朝には、シリウスが同じふくろうで返事をよこした。ハリーのそばにそのふくろうが舞い降りると同時に、モリフクロウが一羽、嘴《くちばし》に「日刊予言者新聞《にっかんよげんしゃしんぶん》」をくわえて、ハーマイオニーの前に降りてきた。新聞の最初の二、三面を斜め読みしたハーマイオニーが「ふん！　あの女、クラウチのことはまだ嗅《か》ぎつけてないわ！」と言った。それから、ロン、ハリーと一緒に、シリウスが一昨日の夜の不可思議な事件について、なんと言ってきたのかを読んだ。

ハリー――いったいなにを考えているんだ？　ビクトール・クラムと一緒に禁じられた森に入るなんて。だれかと夜出歩くことは二度としないと、返事のふくろう便で約束してくれ。ホグワーツには、きわめて危険な人物がいるようだ。クラウチがダンブルドアに会うのを、そいつが止めようとしたのは明らかだ。そいつは暗闇の中で、君のすぐ近くにいたはずだ。殺されていたかもしれないのだぞ。

君の名前が「炎のゴブレット」に入っていたのも、偶然ではない。だれかが君を襲おうとしているなら、次が最後のチャンスだ。ロンやハーマイオニーから離れるな。夜にグリフィンドール塔から出るな。そして、第三の課題のために準備するのだ。「失神《しっしん》の呪文」「武装解除《ぶそうかいじょ》呪文」を練習すること。呪いをいくつか覚えておいても損はない。クラウチに関しては、君の出る幕はない。おとなしくして、自分のことだけを考えるのだ。

もう変なところへ出ていかないと、約束の手紙を送ってくれ。待っている。

シリウスより

「変なところに行くなって、僕に説教する資格あるの?」ハリーは少し腹を立てながらシリウスの手紙を折りたたんでローブにしまった。「学校時代に自分のしてたことを棚に上げて!」

「あなたのことを心配してるんじゃない!」ハーマイオニーが厳しい声で言った。

「ムーディもハグリッドもそうよ! ちゃんと言うことを聞きなさい!」

「この一年、だれも僕を襲おうとしてないよ」ハリーが言った。「だれも、なーんにもしやしない――」

「あなたの名前を『炎のゴブレット』に入れた以外はね」ハーマイオニーが言った。「それに、ちゃんと理由があってそうしたにちがいないのよ、ハリー。スナッフルズが正しいわ。きっとやつは時を待ってるんだわ。たぶん、今度の課題であなたに手を下すつもりよ」

「いいかい」ハリーはいらつきながら言った。「スナッフルズが正しいとするよ。だれかがクラムに『失神《しっしん》の呪文』をかけて、クラウチを攫《さら》ったとする。なら、そいつは僕らの近くの木陰にいたはずだ。そうだろう? だけど、僕がいなくなるまでなにもしなかった。そうじゃないか? だったら、僕が狙いってわけじゃないだろう?」

「禁じられた森であなたを殺したら、事故に見せかけられないじゃない!」ハーマイオニーは冷静だ。「だけど、もしあなたが課題の最中に死んだら――」

「クラムのことは平気で襲ったじゃないか」ハリーが言い返した。「僕のことも一緒に消しちゃえばよかっただろ？　クラムと僕が決闘かなにかしたように見せかけることもできたのに」

「ハリー、私にもわからないのよ」ハーマイオニーが困り果てたように言った。「おかしなことがたくさん起こっていることだけはわかってる。それが気に入らないわ……ムーディは正しい――スナッフルズも正しい――あなたはすぐにでも第三の課題のトレーニングを始めるべきだわ。それに、すぐにスナッフルズに返事を書いて、二度とひとりで抜け出したりはしないと約束しなきゃ」

城の中にこもっていなければならないとなると、ホグワーツの校庭はますます強く誘いかけてくるようだった。二、三日は、ハリーもハーマイオニーやロンと図書室に行って呪いを探したり、空いている教室に三人で忍び込んで練習をしたりして自由時間を過ごした。ハリーはこれまで使ったことのない「失神の呪文」に集中していた。困ったことは、練習をすると、ロンかハーマイオニーがある程度犠牲になることだ。

「ミセス・ノリスを攫《さら》ってこれないか？」

月曜の昼食時、「呪文学」の教室に大の字になって倒れたままロンが提案した。五回連続で「失神の呪文」にかけられ、ハリーに目覚めさせられた直後のことだ。

「ちょっとあいつに『失神術』をかけてやろうよ。じゃなきゃ、ハリー、ドビーを使えばいい。君のためならなんでもすると思うよ。僕、文句を言ってるわけじゃないけどさ」——ロンは尻をさすりながらそろそろと立ち上がった——「だけど、あっちこっち痛くて……」

「だって、あなた、クッションのところに倒れないんだもの！」ハーマイオニーがもどかしそうに言いながら、クッションの山を並べなおした。クッションは「追いはらい呪文」の練習に使ったあと、フリットウィック先生が戸棚に入れたままにしておいたものだ。「後ろにバッタリ倒れなさいよ！」

「『失神』させられたら、ハーマイオニー、狙い定めて倒れられるかよ！」ロンが怒った。「今度は君がやれば？」

「いずれにしても、ハリーはもうコツをつかんだと思うわ」ハーマイオニーがあわてて言った。「それに、『武装解除《ぶそうかいじょ》』のほうは心配ないわ。ハリーはずいぶん前からこれを使ってるし……今夜はここにある呪いのどれかに取りかかったほうがいいわね」

ハーマイオニーは、図書室で、三人で作ったリストを眺めた。

「この呪いなんか、よさそうだわ。『妨害《ぼうがい》の呪い』。あなたを襲う物のスピードを遅くします。ハリー、この呪いから始めましょう」

ベルが鳴った。三人はフリットウィック先生の戸棚に急いでクッションを押し込み、そっと教室を抜け出した。

「それじゃ、夕食のときにね！」ハーマイオニーはそう言うと「数占い」の授業に行き、ハリーとロンは北塔の「占い学」の教室に向かった。金色のまぶしい日光が高窓から射し込み、廊下に太い縞《しま》模様を描いていた。空はエナメルでも塗ったように、明るいブルー一色だった。

「トレローニーの部屋は蒸《む》し風呂だぞ。あの暖炉の火を消したことがないからな」

天井の撥《は》ね戸の下に伸びる銀の梯子《はしご》に向かって階段を上りながら、ロンが言った。

そのとおりだった。ぼんやりと灯《とも》りの点《あか》った部屋はうだるような暑さだった。香料入りの火から立ち昇る香気《こうき》はいつもより強く、ハリーは頭をくらくらさせながら、カーテンを閉め切った窓に向かって歩いていった。トレローニー先生がランプに引っかかったショールを外すのに向こうを向いた隙に、ハリーはほんのわずか窓を開け、チンツ張りの肘掛《ひじかけ》椅子に背をもたせ、そよ風が顔のまわりをなでるようにした。とても心地よかった。

「みなさま」トレローニー先生は、ヘッドレストつきの肘掛《ひじかけ》椅子に座り、生徒と向き合い、メガネで奇妙に拡大された目でぐるりとみなを見回した。「星座占いはもうほとんど終わりました。ただし、今日は、火星の位置がとても興味深いところにございましてね。その支配力を調べるのにはすばらしい機会ですの。こちらをご覧あそばせ。灯《あか》りを落としますわ……」

先生が杖《つえ》を振ると、ランプが消えた。暖炉の火だけが明るかった。トレローニー先生はかがんで、自分の椅子の下からガラスのドームに入った太陽系のミニチュア模型を取り出した。それは美しいものだった。九個の惑星のまわりにはそれぞれの月が輝き、燃えるような太陽があり、その全部が、ガラスの中にぽっかりと浮いている。トレローニー先生が、火星と海王星が惚《ほ》れぼれするような角度を構成していると説明しはじめたのを、ハリーはぼんやりと眺めていた。むっとするような香気《こうき》が押し寄せ、窓からのそよ風が顔をなでた。どこかカーテンの陰で、虫がやさしく鳴いているのが聞こえる。ハリーの瞼《まぶた》が重くなってきた……。

ハリーはワシミミズクの背に乗って、澄《す》み切ったブルーの空高く舞い上がり、高い丘の上に立つ蔦《つた》のからんだ古い屋敷へと向かっていた。徐々に低く飛ぶと、心地よい風がハリーの顔をなでた。

そしてハリーは、館の上階の暗い破れた窓にたどり着き、中に入った。いま、ハリーとワシミミズクは、一番奥の部屋をめざして、薄暗い廊下を飛んでいる……ドアから暗い部屋に入ると、部屋の窓は板が打ちつけてある……。

ハリーはワシミミズクから降りた……ワシミミズクが部屋を横切り、ハリーに背を向けた椅子のほうへと飛んでいく……椅子のそばの床に、二つの黒い影が見える……二つの影が蠢《うごめ》いている……。

一つは巨大な蛇……もう一つは男……禿《は》げかけた頭、薄い水色の目、尖《とが》った鼻の小男だ……男は暖炉マットの上で、ゼイゼイ声を上げ、すすり泣いている……。

「ワームテール、貴様は運のいいやつよ」

冷たい、かん高い声が、ワシミミズクの止まった肘掛《ひじかけ》椅子の奥から聞こえた。

「まったく運のいいやつよ。貴様はしくじったが、すべてが台無しにはならなかった。やつは死んだ」

「ご主人様」床に平伏《へいふく》した男が喘《あえ》いだ。「ご主人様。わたくしめは……わたくしめは、まことにうれしゅうございます……まことに申し訳なく……」

「ナギニ」冷たい声が言った。「おまえは運が悪い。結局、ワームテールをおまえの餌食《えじき》にはしない……しかし、心配するな。よいか……まだ、ハリー・ポッターがおるわ……」

蛇はシューッシューッと音を出した。舌がチロチロするのを、ハリーは見た。

「さて、ワームテールよ」冷たい声が言った。「失敗はもう二度と許さん。そのわけを、もう一度おまえの体に覚えさせよう」

「ご主人様……どうか……お許しを……」

椅子の奥から杖《つえ》の先端が出てきた。ワームテールに向けられている。

「クルーシオ！　苦しめ！」冷たい声が言った。

ワームテールは悲鳴を上げた。体中の神経が燃え上がっているような悲鳴だ。悲鳴がハリーの耳をつんざき、額《ひたい》の傷が焼きごてを当てられたように痛んだ。ハリーもさけんでいた……。ヴォルデモートが聞いたら、ハリーがそこにいることに気づかれてしまう……。

「ハリー！　ハリー！」

ハリーは目を開けた。ハリーは、両手で顔を覆い、トレローニー先生の教室の床に倒れていた。傷痕《きずあと》がまだひどく痛み、目が潤んでいる。痛みは夢ではなかった。クラス全員がハリーを囲んで立っていた。ロンはすぐそばに膝《ひざ》をつき、恐怖の色を浮かべていた。

「大丈夫か？」ロンが聞いた。

「大丈夫なはずありませんわ！」トレローニー先生は興奮し切っていた。大きな目がハリーに近づき、じっと覗き込んだ。「ポッター、どうなさったの？　不吉な予兆？　亡霊？　なにが見えましたの？」

「なんにも」ハリーは嘘をついて身を起こした。自分が震えているのがわかった。周囲を見回し、自分の後ろの暗がりを振り返らずにはいられなかった。ヴォルデモートの声があれほど近々と聞こえていた……。

「あなたは自分の傷をしっかり押さえていました！」トレローニー先生が言った。「傷を押さえつけて、床を転げ回ったのですよ！　さあ、ポッター、こういうことには、あたくし、経験がありましてよ！」

ハリーは先生を見上げた。

「医務室に行ったほうがいいと思います」ハリーが言った。「ひどい頭痛がします」

「まあ！　あなたはまちがいなく、あたくしの部屋の、透視振動《とうししんどう》の強さに刺激を受けたのですわ！」トレローニー先生が言った。「いまここを出ていけば、せっかくの機会を失いますわよ。これまでに見たことのないほどの透視――」

「頭痛の治療薬以外にはなにも見たくありません」ハリーが言った。

ハリーは立ち上がった。クラス中が、気を挫《くじ》かれたように後ずさりした。

「じゃ、あとでね」

ロンにそうささやき、ハリーは鞄を取り、トレローニー先生には目もくれず、撥《は》ね戸へと向かった。先生はせっかくのご馳走を食べそこねたような、欲求不満の顔をしていた。

教室から伸びる梯子《はしご》の一番下まで降りたハリーは、しかし、医務室へは行かなかった。行くつもりははじめからなかった。また傷痕が痛んだらどうすべきか、シリウスが教えてくれていた。ハリーはそれに従うつもりだった。まっすぐにダンブルドアの校長室に行くのだ。夢に見たことを考えながら、ハリーは廊下をただ一心に歩いた……プリベット通りで目が覚めたときの夢と同じように、今度の夢も生々しかった……ハリーは頭の中で夢の細かいところまで想い返し、忘れないようにした……ヴォルデモートがワームテールのしくじりを責めていた……しかし、ワシミミズクはよい知らせを持っていった。へまは繕《つくろ》われ、だれかが死んだ……それで、ワームテールは蛇の餌食《えじき》にならずにすんだ……蛇の餌食になるのは……僕。

ダンブルドアの部屋への入口を守るガーゴイルの石像を、ハリーはうっかり通り過ぎてしまった。はっとして、あたりを見回し、自分がなにをしてしまったかに気づいて、ハリーは後もどりした。石像の前に立つと、ハリーは合言葉を知らなかったことを思い出した。

「レモン・キャンディー？」だめかな、と思いながら言ってみた。

ガーゴイルはぴくりともしない。

「よーし」ハリーは石像を睨《にら》んだ。「梨飴《なしあめ》。えーと、杖型甘草飴《つえがたかんぞうあめ》。フィフィ・フィズビー。どんどんふくらむドルーブルの風船ガム。バーティー・ボッツの百味《ひゃくみ》ビーンズ……あ、ちがったかな。ダンブルドアはこれ、嫌いだったっけ？……えーい、開いてくれよ。だめ？」

ハリーは怒った。

「どうしてもダンブルドアに会わなきゃならないんだ。緊急なんだ！」

ガーゴイルは不動の姿勢だ。

ハリーは石像を蹴飛ばした。足の親指が死ぬほど痛かっただけだ。

「蛙チョコレート！」ハリーは片足だけで立って、腹を立てながらさけんだ。

「砂糖羽根ペン！　ゴキブリゴソゴソ豆板！」

ガーゴイルに命が吹き込まれ、脇に飛び退《の》いた。ハリーは目を瞬《しばた》いた。

「ゴキブリゴソゴソ豆板？」ハリーは驚いた。「冗談のつもりだったのに……」

ハリーは壁の隙間を急いで通り抜け、石の螺旋《らせん》階段に足をかけた。すると階段はゆっくり上に動きはじめ、ハリーの背後で壁が閉まった。動く螺旋階段は、ハリーを磨き上げられた樫《かし》の扉の前まで連れていった。扉には真鍮《しんちゅう》のノッカーがついていて、それを扉に打ちつけて客の来訪を知らせるようになっていた。

部屋の中から人声が聞こえた。動く螺旋階段から降りたハリーは、ちょっと躊躇《ちゅうちょ》しながら人声を聞いた。

「ダンブルドア、私にはどうもつながりがわからんのですよ。まったくわかりませんな！」

魔法大臣、コーネリウス・ファッジの声だ。

「ルードが言うには、バーサの場合は行方不明になっても、まったくおかしくはない。たしかに、いまごろはもうとっくにバーサを発見しているはずではあったが、それにしても、なんら怪しげなことが起きているという証拠はないですぞ、ダンブルドア。まったくない。バーサが消えたことと、バーティ・クラウチの失踪《しっそう》を結びつける証拠となると、なおさらない！」

「それでは、大臣。バーティ・クラウチに、なにが起こったとお考えかな？」ムーディのうなり声が聞こえた。

「アラスター、可能性は二つある」ファッジが言った。「クラウチはついに正気を失ったか——大いにありうることだ。あなた方にもご同意いただけるとは思うが、クラウチのこれまでの経歴を考えれば——心身喪失《しんしんそうしつ》で、どこかをさ迷っている——」

「もしそれなれば、ずいぶんと短い時間に、遠くまでさ迷い出たものじゃ」ダンブルドアが冷静に言った。

「もしくは——いや……」ファッジは困惑したような声を出した。「いや、クラウチが見つかった現場を見るまでは、判断を控えよう。しかし、ボーバトンの馬車を過ぎたあたりだとおっしゃいましたかな？　ダンブルドア、あの女が何者なのか、ご存知か？」

「非常に有能な校長だと考えておるよ——それにダンスがすばらしくお上手じゃ」

ダンブルドアが静かに言った。

「ダンブルドア、よせ!」ファッジが怒った。「あなたは、ハグリッドのことがあるので、偏見からあの女に甘いのではないのか? 連中は全部が全部無害ではない——もっとも、あの異常な怪物好きのハグリッドを無害と言うのならの話だが——」

「わしはハグリッドと同じように、マダム・マクシームをも疑っておらんよ」ダンブルドアは依然として平静だった。「コーネリウス、偏見があるのはあなたのほうかもしれんのう」

「議論はもうやめぬか?」ムーディがうなった。

「そう、そう。それでは外に行こう」ファッジのいらいらした声が聞こえた。

「いや、そうではないのだ」ムーディが言った。「ポッターが話があるらしいぞ、ダンブルドア。扉の外におる」

第30章　ペンシーブ

扉が開いた。

「よう、ポッター」ムーディが言った。「さあ、入れ」

ハリーは中に入った。ダンブルドアの部屋には前に一度きたことがある。そこは、とても美しい円形の部屋で、ホグワーツの歴代校長の写真が壁にずらりと飾ってある。どの写真もぐっすり眠り込んで、静かに胸を上下させていた。

コーネリウス・ファッジは、いつもの細縞《ほそじま》のマントを着て、ライムのような黄緑色の山高帽《やまたかぼう》を手に、ダンブルドアの机の横に立っていた。

「ハリー！」ファッジは愛想よく呼びかけながら近づいてきた。「元気かね？」

「はい」ハリーは嘘をついた。

「いま、ちょうどクラウチ氏が学校に現れた夜のことを話していたところだ」ファッジが言った。「見つけたのは君だったたね？」

「はい」そう答えながら、いまここで話し合われていた内容を聞かなかったふりをしてもしかたがないと考え、ハリーは言葉を続けた。「でも、僕、マダム・マクシームはどこにも見かけませんでした。あの方は隠れるのは難しいのじゃないでしょうか？」

ダンブルドアはファッジの背後で、目をキラキラさせながらほほえんだ。

「まあ、そうだが」ファッジはばつの悪そうな顔をした。「いまからちょっと校庭に出てみようと思っていたところなんでね、ハリー、すまんが……。授業にもどってはどうかね……」

「僕、校長先生にお話ししたいことがあるのです」ダンブルドアを見ながら、ハリーが急いで言った。ダンブルドアがすばやく、探るようにハリーを見た。

「ハリー、ここで待っているがよい」ダンブルドアが言った。「われわれの現場調査は、そう長くはかからんじゃろう」

三人は黙りこくってぞろぞろとハリーの横を通り過ぎ、扉を閉めた。しばらくしてハリーの耳に、下の廊下をコツッコツッと遠ざかっていくムーディの義足の音が聞こえた。ハリーはあたりを見回した。

「やあ、フォークス」ハリーが言った。

フォークスはダンブルドアの飼っている不死鳥で、扉の脇の金の止まり木に止まっている。白鳥ぐらいの大きさの、すばらしい真紅と金色の羽を持った雄の不死鳥だ。長い尾をシュッと振り、ハリーを見てやさしく目を瞬《しばた》いた。

ハリーはダンブルドアの机の前の椅子に座った。しばらくの間、ハリーはただ座っていま漏《も》れ聞いたことを考え、傷痕《きずあと》を指でなぞりながら額の中ですやすや眠る歴代の校長たちを眺めていた。もう痛みは止まっている。

こうしてダンブルドアの部屋にいて、もうすぐダンブルドアに夢の話を聞いてもらえると思うだけで、ハリーはなぜかずっと落ち着いた気分になった。ハリーは後ろの壁を見上げた。継ぎはぎだらけの「組分け帽子」が棚に置いてある。その隣のガラスケースには、柄《え》に大きなルビーをいくつかはめ込んだ見事な銀の剣《つるぎ》が収められている。二年生のとき、「組分け帽子」の中からハリー自身が取り出した、あの剣だ。かつてこの剣は、ハリーの寮の創始者ゴドリック・グリフィンドールの持ち物だった。剣を見つめながら、ハリーは剣が助けにきてくれたときのことを、すべての望みが絶たれたと思ったあのときのことを思い出していた。すると、ガラスケースに銀色の光が反射し、踊るようにちらちら揺れているのに気がついた。ハリーは光の射す元を見た。ハリーの背後の黒い戸棚から、一筋まばゆいばかりの銀色の光が射していた。戸棚の戸がきっちり閉まっていないようだ。ハリーは戸惑いながらフォークスを見、それから立ち上がって戸棚のところへ行き、戸を開けた。

浅い石の水盆《すいぼん》が置かれていた。縁《ふち》にぐるりと不思議な彫り物が施してある。ルーン文字と、ハリーの知らない記号だ。銀の光は、水盆の中から射している。中にはハリーが見たこともないものが入っていた。液体なのか気体なのか、ハリーにはわからなかった。明るい白っぽい銀色の物質で、絶え間なく動いている。水面に風が渡るように、表面にさざなみが立ったかと思うと、雲のようにちぎれ、滑らかに渦巻いた。まるで光が液体になったかのような――風が固体になったかのような――ハリーにはどちらとも判断がつかなかった。

触れてみたかった。どんなものか、感じてみたかった。しかし、もう魔法界での経験も四年近くになれば、得体の知れない物質の充満した水盆に手を突っ込むのがどれほど愚かしいことが、ハリーにもわかるようになっていた。そこでハリーはローブから杖《つえ》を取り出し、校長室を恐る恐る見回した後にまた水盆に目をもどし、突ついてみた。水盆の中の銀色のものの表面が、急速に渦巻きはじめた。

ハリーは頭を戸棚に突っ込んで、水盆に顔を近づけた。銀色の物質は透明になっている。ガラスのようだ。ハリーは、石の底が見えるかと思い、中を覗き込んだ――ところが、不可思議な物質の表面を通して見えるのは底ではなく、大きな部屋だった。その部屋の天井の丸窓から中を見下ろしているような感じなのだ。

薄明かりの部屋。地下室ではないだろうか。窓がない。ホグワーツ城の壁の照明と同じように、腕木《うでぎ》に松明《たいまつ》が灯《とも》っているだけだ。ハリーは、ガラス状の物質に、ほとんど鼻がくっつくほど顔を近づけた。部屋の壁にぐるりと、ベンチのようなものが階段状に並び、どの段にも魔法使いや魔女たちがびっしりと座っている。部屋のちょうど中央に椅子が一脚置いてある。その椅子を見ると、なぜかハリーは不吉な胸騒ぎを覚えた。椅子の肘《ひじ》のところに鎖が巻きつけてあり、椅子に座る者を縛りつけておくためのもののようだった。

ここはどこだろう？ホグワーツじゃないことは確かだ。城の中でこんな部屋は見たことがない。それに、水盆《すいぼん》の底の不可思議な部屋にいる大勢の魔法使いたちは、おとなばかりだ。ホグワーツにはこんなにたくさんの教師はいない。みな、なにかを待っているようだ。かぶっている帽子の先しか見えなかったが、全員が同じ方向を向き、一人として話をしている者がいない。

水盆は円形だが中の部屋は四角く、隅のほうで起こっていることは、ハリーには見えない。ハリーは首をねじるようにして、さらに顔を近づけてみた。なんとかして見たい……。

覗き込んでいる得体の知れない物質に、ハリーの鼻の先が触れた。

そのとたん、ダンブルドアの部屋がぐらりと大きく揺れた――ハリーはつんのめり、水盆の中に頭から突っ込んだ――。

しかし、ハリーは石の底に頭を打ちつけはしなかった。なにか氷のように冷たい黒いものの中を落ちていく。暗い渦の中に吸い込まれるように――。

そして突然、ハリーは水盆の部屋の隅のベンチに座っていた。他のベンチより一段と高い場所だ。たったいま覗き込んでいた丸窓が見えるはずだと、ハリーは高い石の天井を見上げた。しかし、そこには暗い固い石の天井があるだけだった。

息を激しくはずませながらハリーはまわりを見回した。部屋にいる魔法使いたちは（少なくとも二百人はいる）、だれもハリーを見ていない。十四歳の少年が、たったいま天井からみなのただ中に落ちてきたことなど、だれ一人気づいていないようだ。同じベンチの隣に座っている魔法使いを見たハリーは、驚きのあまり大声を上げ、そのさけび声がしんとした部屋に響き渡った。

ハリーはアルバス・ダンブルドアの隣に座っていた。

「校長先生！」ハリーは喉《のど》を締めつけられたような声でささやいた。「すみません――僕、そんなつもりじゃなかったんです――戸棚の中にあった水盆を見ていただけなんです――僕――ここはどこですか？」

しかし、ダンブルドアは身動きもせず、話もしない。ハリーをまったく無視している。ベンチに座っているほかの魔法使いたちと同じく、ダンブルドアも部屋の隅を見つめている。そこにはドアがあった。

ハリーは、呆然としてダンブルドアを見つめ、黙りこくってなにかを待っている大勢の魔法使いたちに目を移し、そしてまたダンブルドアを見つめた。そして、はたと気づいた……。

前に一度、こんな場面に出くわしたことがある。あのときも、だれもハリーを見てもいないし聞いてもいなかった。呪いのかかった日記帳の一ページに落ち込んだあのときだ。だれかの記憶のただ中に……そして、ハリーの考えがそうまちがっていなければ、また同じようなことが起こっている……。

ハリーは右手を挙げ、ちょっとためらったが、ダンブルドアの目の前で激しく手を振ってみた。ダンブルドアは瞬きもせず、ハリーを振り返りもせず、身動き一つしない。これではっきりした。普通なら、ダンブルドアがこんなふうにハリーを無視したりするはずがない。ハリーは〝記憶〟の中にいるのだ。ここにいるのは現在のダンブルドアではない。しかし、それほど昔のことでもないようだ……隣に座ったダンブルドアは、いまと同じように銀色の髪をしている。それにしても、ここはどこなのだろう？　みな、なにを待っているのだろう？

ハリーはもっとしっかりあたりを見回した。上から覗いていたときに感じたように、この部屋は地下室にちがいなかった——部屋というより、むしろ地下牢のようだ。なんとなく陰気で、不吉な空気が漂っている。壁には絵もなく、なんの飾りもない。四方の壁にはびっしりとベンチが階段状に並んでいるだけだ。部屋のどこからでも肘《ひじ》に鎖のついた椅子がはっきり見えるよう、ベンチが並んでいる。

ここがどこなのか、結論の出ないうちに足音が聞こえた。隅にあるドアが開き、三人の人影が入ってきた――いや、むしろ男が一人と、二体の吸魂鬼《ディメンター》だ。

ハリーは体の芯が冷たくなった。フードで顔を隠した背の高い生き物の吸魂鬼二人が、それぞれ腐った死人のような手で男の腕をつかみ、中央にある椅子に向かってスルスルとゆっくり滑るように動いていた。間に挟まれた男は気を失いかけている。むりもない……記憶の中では、吸魂鬼はハリーに手出しができないとわかってはいても、吸魂鬼の恐ろしい力はまざまざと憶《おぼ》えている。見つめる魔法使いたちがぎくりと身を引く中、吸魂鬼は鎖つきの椅子に男を座らせ、スルスルと下がって部屋から出ていった。ドアがバタンと閉まった。

ハリーは鎖の椅子に座らされた男を見下ろした。カルカロフだ。

ダンブルドアとちがい、カルカロフはずっと若く見えた。髪も山羊《やぎ》ひげも黒々としている。滑らかな毛皮ではなく、ボロボロの薄いローブを着ていた。震えている。ハリーの見ているうちに、椅子の肘の鎖が急に金色に輝き、くねくね這《は》い上がってカルカロフの腕に巻きつき、椅子に縛りつけた。

「イゴール・カルカロフ」ハリーの左手できびきびした声がした。

振り向くと、クラウチ氏がハリーの隣のベンチの真ん中で立ち上がっていた。髪は黒く、しわもずっと少なく、健康そうで冴《さ》えていた。

「おまえは魔法省に証拠を提供するために、アズカバンからここに連れてこられた。おまえが、我々にとって重要な情報を提示すると理解している」

カルカロフは椅子に堅く縛りつけられながらも、しゃんと背筋を伸ばした。

「そのとおりです。閣下」恐怖にかられた声だったが、それでもそのねっとりした言い方には聞き覚えがあった。「わたしは魔法省のお役に立ちたいのです。手を貸したいのです――わたしは魔法省がやろうとしていることを知っております――闇の帝王の残党を一網打尽にしようとしていることを。わたしにできることでしたら、なんなりと喜んで……」

ベンチからザワザワと声が上がった。カルカロフに関心を持って品定めをする者もあれば、不信感をあらわにする者もいた。そのとき、ダンブルドアの向こう隣から、聞き覚えのあるうなり声が、はっきり聞こえた。

「汚いやつ」

ハリーはダンブルドアの向こう側を見ようと、身を乗り出した。マッド-アイ・ムーディがそこに座っていた――ただし、姿形がいまとははっきりちがう。「魔法の目」はなく、両眼とも普通の目だ。激しい嫌悪に目を細め、両眼でカルカロフを見下ろしている。

「クラウチはやつを釈放するつもりだ」ムーディが低い声でダンブルドアにささやいた。「やつと取引したのだ。六か月もかかってやつを追い詰めたのに、仲間の名前をたくさん吐《は》けば、クラウチはやつを解き放つつもりだ。いいだろう。情報とやらを聞こうじゃないか。それからまたまっすぐ吸魂鬼のもとへぶち込め」

ダンブルドアの高い折れ曲がった鼻が、小さく賛成しかねるという音を出した。

「ああ、忘れておった……あなたは吸魂鬼がお嫌いでしたな、アルバス」ムーディは茶化《ちゃか》すように鼻先で笑った。

「さよう」ダンブルドアが静かに言った。「たしかに嫌いじゃ。魔法省があのような生き物と結託するのはまちがいじゃと、わしは常々そう思っておる」

「しかし、このような悪党めには……」ムーディが低い声で言った。

「カルカロフ、仲間の名前を明かすと言うのだな」クラウチが言った。「聞こう。さあ」

「ご理解いただかなければなりませんが」カルカロフが急いで言った。「『名前を言ってはいけないあの人』は、いつも極秘に事を運びました……あの人は、むしろ我々が――あの人の支持者がという意味ですが――それに、わたしは、一度でもその仲間だったことを深く悔《く》いておりますが――」

「さっさと言え」ムーディが嘲《あざけ》った。

「──我々は仲間の名前を全部知ることはありませんでした──全員を把握していたのはあの人だけでした──」

「それは賢い手だ。カルカロフ、おまえのようなやつが、全員を売ることを防いだからな」ムーディがつぶやいた。

「それでも、何人かの名前を言うことはできるというわけだな？」クラウチ氏が言った。

「そ──そうです」カルカロフが喘《あえ》ぎながら言った。「しかも、主だった支持者たちです。あの人の命令を実行しているのを、この目で見ました。この情報を提供いたしますのは、わたしが全面的にあの人を否定し、身もだえするほどに深く後悔していることの証《あかし》として──」

「名前は？」クラウチ氏が鋭く聞いた。

カルカロフは息を深く吸い込んだ。

「アントニン・ドロホフ。わたしは──この者がマグルを、そして──そして闇の帝王に従わぬ者を、数え切れぬほど拷問したのを見ました」

「その上、その者を手伝ったのだろうが」ムーディがつぶやいた。

「我々はすでにドロホフを逮捕した」クラウチが言った。「おまえのすぐあとに捕まえた」

「まことに？」カルカロフは目を丸くした。「そ――それは喜ばしい！」

言葉どおりには見えなかった。カルカロフにとってこれは大きな痛手だったと、ハリーにはわかった。せっかくの名前が一つむだになったのだから。

「ほかには？」クラウチが冷たく言った。

「も、もちろん……ロ、ロジエール」カルカロフがあわてて答えた。「エバン・ロジエール」

「ロジエールは死んだ」クラウチが言った。「彼もおまえの直後に追い詰めた。おめおめ捕まるより戦うことを選び、抵抗して殺された」

「わしの一部を奪いおったがな」ムーディがハリーの右隣のダンブルドアにささやいた。ハリーはもう一度振り返ってムーディを見た。大きく欠けた鼻を指し示しているのが見えた。

「それは――それは当然の報いで！」カルカロフの声が、今度は明らかにあわてふためいていた。自分の情報が魔法省にとってなんの役にも立たないのではと心配になりはじめていることが、ハリーにもわかった。カルカロフの目が、さっと部屋の隅のドアに走った。その向こう側に、まちがいなく吸魂鬼が待ちかまえている。

「ほかには？」クラウチが言った。

「あります！」カルカロフが答えた。「トラバース――マッキノン一家の殺害に手を貸しました。マルシベール――『服従《ふくじゅう》の呪文』を得意とし、数え切れないほどの者に恐ろしいことをさせました！　ルックウッドはスパイです。魔法省の内部から、『名前を言ってはいけないあの人』に有用な情報を流しました！」

カルカロフは今度こそ金脈を当てた、とハリーは思った。見ている魔法使いたちが、いっせいになにやらつぶやいたからだ。

「ルックウッド？」クラウチ氏は前に座っている魔女にうなずいて合図し、魔女は羊皮紙《ようひし》になにかを走り書きした。「神秘部のオーガスタス・ルックウッドか？」

「その者です」カルカロフが熱っぽく言った。「ルックウッドは魔法省の内にも外にも、うまい場所に魔法使いを配し、そのネットワークを使って情報を集めたものと思います――」

「しかし、トラバースやマルシベールはもう我々がにぎっている」クラウチ氏が言った。「よかろう。カルカロフ、これで全部なら、おまえはアズカバンに逆戻りしてもらう。我々が決定を――」

「まだ終わっていない！」カルカロフは必死の面持ちだ。「待ってください。まだあります！」

ハリーの目に、松明《たいまつ》の明かりでカルカロフの脂汗《あぶらあせ》が見えた。血の気のない顔が、黒い髪やひげとくっきり対照的になっている。

「スネイプ！」カルカロフがさけんだ。「セブルス・スネイプ！」

「この評議会はスネイプを無罪とした」クラウチが蔑《さげす》むように言い放った。「アルバス・ダンブルドアが保証人である」

「ちがう！」椅子に縛りつけられている鎖を引っ張るようにもがきながら、カルカロフはさけんだ。「誓ってもいい！　セブルス・スネイプは『死喰い人《デス・イーター》』だ！」

ダンブルドアが立ち上がった。

「この件に関しては、わしがすでに証明しておる」静かな口調だ。「セブルス・スネイプはたしかに『死喰い人』ではあったが、ヴォルデモートの失脚より前にわれらの側にもどり、自ら大きな危険を冒してわれわれの密偵《みってい》になってくれたのじゃ。わしが『死喰い人』でないと同様に、いまやスネイプも『死喰い人』ではない」

ハリーはマッド-アイ・ムーディを振り返った。ムーディはダンブルドアの背後で、はなはだしく疑わしいという顔をしている。

「よろしい、カルカロフ」クラウチが冷たく言った。「おまえは役に立ってくれた。おまえの件は検討しておこう。その間、アズカバンにもどっておれ……」

クラウチ氏の声が次第に遠ざかっていった。ハリーはまわりを見回した。地下牢が、煙でできているかのように消えかかっている。すべてがぼんやりしてきて、自分の体しか見えない。あたりは渦巻く暗闇……。

そして、地下牢がまたもどってきた。ハリーは別の席に座っていた。一番上のベンチであることは変わりがないが、今度はクラウチ氏の左隣だった。部屋の雰囲気はがらりと変わり、リラックスして楽しげでさえあった。壁に沿ってぐるりと座っている魔法使いたちは、なにかスポーツの観戦でもするように、ペチャクチャ話をしている。ハリーの向かい側のベンチで、ちょうど中間くらいの高さのところにいる魔女が、ハリーの目をとらえた。短い金髪に赤紫色のローブを着て、黄緑色の羽根ペンの先をなめている。まちがいなく、若いころのリータ・スキーターだ。ハリーはまわりを見回した。ダンブルドアが、前とはちがうローブを着て、また隣に座っていた。クラウチ氏は疲れて見え、なぜか前よりやつれ、より厳しい顔つきに見える……。そうか、これはちがう記憶なんだ。ちがう日の……ちがう裁判だ。

部屋の隅のドアが開き、ルード・バグマンが入ってきた。しかしこのバグマンは、盛りを過ぎた姿ではなかった。クィディッチ選手として最高潮のときにちがいない。まだ鼻は折れておらず、背が高く、引き締まった体だ。バグマンはおどおどしながら鎖のついた椅子に腰掛けたが、カルカロフのときのように鎖が巻きついて縛り上げたりはしなかった。それで元気を取りもどしたのか、バグマンは傍聴席《ぼうちょうせき》をざっと眺め、何人かに手を振り、ちょっと笑顔さえ見せた。

「ルード・バグマン。おまえは『死喰い人《デス・イーター》』の活動にかかわる罪状で答弁するため、魔法法律評議会に出頭したのだ」クラウチ氏が言った。「すでに、おまえに不利な証拠を聴取している。まもなく我々の評決が出る。評決を言い渡す前に、なにか自分の証言につけ加えることはないか？」

ハリーは耳を疑った。ルード・バグマンが〝死喰い人〟？

「ただ」バグマンがばつが悪そうに笑いながら言った。「あの——わたしはちょっとばかでした——」

近くの席にいた魔法使いたちが、一人、二人、寛大にほほえんだ。クラウチ氏は同調する気にはなれないらしかった。厳格そのもの、嫌悪感むき出しの表情でルード・バグマンをぐいと見下ろしている。

「若僧め、本当のことを言いおったわい」ハリーの背後から、だれかがダンブルドアに辛辣《しんらつ》な口調でささやいた。ハリーが振り向くと、そこにまたムーディが座っていた。「あいつがもともとトロいやつだということを知らなければ、ブラッジャーを食らって、永久的に脳みそをやられたと言うところだがな……」

「ルドビッチ・バグマン。おまえはヴォルデモート卿《きょう》の支持者たちに情報を渡したとして逮捕された」クラウチ氏が言った。「この咎《とが》により、アズカバンに収監《しゅうかん》するのが適当である。期間は最低でも——」

しかし、まわりのベンチから怒号《どごう》が飛んだ。魔法使いや魔女が壁を背に数人立ち上がり、クラウチ氏に対して首を振ったり、拳《こぶし》を振り上げたりしている。

「しかし、申し上げたとおり、わたしは知らなかったのです！」傍聴席《ぼうちょうせき》のざわめきに消されないように声を張り上げ、バグマンが丸いブルーの目を真ん丸にして、熱を込めて言った。「まったく知らなかった！　ルックウッドはわたしの父親の古い友人で……『例のあの人』の一味とは考えたこともなかった！　わたしは味方のために情報を集めてるのだとばっかり思っていた！　それに、ルックウッドは、将来わたしに魔法省の仕事を世話してやると、いつもそう言っていたのです……クィディッチの選手生命が終わったら、ですがね……そりゃ、死ぬまでブラッジャーにたたかれ続けてるわけにはいかないでしょう？」

傍聴席から忍び笑いが上がった。

「評決を採る」クラウチ氏が冷たく言った。地下牢の右手に向かって、クラウチ氏が呼びかけた。「陪審《ばいしん》は挙手願いたい……禁固刑《きんこけい》に賛成の者……」

ハリーは地下牢の右手を見た。だれも手を挙げていない。壁を囲む席で、多くの魔法使いたちが拍手しはじめた。陪審席《ばいしんせき》の魔女が一人立ち上がった。

「なにかね？」クラウチが声を張り上げた。

「先週の土曜に行われたクィディッチのイギリス対トルコ戦で、バグマンさんがすばらしい活躍をなさいましたことに、お祝いを申し上げたいと思います」魔女が一気に言った。

クラウチ氏はカンカンに怒っているようだ。地下牢は、いまや拍手喝采《かっさい》だった。バグマンは立ち上がり、にっこり笑ってお辞儀した。

「情けない」バグマンが地下牢から出ていくと、クラウチ氏が席に着き、吐《は》き棄《す》てるようにダンブルドアに言った。「ルックウッドが仕事を世話すると？……ルード・バグマンが入省する日は、魔法省にとって悲しむべき日になるだろう……」

地下牢がまたぼやけてきた。三度《みたび》はっきりしてきたとき、ハリーはあたりを見回した。ハリーとダンブルドアはまたクラウチ氏の隣に座っていたが、周囲の様子は、これほどちがうかと思うほど様変わりしていた。しんと静まり返り、クラウチ氏の隣の席にいる弱々しい儚《はかな》げな魔女の、涙も枯れ果てたすすり泣きがときおり聞こえるだけだった。魔女は両手で口にハンカチを押し当て、その手が細かく震えている。ハリーはクラウチを見上げた。いっそうやつれ、白髪がぐっと増えたように見える。こめかみがぴくぴく引きつっていた。

「連れてこい」クラウチ氏の声が地下牢の静寂に響き渡った。

隅のドアが開いた。今度は四人の被告を、六体の吸魂鬼が連行している。傍聴席《ぼうちょうせき》の目がいっせいにクラウチ氏に注がれるのを、ハリーは見た。ひそひそささやき合っている者も何人かいる。

地下牢の床に、鎖つきの椅子が四脚並び、吸魂鬼は四人を別々に座らせた。がっしりした体つきの男は、虚ろな目でクラウチを見つめ、それより少しやせてより神経質そうな感じの男は、傍聴席のあちこちにすばやく目を走らせている。豊かな艶《つや》のある黒髪の魔女は、鎖つきの椅子が王座でもあるかのようにふん反り返り、目を半眼に開いていた。最後は十八、九の少年で、恐怖に凍りついている。ぶるぶる震え、薄茶色の髪が乱れて顔にかかり、そばかすだらけの肌は蠟《ろう》のように白くなっていた。クラウチの横のか細い小柄な女性は、ハンカチに嗚咽《おえつ》を漏《も》らし、椅子に座ったまま体をわななかせて泣きはじめた。

クラウチが立ち上がった。目の前の四人を見下ろすクラウチの顔には、混じり気なしの憎しみが表れていた。

「おまえたちは魔法法律評議会に出頭している」クラウチが明確に言った。「この評議会は、おまえたちに評決を申し渡す。罪状は極悪非道の――」

「お父さん」薄茶色の髪の少年が呼びかけた。「お父さん……お願い……」

「――この評議会でも類を見ないほどの犯罪である」クラウチはいっそう声を張り上げ、息子の声を押しつぶした。「おまえたち四人の罪に対する証拠の陳述はすでに終わっている。おまえたちは一人の『闇祓《やみばら》い』――フランク・ロングボトムを捕らえ、『磔《はりつけ》の呪い』にかけた咎《とが》で訴追《そつい》されている。ロングボトムが、逃亡中のおまえたちの主人である『名前を言ってはいけないあの人』の消息を知っていると思い込み、この者に呪いをかけた咎である――」

「お父さん、僕はやっていません！」鎖につながれたまま、少年は上に向かって声を振りしぼった。「お父さん、僕は、誓ってやっていません。吸魂鬼のところへ送り返さないで――」

「さらなる罪状は」クラウチ氏が大声を出した。「フランク・ロングボトムが情報を吐《は》こうとしなかったことを理由に、その妻に対しても『磔の呪い』をかけた咎である。おまえたちは『名前を言ってはいけないあの人』の権力を回復せしめんとし、その者が強力だった時代を――おまえたちの暴力の日々を復活せしめんとした。ここで陪審《ばいしん》の評決を――」

「お母さん！」上を振り仰ぎ少年がさけんだ。クラウチの横のか細い小柄な魔女が、体を揺すりながらすすり泣きはじめた。「お母さん、お父さんを止めてください。お母さん。僕はやっていない。あれは僕じゃなかったんだ！」

「ここで陪審の評決を」クラウチ氏が声を張り上げた。「これらの罪は、アズカバンでの終身刑に値すると私はそう信ずるが、それに賛成の陪審員は挙手願いたい」

地下牢の右手に並んだ魔法使いや魔女たちが、いっせいに手を挙げた。バグマンのときと同じように、壁に沿って並ぶ傍聴席《ぼうちょうせき》から拍手がわき起こった。どの顔も、勝ち誇った残忍さに満ちている。少年が泣きさけんだ。

「いやだ！　いやだ！　僕、やっていない。やっていない。知らなかったんだ！　あそこに送らないで。お母さん、お父さんを止めて！」

吸魂鬼がスルスルと部屋にもどってきた。少年の三人の仲間は、黙って椅子から立ち上がった。半眼の魔女が、クラウチを見上げてさけんだ。

「クラウチ、闇の帝王はふたたび立ち上がるぞよ！　われわれをアズカバンに放り込むがよい。われわれは待つのみ！　あの方は蘇《よみがえ》り、われわれを迎えにおいでになる。ほかの従者のだれよりも、われわれをお褒《ほ》めくださるであろう！　われわれのみが忠実であった！　われわれだけがあの方をお探し申し上げた」

しかし、少年はもがいていた。ハリーには、吸魂鬼の冷たい、心を萎《な》えさせる力がすでに少年を襲っているのがわかったが、それでも少年は吸魂鬼を追いはらおうとしていた。魔女が堂々と地下牢から出ていき、少年が抵抗し続けるのを、聴衆は嘲《あざけ》り笑い、立ち上がって見物する者もいた。

「僕はあなたの息子だ！」少年がクラウチに向かってさけんだ。「息子なのに！」

「おまえは私の息子などではない！」クラウチ氏がどなった。突然、目が飛び出した。「私に息子はいない！」

クラウチの隣の儚《はかな》げな魔女が大きく息を呑《の》み、椅子にくずおれた。気絶している。クラウチは気づく素振りも見せない。

「連れていけ！」クラウチが、吸魂鬼に向かって激しく命令した。「連れていくのだ。そいつらはあそこで腐り果てるがよい！」

「お父さん！　お父さん、僕は仲間じゃない！　いや！　いやだ！　お父さん、助けて！」

「ハリー、そろそろわしの部屋にもどる時間じゃろう」ハリーの耳に静かな声が聞こえた。

ハリーは目をみはった。まわりを見回し、それから自分の隣を見た。

ハリーの右手に座ったアルバス・ダンブルドアは、クラウチの息子が吸魂鬼に引きずられていくのをじっと見ている――そして、ハリーの左手には、ハリーをじっと見つめるアルバス・ダンブルドアがいた。

「おいで」左手のダンブルドアが言った。そして、ハリーの肘《ひじ》を抱え上げた。ハリーは体が空中を昇っていくのを感じた。地下牢が自分のまわりでぼやけていく。一瞬、すべてが真っ暗になり、それからまるでゆっくりと宙返りを打ったような気分がして、突然どこかにぴたりと着地した。どうやら、陽射しのあふれるダンブルドアのまばゆい部屋の中だ。目の前の戸棚の中で、石の水盆《すいぼん》がちらちらと淡い光を放っている。アルバス・ダンブルドアがハリーのかたわらに立っていた。

「校長先生」ハリーは息を呑《の》んだ。「いけないことをしたのはわかっています――そのつもりはなかったのです――戸棚の戸がちょっと開いていて、それで――」

「わかっておる」ダンブルドアは水盆《すいぼん》を持ち上げ、自分の机まで運び、ピカピカの机の上に載せた。そして、椅子に腰掛け、ハリーに向い側に座るようにと合図した。

ハリーは言われるままに、石の水盆を見つめながら座った。中身は白っぽい銀色の物質にもどり、目を凝らして見ている間も、渦巻いたり波立ったりしている。

「これはなんですか？」ハリーは恐る恐る聞いた。

「これか？　これはの、ペンシーブ、『憂《うれ》いの篩《ふるい》』じゃ」ダンブルドアが答えた。「ときどき感じるのじゃが、この気持ちはきみにもわかると思うがの、考えることや想い出があまりにもいろいろあって、頭の中が一杯になってしもうたような気がするのじゃ」

「あの」ハリーは正直言って、そんな気持ちになったことがあるとは言えなかった。

「そんなときにはの」ダンブルドアが石の水盆を指さした。「この篩を使うのじゃ。あふれた想いを頭の中からこの中に注ぎ込んで、時間のあるときにゆっくり吟味《ぎんみ》するのじゃよ。このような物質にしておくとな、わかると思うが、どんな行動様式なのか、関連性なのかがわかりやすくなるのじゃ」

「それじゃ……この中身は、先生の『憂い』なのですか？」ハリーは水盆に渦巻く白い物質をあらためて見つめた。

「そのとおりじゃ」ダンブルドアが言った。「見せてあげよう」

ダンブルドアはローブから杖《つえ》を取り出し、先端をこめかみのあたりの銀色の髪に当てた。そして杖をそこから離すと、先端に髪の毛がくっついてきた――しかしよく見ると、それは、「憂いの篩」を満たしていると同じ白っぽい銀色の不思議な物質が、糸状になって光っているものだった。ダンブルドアは、水盆に新しい「憂い」を加えたのだ。驚いたことに、ハリーの顔が水盆の表面に浮かんでいた。

ダンブルドアは、長い両手でペンシーブの両端を持ち、篩《ふる》った。ちょうど、砂金掘りが砂金を篩い分けるような仕草だ……ハリーの顔が、いつのまにかスネイプの顔になり、口を開いて、天井に向かって話し出した。声が少し反響している。

「あれがもどってきています……カルカロフのもです……これまでよりずっと強く、はっきりと……」

「篩の力を借りずとも、わしが自分で結びつけられたじゃろう」ダンブルドアがため息をついた。「しかし、それはそれでよい」

ダンブルドアは半月メガネの上から、ハリーをじっと見た。ハリーは口をあんぐり開けて、水盆の中で回り続けるスネイプの顔を見ていた。

「ファッジ大臣が見えられた際、ちょうどペンシーブを使っておっての。急いで片づけたのじゃが、どうも戸棚の戸をしっかり閉めなかったようじゃ。当然、きみの注意を引いてしまったことじゃろう」

「ごめんなさい」ハリーが口ごもった。

ダンブルドアは首を振った。

「好奇心は罪ではない。しかし、好奇心は慎重に使わんとな……まことに、そうなのじゃよ……」

ダンブルドアは少し眉《まゆ》をひそめ、杖《つえ》の先で水盆《すいぼん》の中の想いを突ついた。すると、たちまち、十六歳くらいの小太りの女の子が、怒った顔をして現れた。両足を水盆に入れたまま、女の子はゆっくり回転しはじめた。ハリーにもダンブルドアにも無頓着《むとんちゃく》だ。話しはじめると、その声はスネイプの声と同じように反響した。まるで、石の水盆の奥底から聞こえてくるようだ。

「ダンブルドア先生、あいつ、わたしに呪いをかけたんです。わたし、ただちょっとあの子をからかっただけなのに。あの子が先週の木曜に、温室の陰でフローレンスにキスしてたのを見たわよって言っただけなのに……」

「じゃが、バーサ、きみはどうして」ダンブルドアが女の子を見ながら、悲しそうにひとり言を言った。女の子は、すでに黙り込んで回転し続けている。「どうして、そもそもあの子の跡をつけたりしたのじゃ？」

「バーサ？」ハリーが女の子を見てつぶやいた。「この子がバーサ？——昔のバーサ・ジョーキンズ？」

「そうじゃ」ダンブルドアはふたたび水盆の「憂《うれ》い」を突ついた。バーサの姿はその中に沈み、水盆の「想い」はまた不透明の銀色の物質にもどった。

「わしが覚えておるバーサの学生時代の姿じゃ」

「憂いの篩《ふるい》」から出る銀色の光が、ダンブルドアの顔を照らした。その顔があまりに老け込んで見えることに、ハリーは突然気づいた。もちろん、頭ではダンブルドアが相当の歳だということはわかっていたが、なぜかこれまでただの一度も老人だとは思わなかった。

「さて、ハリー」ダンブルドアが静かに言った。「きみがわしの『想い』に囚われてしまわないうちに、なにか言いたいことがあったはずじゃな」

「はい。先生——ついさっき『占い学』の授業にいて——そして——あの——居眠りしました」ハリーは叱られるのではないかと思い、ちょっと口ごもった。が、ダンブルドアは「ようわかるぞ。続けるがよい」とだけ言った。

「それで、夢を見ました」ハリーが続けた。「ヴォルデモート卿《きょう》の夢です。ワームテールを……先生はだれだか、ご存知ですよね……拷問していました——」

「知っておるとも」ダンブルドアはすぐに答えた。「さあ、お続け」

「ヴォルデモートはふくろうから手紙を受け取りました。たしか、ワームテールの失敗はカバーされた、とか言っていました。だれかが死んだとかも。それから、ワームテールは蛇の餌食《えじき》にはしないと――ヴォルデモートの椅子のそばに蛇がいました。それから――それから、こう言いました。その代わりに僕を餌食にするって。そして、ワームテールに『磔の呪い《はりつけ》』をかけて――僕の傷痕《きずあと》が痛みました」ハリーは一気に言った。「それで目が覚めたのです。とても痛くて」

ダンブルドアはただハリーを見ていた。

「あの――それでおしまいです」ハリーが言った。

「なるほど」ダンブルドアが静かに言った。「なるほど。さて、今年になってほかに傷痕が痛んだことがあるかの？　夏休みにきみを目覚めさせたとき以外にじゃが？」

「いいえ、僕――夏休みに、それで目を覚ましたことを、どうしてご存知なのですか？」ハリーは驚愕した。

「シリウスと連絡を取り合っているのは、きみだけではない」ダンブルドアが言った。「わしも、昨年、シリウスがホグワーツを離れて以来、ずっと接触を続けてきたのじゃ。一番安全な隠れ場所として、あの山中の洞穴《ほらあな》を勧めたのはわしじゃ」

ダンブルドアは立ち上がり、机の向こうで往《い》ったり来たり歩きはじめた。ときどきこめかみに杖先《つえさき》を当て、キラキラ光る銀色の「想《おも》い」を取り出しては、「憂《うれ》いの篩《ふるい》」に入れた。中の「想い」が急速に渦巻きはじめ、ハリーにはもうなにもはっきりしたものが見えなくなった。それはただ、ぼやけた色の渦になっていた。

「校長先生？」数分後、ハリーが静かに問いかけた。

ダンブルドアは歩き回るのをやめ、ハリーを見た。

「すまなかったのう」ダンブルドアは静かにそう言うと、ふたたび机の前に座った。

「あの――あの、どうして僕の傷痕が痛んだのでしょう？」

ダンブルドアは一瞬、じっとハリーを見つめ、それから口を開いた。

「一つの仮説にすぎんが……わしの考えでは、きみの傷痕が痛むのは、ヴォルデモート卿《きょう》がきみの近くにいるとき、もしくは、きわめて強烈な憎しみにかられているときじゃろう」

「でも……どうして？」

「それは、きみとヴォルデモートが、かけそこねた呪いを通してつながっているからじゃ」ダンブルドアが答えた。「その傷痕は、ただの傷痕ではない」

「では先生は……あの夢が……本当に起こったことだと？」

「その可能性はある」ダンブルドアが言った。「いや、むしろ――その可能性が高い。ハリー――ヴォルデモートを見たかの？」

「いいえ。椅子の背中だけです。でも――見えるものはなにもなかったのではないのですか？　あの、身体がないのでしょう？　でも……でも、それならどうやって杖《つえ》を持ったんだろう？」

ハリーは考え込んだ。

「まさに、どうやって！」ダンブルドアがつぶやいた。「まさに、どうやって……」

ダンブルドアもハリーもしばらく黙り込んだ。ダンブルドアは部屋の隅を見つめ、ときどきこめかみに杖先を当て、またしても銀色に輝く「想い《おも》」をザワザワと波立つ「憂《うれ》いの篩《ふるい》」に加えていった。

「先生」しばらくして、ハリーが言った。「あの人が強くなってきたとお考えですか？」

「ヴォルデモートがかね？」ダンブルドアが「憂いの篩」の向こうから、ハリーを見つめた。以前にも何度か、ダンブルドアはこういう独特の鋭いまなざしでハリーを見つめたことがある。ハリーはいつも、心の奥底まで見透かされているような気になるのだ。ムーディの「魔法の目」でさえ、これはできないことだと思えた。

「これもまた、ハリー、わしの仮説にすぎんが」ダンブルドアは大きなため息をついた。その顔は、いままでになく年老いて、疲れて見えた。「ヴォルデモートが権力の座に登りつめていたあの時代」ダンブルドアが話しはじめた。

「いろいろな者が姿を消した。それが、一つの特徴じゃった。バーサ・ジョーキンズは、ヴォルデモートがたしかに最後にいたと思われる場所で、跡形《あとかた》もなく消えた。クラウチ氏もまた、姿を消した……しかもこの学校の敷地内で。それに、第三の行方不明者がいるのじゃ。残念ながら、これはマグルのことなので、魔法省は重要視しておらぬ。フランク・ブライスという名の男で、ヴォルデモートの父親が育った村に住んでおった。八月以来、この男の姿を見た者がない。わしは、魔法省の友人たちとちがってのう、マグルの新聞を読むのじゃよ」

ダンブルドアは真剣な目でハリーを見た。

「これらの失踪《しっそう》事件は、わしには関連性があるように思えるのじゃ。魔法省は賛成せんが――きみは部屋の外で待っているときに聞いたかもしれぬがの」

ハリーはうなずいた。二人はまた黙り込んだ。ダンブルドアはときおり「想い」を引き抜いていた。ハリーはもう出ていかなければと思いながら、好奇心で椅子から離れられなかった。

「先生？」ハリーがまた呼びかけた。

「なんじゃね、ハリー」ダンブルドアが答えた。

「あの……お聞きしてもよろしいでしょうか……僕が入り込んだ、あの法廷のような……あの『憂いの篩』の中のことで？」

「よかろう」ダンブルドアの声は重かった。「わしは何度も裁判に出席しておるが、その中でも、ことさら鮮明に蘇《よみが》ってくる場面がいくつかある……とくにいまになってのう……」

「あの――先生が僕を見つけた、あの裁判のことですが。クラウチ氏の息子の。おわかりですよね？　あの……ネビルのご両親のことを話していたのでしょうか？」

ダンブルドアは鋭い視線でハリーを見た。

「ネビルは、なぜおばあさんに育てられたのかを、きみに一度も話していないのかね？」

ハリーは首を横に振った。もう知り合って四年にもなるのに、どうしてこのことをネビルに聞いてみようとしなかったのか、ハリーは首を振りながら訝《いぶか》しく思った。

「そうじゃ。あそこでは、ネビルの両親のことを話しておったのじゃ」ダンブルドアが答えた。「父親のフランクは、ムーディ先生と同じように、『闇祓《やみばら》い』じゃった。きみが聞いたとおり、ヴォルデモートの失脚のあと、その消息を吐《は》けと、母親ともども拷問されたのじゃ」

「それで、二人は死んでしまったのですか？」ハリーは小さな声で聞いた。

「いや」ダンブルドアの声は苦々しさに満ちていた。ハリーはそんなダンブルドアの声を一度も聞いたことがなかった。「正気を失ったのじゃ。二人とも、聖マンゴ魔法疾患《しっかん》傷害病院に入っておる。ネビルは休暇になると、おばあさんに連れられて見舞いにいっているはずじゃ。二人には息子だということもわからんのじゃが」

ハリーは恐怖に打ちのめされ、その場にただ座っていた。知らなかった……この四年間、知ろうともしなかった……。

「ロングボトム夫妻は、人望があった」ダンブルドアの話が続いた。「ヴォルデモートの失脚後、みながもう安全だと思ったときに、二人は襲われたのじゃ。この事件に関しては、わしがそれまで知らなかったような、激しい怒りの波が巻き起こった。魔法省には、二人を襲った者たちを是が非でも逮捕しなければならないというプレッシャーがかかっておった。残念ながら、ロングボトム夫妻の証言は――二人があういう状態じゃったから――ほとんど信憑性《しんぴょうせい》を持たなかった」

「それじゃ、クラウチさんの息子は、関係してなかったかもしれないのですか？」

ハリーは言葉を噛《か》みしめながら聞いた。

ダンブルドアが首を振った。

「それについては、わしにはなんとも言えん」

ハリーはふたたび黙って「憂《うれ》いの篩《ふるい》」を見つめたまま座っていた。どうしても聞きたい質問が、あと二つあった……しかし、それは、まだ生きている人たちの罪に関する疑問だった……。

「あの」ハリーが言った。「バグマンさんは……」

「……あれ以来、一度も闇の活動で罪に問われたことはない」ダンブルドアは落ち着いた声で答えた。

「そうですね」ハリーは急いでそう言うと、また「憂《うれ》いの篩《ふるい》」の中身を見つめた。ダンブルドアが「想《おも》い」を入れるのをやめたので、いまは渦がゆっくりと動いていた。

「それから……あの……」

「憂いの篩」がハリーの代わりに質問するかのように、スネイプの顔がふたたび浮かんで揺れた。ダンブルドアはそれを見下ろし、それから目を上げてハリーを見た。

「スネイプ先生も同じことじゃ」ダンブルドアが言った。

ハリーはダンブルドアの明るいブルーの瞳を見つめた。そして、本当に知りたかった疑問が、思わず口を衝《つ》いて出てしまった。

「校長先生？　先生はどうして、スネイプ先生が本当にヴォルデモートに従うのをやめたのだと思われるのですか？」

ダンブルドアは、ハリーの食い入るようなまなざしを、数秒間じっと受け止めていた。そしてこう言った。

「それはの、ハリー、スネイプ先生とわしとの問題じゃ」

ハリーはこれでダンブルドアとの話は終わりだと悟った。ダンブルドアは怒っているようには見えなかったが、そのきっぱりとした口調が、ハリーにもう帰りなさいと言っていた。ハリーは立ち上がった。ダンブルドアも立ち上がった。

「ハリー」ハリーが扉のところまで行くと、ダンブルドアが呼びかけた。「ネビルの両親のことは、だれにも明かすでないぞ。みなにいつ話すかは、あの子が決めることじゃ。その時がくればの」

「わかりました。先生」ハリーは立ち去ろうとした。

「それと――」ハリーは振り返った。

ダンブルドアは「憂いの篩」を覗き込むように立っていた。銀色の丸い光が下からダンブルドアの顔を照らし、これまでになく老け込んで見えた。ダンブルドアは一瞬ハリーを見つめ、それからおもむろに言った。

「第三の課題じゃが、幸運を祈っておるぞ」

第31章　第三の課題

「ダンブルドアも、『例のあの人』が強大になりつつあるって、そう考えてるのかい？」ロンがささやくように言った。

「憂《うれ》いの篩《ふるい》」で見てきたことの全部と、そのあとでダンブルドアが話し、見せてくれたほとんどすべてを、ハリーはロンとハーマイオニーに伝え終わっていた――もちろんシリウスにも、ダンブルドアの部屋を出るとすぐにふくろう便を送った。ハリー、ロン、ハーマイオニーの三人はその夜、ふたたび遅くまで談話室に残り、納得のいくまで同じ話題を繰り返し論じた。しまいにハリーは、頭がくらくらしてきた。ダンブルドアが、いろいろな想いで頭が一杯になり、あふれた分を取り出すとほっとすると言った気持ちが、ハリーにもようやくわかった気がする。

ロンは談話室の暖炉の火をじっと見つめていた。それほど寒い夜でもないのに、ロンがぶるっと震えたように見えた。

「それに、スネイプを信用してるのか？」ロンが言った。「『死喰い人《デス・イーター》』だったって知ってても、ほんとにスネイプを信用してるのかい？」

「うん」ハリーが言った。

ハーマイオニーはもう十分間も黙り込んだままでいる。額《ひたい》を両手で押さえ、自分の膝《ひざ》を見つめたまま座っている。ハリーは、ハーマイオニーも「憂いの篩」が必要みたいだと思った。

「リータ・スキーター」やっと、ハーマイオニーがつぶやいた。

「なんでいまのいま、あんな女のことを心配してられるんだ？」ロンは呆《あき》れたという口調だ。

「あの女のことで心配してるんじゃないの」ハーマイオニーは自分の膝に向かって言った。「ただ、ちょっと思いついたのよ……『三本の箒《ほうき》』であの女が私に言ったこと、憶《おぼ》えてる？『ルード・バグマンについちゃ、あんたの髪の毛が縮み上がるようなことをつかんでいるんだ』って。今回のことがあの女の言ってた意味じゃないかしら？　スキーターはバグマンの裁判の記事を書いたし、『死喰い人』にバグマンが情報を流したことを知ってた。それに、ウィンキーもよ。憶えてるでしょ……『バグマンさんは悪い魔法使い』って。クラウチさんはバグマンが刑を逃れたことでカンカンだったでしょうし、そのことを家で話したはずよ」

「うん。だけど、バグマンはわざと情報を流したわけじゃないだろ？」

ハーマイオニーは「わからないわ」とばかりに肩をすくめた。

「それに、ファッジはマダム・マクシームがクラウチを襲ったと考えたのかい？」

ロンがハリーのほうを向いた。

「うん。だけどそれは、クラウチがボーバトンの馬車のそばで消えたから、そう言っただけだよ」

「僕たちはマダムのことなんて、考えもしなかったよな？」ロンが考え込むように言った。「ただし、マダムは絶対に巨人の血が入ってる。あの人は認めたがらないけど――」

「そりゃそうよ」ハーマイオニーが目を上げて、きっぱり言った。「リータがハグリッドのお母さんのことを書いたとき、どうなったか知ってるでしょ。ファッジを見てよ。マダムが半巨人だからってすぐにそんな結論に飛びつくなんて、偏見もいいとこじゃない？　本当のことを言った結果そんなことになるなら、私だってきっと〝骨が太いだけ〟って言うわよ」

ハーマイオニーが腕時計を見た。

「まだなんにも練習してないわ！」ハーマイオニーは〝ショック！〟という顔をした。「『妨害の呪い』を練習するつもりだったのに！　明日は絶対にやるわよ！　さあ、ハリー、少し寝ておかなきゃ」

ハリーとロンはのろのろと寝室への階段を上がった。パジャマに着替えながら、ハリーはネビルのベッドを見た。ダンブルドアとの約束どおり、ハリーはロンにもハーマイオニーにもネビルの両親のことを話さなかった。メガネを外し、四本柱のベッドに這《は》い登りながら、ハリーは、両親が生きていても子供である自分をわかってもらえなかったらどんな気持ちだろうと、ネビルを思いやった。ハリーは知らない人から、孤児でかわいそうだと同情されることがしばしばある。でもネビルのほうがもっと同情されるべきなんだ。ネビルのいびきを聞きながら、ハリーはそう思った。ベッドに横になりながら、暗闇の中で、ハリーはロングボトム夫妻を拷問した連中への怒りと憎しみがどっと押し寄せるのを感じた……法廷からクラウチの息子が、仲間と一緒に吸魂鬼に引きずられていく際に聴衆からわき起こった罵倒《ばとう》の声を、ハリーは思い出していた……その気持ちがわかった……そして、蒼白になって泣きさけんでいた少年の顔を思い出した。あの少年が、あれから一年後には死んだのだと思い出し、ハリーはどきりとした……。

ヴォルデモートだ。暗闇の中で、ベッドの天蓋《てんがい》を見つめながら、ハリーは思った。なにもかもヴォルデモートのせいだ……家族をバラバラにし、いろいろな人生をめちゃめちゃにしたのは、すべてヴォルデモートなのだ……。

ロンとハーマイオニーは、期末試験の勉強をしなければならないはずだ。予定では、第三の課題が行われる日に試験が終わる。にもかかわらず、二人はハリーの準備の手伝いに、ほとんどの時間を費やしていた。

「心配しないで」

ハリーがそのことを指摘し、しばらくは自分一人で練習するからと言うと、ハーマイオニーがそう答えた。

「少なくとも、『闇の魔術に対する防衛術』では、私たちきっと最高点を取るわよ。授業じゃ、こんなにいろいろな呪文は絶対勉強できなかったわ」

「僕たち三人が『闇祓《やみばら》い』になるときのための、いい訓練さ」

ロンは教室に迷い込みブンブン飛び回るスズメバチに「妨害の呪い」をかけ、空中でぴたりと動きを止めながら、興奮したように言った。

六月に入ると、ホグワーツ城にまたしても興奮と緊張がみなぎった。学期が終わる一週間前に行われる第三の課題を、だれもが心待ちにしていた。ハリーは機会あるごとに「呪い」を練習していた。これまでの課題より、今度の課題には自信があった。もちろん、今回も危険で難しいにはちがいない。だがムーディの言うとおり、ハリーにはこれまでの実績がある。いままでもハリーは、怪物や魔法の障害物をなんとか乗り越えてきた。前もって知らされている分だけ、今回は準備する余裕がある。

学校中いたるところでハリーたち三人にばったり出くわすのにうんざりしたマクゴナガル先生が、空いている「変身術」の教室を昼休みに使ってよいとの許可をくれた。ハリーはほどなくいろいろな呪文を習得した。「妨害の呪い」は攻撃してくる者の動きを鈍らせ、妨害する術。「粉々呪文《こなごな》」は硬いものを吹き飛ばして、通り道を空ける術。「四方位呪文《しほうい》」はハーマイオニーが見つけてきた便利な術で、杖《つえ》に北の方角を示させ、迷路の中で正しい方向に進んでいるかどうかをチェックすることができる。しかし、「盾《たて》の呪文」はうまくできなかった。一時的に自分のまわりに見えない壁を築き、弱い呪いなら跳ね返すことができるはずの呪文だが、ハーマイオニーは、見事に狙い定めた「くらげ足の呪い」で見えない壁を粉々にした。ハーマイオニーが反対呪文を探している十分くらいの間、ハリーはくにゃくにゃの足で教室を歩き回るはめになった。

「でも、なかなかいい線行ってるわよ」ハーマイオニーは、習得した呪文をリストに×印をつけて消しながら励ました。「このうちのどれかは必ず役に立つはずよ」

「あれ見ろよ」窓際に立っていたロンが呼んだ。校庭を見下ろしている。「マルフォイのやつ、なにやってるんだ？」

ハリーとハーマイオニーが見にいった。マルフォイ、クラッブ、ゴイルが校庭の木陰に立っていた。クラッブとゴイルは見張りに立っているようだ。二人ともにやにやしている。マルフォイは口のところに手をかざして、その手に向かってしきりになにかしゃべっていた。

「トランシーバーで話してるみたいだな」ハリーが訝《いぶか》しげな顔をした。

「そんなはずないわ」ハーマイオニーが言った。「言ったでしょ。そんなものはホグワーツの中では通じないのよ。さあ、ハリー」

ハーマイオニーはきびきびとそう言い、窓から離れて教室の中央にもどった。

「もう一度やりましょ。『盾《たて》の呪文』」

シリウスはいまや、毎日のようにふくろう便をよこした。ハーマイオニーと同じように、いまはまず最後の課題をパスすることに集中し、それ以外は後回しにするようにという考えらしい。ハリーへの手紙に、ホグワーツの敷地外で起こっていることはなんであれ、ハリーの責任ではないし、ハリーの力ではどうすることもできないのだからと、毎回書いてよこした。

ヴォルデモートが本当にふたたび力をつけてきているにせよ、わたしにとっては、君の安全を確保するのが第一だ。ダンブルドアの保護の下にあるかぎり、やつはとうてい君に手出しはできない。しかし、いずれにしても危険を冒さないように。迷路を安全に通過することだけに集中すること。ほかのことは、そのあとで気にすればよい。

六月二十四日が近づくにつれ、ハリーは神経が高ぶってきた。しかし、第一と第二の課題のときほどひどくはなかった。一つには、今回はできるかぎりの準備をしたという自信があること。もう一つには、これが最後のハードルだからだ。うまくいこうがいくまいが、ようやく試合は終わる。そうしたらどんなにほっとすることか。

第三の課題が行われる日の朝、グリフィンドールの朝食のテーブルは大賑《にぎ》わいだった。郵便配達ふくろうが飛んできて、ハリーにシリウスからの「がんばれ」カードを渡した。羊皮紙《ようひし》一枚を折りたたみ、中に泥で犬の足形が押してあるだけだったが、ハリーにとってはとてもうれしいカードだった。コノハズクが、いつものように「日刊《にっかん》予言者新聞《よげんしゃしんぶん》」の朝刊を持って、ハーマイオニーのところにやってきた。新聞を広げて一面に目を通したハーマイオニーが、口一杯に含んだかぼちゃジュースを新聞に吐《は》きかけた。

「どうしたの?」ハリーとロンがハーマイオニーを見つめて、同時に言った。

「なんでもないわ」ハーマイオニーはあわててそう言うと、新聞を隠そうとした。それをロンが引ったくった。今度は見出しを見たロンが目を丸くした。

「なんてこった。よりによって今日かよ。あのばばあ」

「なんだい？」ハリーが聞いた。「またリータ・スキーター？」

「いいや」ロンもハーマイオニーと同じように、新聞を隠そうとした。

「僕のことなんだね？」ハリーが言った。

「ちがうよ」ロンの嘘は見え見えだった。

ハリーが新聞を見せてと言う前に、ドラコ・マルフォイが、大広間の向こうのスリザリンのテーブルから大声で呼びかけた。

「おーい、ポッター！　ポッター！　頭は大丈夫か？　気分は悪くないか？　まさか暴れ出して僕たちを襲ったりしないだろうね？」

マルフォイも「日刊予言者新聞《にっかんよげんしゃしんぶん》」を手にしていた。スリザリンのテーブルは、端から端までくすくす笑いを繰り広げながら、座ったまま身をよじってハリーの反応を見ようとしている。

「見せてよ」ハリーがロンに言った。「貸して」

ロンはしぶしぶ新聞を渡した。ハリーが開いてみると、大見出しの下で、自分の写真がこっちを見つめていた。

ハリー・ポッターの「危険な奇行」

「名前を言ってはいけないあの人」を破ったあの少年が、情緒《じょうちょ》不安定、もしくは危険な状態にある。本紙特派員、リータ・スキーターの報告である。

ハリー・ポッターの奇行に関する驚くべき証拠が最近明るみに出た。三校対校試合のような過酷《かこく》な試合に出ることの是非が問われるばかりか、ホグワーツに在籍すること自体が疑問視されている。

本紙の独占情報によれば、ポッターは学校で頻繁《ひんぱん》に失神し、額《ひたい》の傷痕《きずあと》(「例のあの人」がハリー・ポッターを殺そうとした呪いの遺物《いぶつ》)の痛みを訴えることもしばしばだという。去る月曜日、「占い学」の授業中、ポッターが、傷痕の痛みが堪《た》えがたく授業を続けることができないと言って、教室から飛び出していくのを目撃した。

聖マンゴ魔法疾患《しっかん》傷害病院の最高権威の専門医たちによれば、「例のあの人」に襲われた傷が、ポッターの脳に影響を与えている可能性は大きいという。また、傷がまだ痛むというポッターの主張は、根深い錯乱《さくらん》状態の表れである可能性もあると言う。

「痛いふりをしているのかもしれませんね」専門医の一人が語った。「気を引きたいという願望の表れであるかもしれません」

日刊予言者新聞《にっかんよげんしゃしんぶん》は、ホグワーツ校の校長アルバス・ダンブルドアが魔法社会からひた隠しにしてきた、ハリー・ポッターに関する憂慮《ゆうりょ》すべき事実をつかんだ。

「ポッターは蛇語《へびご》を話せます」ホグワーツ校四年生の、ドラコ・マルフォイが明かした。「二、三年前、生徒が大勢襲われました。『決闘クラブ』でポッターが癇癪《かんしゃく》を起こし、ほかの男子生徒に蛇をけしかけてからは、ほとんどみんなが事件の裏にポッターがいると考えていました。でも、すべては揉《も》み消されたのです。しかし、ポッターは狼人間や巨人とも交友があります。少しでも権力を得るためには、あいつはなんでもやると思います」

蛇語とは蛇と話す能力のことで、これまでずっと闇の魔術の一つと考えられてきた。現代の最も有名な蛇語使いは、だれあろう「例のあの人」その人である。匿名《とくめい》希望の「闇の魔術に対する防衛術連盟」の会員は、蛇語を話す者はだれであれ、「尋問《じんもん》する価値がある」と語った。「個人的には、蛇と会話することができるような者は、みんな非常に怪しいと思いますね。なにしろ、蛇というのは、闇の魔術の中でも最悪の術に使われることが多いですし、歴史的にも邪悪《じゃあく》な者たちとの関連性がありますからね」また、「狼人間や巨人など、邪悪な生き物との親交を求めるような者は、暴力を好む傾向があるように思えます」とも語った。

アルバス・ダンブルドアは、このような少年に三校対抗試合への出場を許すべきかどうか、当然考慮すべきであろう。試合に是が非でも勝ちたいばかりに、ポッターが闇の魔術を使うのではないかと恐れる者もいる。

その試合の第三の課題は今夕行われる。

「僕にちょっと愛想が尽きたみたいだね」ハリーは新聞をたたみながら、気軽に言った。

向こうのスリザリンのテーブルでは、マルフォイ、クラッブ、ゴイルがハリーに向かってげらげら笑い、頭を指でたたいたり、気味の悪いばか顔をして見せたり、舌を蛇のようにちらちら震わせたりしていた。

「あの女、『占い学』で傷痕《きずあと》が痛んだこと、どうして知ってるのかなあ？」ロンが言った。「どうやったって、あそこにはいたはずないし、絶対あいつに聞こえたはずないもの――」

「窓が開いてた」ハリーが言った。「息がつけなかったから、開けたんだ」

「あなた、北塔のてっぺんにいたのよ！」ハーマイオニーが言った。「あなたの声がずーっと下の校庭まで届くはずないわ！」

「まあね。魔法で盗聴する方法は、君が見つけるはずだったよ！」ハリーが言った。「あいつがどうやったか、君が教えてくれよ！」

「ずっと調べてるわ！」ハーマイオニーが言った。「でも私……でもね……」

ハーマイオニーの顔に、夢見るような不思議な表情が浮かんだ。ゆっくりと片手を上げ、指で髪を解かした。

「大丈夫か？」ロンが顔をしかめてハーマイオニーを見た。

「ええ」ハーマイオニーがひっそりと言った。もう一度指で髪を解くようになで、それからその手を、見えないトランシーバーに話しているかのように口元に持っていった。ハリーとロンは顔を見合わせた。

「もしかしたら」ハーマイオニーが宙を見つめて言った。「たぶんそうだわ……それだったらだれにも見えないし……ムーディだって見えない……それに、窓の桟《さん》にだって乗れる……でもあの女は許されてない……絶対に許可されていない……まちがいない。あの女を追い詰めたわよ！　ちょっと図書室に行かせて――確かめるわ！」

そう言うと、ハーマイオニーは鞄をつかみ、大広間を飛び出していった。

「おい！」後ろからロンが呼びかけた。「あと十分で『魔法史』の試験だぞ！　おっどろきー」ロンがハリーを振り返った。「試験に遅れるかもしれないのに行くなんて、よっぽどあのスキーターのやつを嫌ってるんだな。君、ビンズの授業でどうやって時間をつぶすつもりだ?――また読書か?」

対校試合の代表選手は期末試験を免除されていたので、ハリーはこれまで、試験の時間には教室の一番後ろに座り、第三の課題のために新しい呪文を探していた。

「だろうな」ハリーが答えた。ちょうどそのとき、マクゴナガル先生がグリフィンドールのテーブル沿いに、ハリーに近づいてきた。

「ポッター、代表選手は朝食後に大広間の横の小部屋に集合です」先生が言った。

「でも、競技は今夜です!」時間をまちがえたのではないかと不安になり、ハリーはスクランブル・エッグをうっかりローブにこぼしてしまった。

「わかっています。ポッター」マクゴナガル先生が言った。「いいですか、代表選手の家族が招待されて最終課題の観戦にきています。みなさんにご挨拶するよい機会だというだけです」

マクゴナガル先生が立ち去り、ハリーはその後ろで唖然《あぜん》としていた。

「まさか、マクゴナガル先生、ダーズリーたちがくると思っているんじゃないだろうな?」ハリーがロンに向かって呆然《ぼうぜん》と問いかけた。

「さあ」ロンが言った。「ハリー、僕、急がなくちゃ。ビンズのに遅れちゃう。あとでな」

ほとんど人がいなくなった大広間で、ハリーは朝食をすませた。フラー・デラクールがレイブンクローのテーブルから立ち上がり、大広間から横の小部屋に向かっているセドリックと一緒に部屋に入った。クラムもすぐあとに前屈みになって入っていった。ハリーは動かなかった。やはり小部屋に入りたくなかった。家族なんていない――少なくとも、ハリーが命を危険にさらして戦うところを見にきてくれる家族はいない。しかし、図書室にでも行ってもうちょっと呪文の復習をしようかと立ち上がりかけたそのとき、小部屋のドアが開いてセドリックが顔を突き出した。

「ハリー、こいよ。みんな君を待ってるよ！」

ハリーはまったく当惑しながら立ち上がった。ダーズリーたちがくるなんて、ありうるだろうか？　大広間を横切り、ハリーは小部屋のドアを開けた。

ドアのすぐ内側にセドリックと両親がいた。ビクトール・クラムは、隅のほうで黒い髪の父親、母親とブルガリア語で早口に話している。クラムの鉤鼻《かぎばな》は父親譲りだ。部屋の反対側でフラーが母親とフランス語でしきりに話をしている。フラーの妹のガブリエールが母親と手をつないでいた。ハリーを見て手を振ったので、ハリーも手を振った。それから――暖炉の前でにっこりハリーに笑いかけているウィーズリーおばさんとビルが目に入った。

「びっくりでしょ！」ハリーがにこにこしながら近づいていくと、ウィーズリーおばさんが興奮しながら言った。「あなたを見にきたかったのよ、ハリー！」

おばさんはかがんでハリーの頬にキスをした。

「元気かい？」ビルがハリーに笑いかけながら握手した。「チャーリーもきたがったんだけど、休みが取れなくてね。ホーンテールとの対戦のときの君はすごかったって言ってたよ」

部屋の反対側からフラー・デラクールがビルのことを、母親の肩越しに相当興味を持った目でちらちら見ている。フラーにとっては、長髪も牙《きば》のイヤリングもまったく問題ではないようだ。

「本当にうれしいです」ハリーは口ごもりながらウィーズリーおばさんに言った。「僕、一瞬、考えちゃった――ダーズリー一家かと――」

「んんん」ウィーズリーおばさんが口をキュッと結んだ。おばさんはいつも、ハリーの前でダーズリー一家を批判するのは控えていたが、その名前を聞くたびに目がピカッと光るのだった。

「学校はなつかしいよ」ビルが小部屋の中を見回した（「太った婦人《レディ》」の友達のバイオレットが、絵の中からビルにウィンクした）。「もう五年もきてないな。あのいかれた騎士の絵、まだあるかい？　カドガン卿《きょう》の？」

「ある、ある」ハリーが答えた。ハリーは去年カドガン卿に会っていた。

『太った婦人《レディ》』は？」ビルが聞いた。

「あの婦人《レディ》は母さんの時代からいるわ」おばさんが言った。「ある晩、朝の四時に寮にもどったら、こっぴどく叱られたわ――」

「朝の四時まで、母さん、寮の外でなにしてたの？」ビルが驚いて母親を探るような目で見た。

ウィーズリーおばさんは目をキラキラさせて含み笑いをした。

「あなたのお父さんと二人で夜の散歩をしてたのよ」おばさんが答えた。「そしたら、お父さん、アポリオン・プリングルに捕まってね――あのころの管理人よ――お父さんはいまでもお仕置きの痕《あと》が残ってるわ」

「案内してくれるか、ハリー？」ビルが言った。

「ああ、いいよ」三人は大広間に出るドアのほうに歩いていった。

エイモス・ディゴリーのそばを通り過ぎようとすると、ディゴリーが振り向いた。

「よう、いたな」ディゴリーはハリーを上から下までじろじろ見た。「セドリックが同点に追いついたので、そうそういい気にもなっていられないだろう？」

「なんのこと？」ハリーが聞いた。

「気にするな」セドリックが父親の背後で顔をしかめながらハリーにささやいた。

「リータ・スキーターの三大魔法学校対抗試合の記事以来、ずっと腹を立てているんだ——ほら、君がホグワーツでただ一人の代表選手みたいな書き方をしたから」

「訂正しようともしなかっただろうが？」ウィーズリーおばさんやビルと一緒にドアから出ていこうとするハリーに聞こえるように、エイモス・ディゴリーが大声で言った。「だから……セド、目にもの見せてやれ。一度あの子を負かしたろうが？」

「エイモス！　リータ・スキーターは、ごたごたを引き起こすためにはなんでもやるのよ」ウィーズリーおばさんが腹立たしげに言った。「そのぐらいのこと、あなた、魔法省に勤めてたらおわかりのはずでしょう！」

ディゴリー氏は怒ってなにか言い返したそうな顔をしたが、奥さんがその腕を押さえるように手を置くと、ちょっと肩をすくめただけで顔を背《そむ》けた。

陽光がいっぱいの校庭を、ビルやウィーズリーおばさんを案内して回り、ボーバトンの馬車やダームストラングの船を見せたりして、ハリーはとても楽しく午前中を過ごした。おばさんは、卒業後に植えられた「暴れ柳」にとても興味を持ったし、ハグリッドの前の森番、オッグの想い出を長々と話してくれた。

「パーシーは元気？」温室のまわりを散歩しながら、ハリーが聞いた。

「よくないね」ビルが言った。

「とってもうろたえてるの」おばさんはあたりを見回しながら声を低めた。「魔法省は、クラウチさんが消えたことを伏せておきたいわけ。でも、パーシーはクラウチさんの送ってきていた指令についての尋問《じんもん》に呼び出されてね。本人が書いたものではない可能性があるって、魔法省はそう思っているらしいの。もう、ストレス状態だわ。魔法省では、今夜の試合の五番目の審査員として、パーシーにクラウチさんの代理を務めさせてはくれないの。コーネリウス・ファッジが審査員になるわ」

三人は昼食をとりに城にもどった。

「ママ――ビル！」グリフィンドールのテーブルに着いたロンが驚いて言った。「こんなところで、どうしたの？」

「ハリーの最後の競技を見にきたのよ」ウィーズリーおばさんは楽しそうだ。「お料理をしなくていいってのは、ほんと、たまにはいいものね。試験はどうだったの？」

「あ……大丈夫さ」ロンが言った。「小鬼《ゴブリン》の反逆者の名前を全部は思い出せなかったから、いくつかでっち上げたけど、問題ないよ」

ウィーズリーおばさんの厳しい顔をよそに、ロンはミートパイを皿に取った。

「みんなおんなじような名前だから。ボロひげのボドロッドとか、薄汚いウルグだとかさ。難しくなかったよ」

フレッド、ジョージ、ジニーもやってきて隣に座った。ハリーはまるで「隠れ穴《かくあな》」に帰ったような楽しい気分だった。夕方の試合を心配することさえ忘れていたが、昼食も半ば過ぎたころにハーマイオニーが現れて、はっと思い出した。リータ・スキーターのことで、ハーマイオニーがなにか閃《ひらめ》いたはずだ。

「なにかわかった？　例の――」

ハーマイオニーは、ウィーズリーおばさんのほうをちらりと見て、「言っちゃだめよ」というふうに首を振った。

「こんにちは、ハーマイオニー」ウィーズリーおばさんの言い方がいつもとちがって硬かった。

「こんにちは」おばさんの冷たい表情を見て、ハーマイオニーの笑顔が強《こわ》ばった。

ハリーは二人を見比べた。

「ウィーズリーおばさん、リータ・スキーターが『週刊魔女《しゅうかんまじょ》』に書いたあのばかな記事を本気にしたりしてませんよね？　だって、ハーマイオニーは僕のガールフレンドじゃないもの」

「あら！」おばさんが言った。「ええ――もちろん本気になんかしてませんよ！」

しかしそのあとは、おばさんのハーマイオニーに対する態度がずっと温かくなった。

ハリー、ビル、ウィーズリーおばさんの三人は、城のまわりをぶらぶら散歩して午後を過ごし、晩餐会《ばんさんかい》に大広間にもどった。晩餐会ではルード・バグマンとコーネリウス・ファッジが教職員テーブルに着いていた。バグマンはうきうきしているようだったが、コーネリウス・ファッジのほうは、マダム・マクシームの隣で厳しい表情をして黙りこくっている。マダム・マクシームは食事に没頭していたが、ハリーはマダムの目が赤いように思った。ハグリッドが同じテーブルの端から始終マダムのほうに目を走らせている。

食事はいつもより品数が多かったが、ハリーはいまになって本格的に気が高ぶりはじめ、あまり食べられなかった。魔法をかけられた天井が、ブルーから日暮れの紫に変わりはじめたとき、ダンブルドアが教職員テーブルで立ち上がり、大広間がしんとなった。

「紳士、淑女のみなさん。あと五分経つと、みなさんにクィディッチ競技場に行くよう、わしからお願いすることになる。三大魔法学校対抗試合、最後の課題が行われる。代表選手はバグマン氏に従って、いますぐ競技場に行くのじゃ」

ハリーは立ち上がった。グリフィンドールのテーブルからいっせいに拍手が起こった。ウィーズリー一家とハーマイオニーに激励され、ハリーはセドリック、フラー、クラムと一緒に大広間を出た。

「ハリー、落ち着いてるか?」校庭に下りる石段のところで、バグマンが話しかけた。「自信があるかね?」

「大丈夫です」ハリーが答えた。ある程度本当だった。神経は尖《とが》っていたが、こうして歩きながらも頭の中でこれまで練習してきた呪いや呪文を何度も繰り返し、全部思い出すことができるので、気分が楽になっていた。

全員でクィディッチ競技場へと歩いたが、いまはとても競技場には見えなかった。六メートルほどの高さの生け垣が周囲をぐるりと囲み、正面に隙間が空いている。巨大な迷路への入口だ。中の通路は、暗く、薄気味悪かった。

五分後に、スタンドに人が入りはじめた。何百人という生徒が次々に着席し、あたりは興奮した声と、ドヤドヤと鳴る大勢の足音で満たされた。空はいまや澄んだ濃紺に変わり、一番星が瞬《またた》きはじめた。ハグリッド、ムーディ先生、マクゴナガル先生、フリットウィック先生が競技場に入場し、バグマンと選手のところへやってきた。全員、大きな赤く光る星を帽子に着けていたが、ハグリッドだけは、厚手木綿のベストの背に着けていた。

「私たちが迷路の外側を巡回しています」マクゴナガル先生が代表選手に言った。「なにか危険に巻き込まれて助けを求めたいときには、空中に赤い火花を打ち上げなさい。私たちのうちのだれかが救出します。おわかりですか？」

代表選手たちがうなずいた。

「では、持ち場についてください！」バグマンが元気よく四人の巡回者に号令した。

「がんばれよ、ハリー」ハグリッドがささやいた。そして四人は、迷路のそれぞれの持ち場に着くため、バラバラな方向へと歩き出した。バグマンが杖《つえ》を喉元《のどもと》に当て、「ソノーラス！　響け！」と唱えると、魔法で拡大された声がスタンドに響き渡った。

「紳士、淑女のみなさん。第三の課題、そして、三大魔法学校対抗試合最後の課題がまもなく始まります！　現在の得点状況をもう一度お知らせしましょう。同点一位、得点85点――セドリック・ディゴリー君とハリー・ポッター君。両名ともホグワーツ校！」

大歓声と拍手に驚き、禁じられた森の鳥たちが暮れなずむ空にバタバタと飛び上がった。

「三位、80点――ビクトール・クラム君。ダームストラング専門学校！」

また拍手がわいた。

「そして、四位――フラー・デラクール嬢、ボーバトン・アカデミー！」

ウィーズリーおばさんとビル、ロン、ハーマイオニーが、観客席の中ほどの段でフラーに礼儀正しく拍手を送っているのが、辛《かろ》うじて見えた。ハリーが手を振ると、四人がにっこりと手を振り返した。

「では……ホイッスルが鳴ったら、ハリーとセドリック！」バグマンが言った。

「いち――に――さん――」

バグマンがピッと笛を鳴らした。ハリーとセドリックが急いで迷路に入った。

そびえるような生け垣が通路に黒い影を落としている。高く分厚い生け垣のせいか、魔法がかけられているからなのか、いったん迷路に入ると、まわりの観衆の音はまったく聞こえなくなった。ハリーはまた水の中にいるような気がしたほどだ。杖を取り出し、「ルーモス！　光よ！」とつぶやくと、セドリックもハリーの後ろで同じ言葉をつぶやいているのが聞こえてきた。

五十メートルも進むと、分かれ道に出た。二人は顔を見合わせた。

「じゃあね」ハリーはそう言うと左の道に入った。セドリックは右を取った。

ハリーは、バグマンが二度目のホイッスルを鳴らす音を聞いた。クラムが迷路に入ったのだ。ハリーは速度を上げた。ハリーの選んだ道には、まったくなにもいないようだった。右に曲がり、杖を頭上に高く掲げなるべく先のほうが見えるようにして、急ぎ足で歩いた。しかし、見えるものはなにもない。

遠くで、バグマンのホイッスルが鳴った。これで代表選手全員が迷路に入ったことになる。

ハリーは始終後ろを振り返った。またしてもだれかに見られているような、あの感覚に襲われていた。空が次第に群青色に変わり、迷路は刻一刻と暗くなってきた。ハリーは二つ目の分かれ道に出た。

「方角示せ！」ハリーは杖を手のひらに平らに載せてつぶやいた。

杖《つえ》はくるりと一回転し、右を示した。生け垣が密生している方向。そっちが北だ。迷路の中心に行くには、北西の方角に進む必要があるということはわかっている。一番よいのは、ここで左の道を行き、なるべく早く右に折れることだ。

左の道もがらんとしていた。ハリーは右折する道を見つけて曲がった。ここにもなんの障害物もない。しかし、障害がなにもないことが、なぜかかえって不安な気持ちにさせる。これまでに絶対なにかに出会っているはずではないのか？　迷路が、まやかしの安心感でハリーを誘い込もうとしているかのようだ。そのとき、ハリーはすぐ後ろでなにかが動く気配を感じ、杖を突き出し、攻撃の態勢を取った。しかし、杖灯《つえあか》りの先にいたのは、セドリックだった。右側の道から急いで現れたところだった。ひどくショックを受けている様子で、ローブの袖《そで》が燻《くすぶ》っている。

「ハグリッドの『尻尾《しっぽ》爆発スクリュート』だ！」セドリックが歯を食いしばって言った。「ものすごい大きさだ――やっと振り切った！」

セドリックは頭を振り、たちまち別の道へと飛び込んで姿を消した。スクリュートとの距離を十分に取らなければと、ハリーはふたたび急いだ。そして、角を曲がったとたん、目に入ったのは――。

吸魂鬼《ディメンター》がスルスルと近づいてくる。身の丈四メートル、顔はフードで隠れ、腐ったかさぶただらけの両手を伸ばし、見えない目でハリーを探るような手つきで近づいてくる。ゴロゴロと末期《まつご》のような息遣いが聞こえる。じとっと冷や汗が流れる気持ちの悪さがハリーを襲った。しかし、どうすればよいか、ハリーにはわかっていた……。

ハリーはできるだけ幸福な瞬間を思い浮かべた。迷路から抜け出し、ロンやハーマイオニーと喜び合っている自分の姿に全神経を集中した。そして杖を上げ、さけんだ。

「エクスペクト・パトローナム！　守護霊《しゅごれい》よきたれ！」

銀色の牡鹿《おじか》がハリーの杖先から噴き出し、吸魂鬼めがけて駆けていった。吸魂鬼は後ずさりし、ローブの裾《すそ》を踏んづけてよろめいた……ハリーは吸魂鬼が転びかける姿をはじめて見た。

「待て！」銀の守護霊のあとを追いながら、ハリーがさけんだ。「おまえはまね妖怪《ボガード》だな！　リディクラス！」

ポンと大きな音がして、形態模写《けいたいもしゃ》妖怪は爆発し、あとには霞《かすみ》が残った。銀色の牡鹿も霞んで見えなくなった。一緒にいて欲しかった……道連れができたのに……。しかし、ハリーは進んだ。できるだけ早く、静かに、耳を澄ませ、ふたたび杖を高く掲げて進んだ。

左……右……また左……袋小路に二度突き当たった。もう一度「四方位《しほうい》呪文」を使い、東に寄りすぎていることがわかった。引き返してまた右に曲がると、前方に奇妙な金色の霧が漂っているのが見えた。

ハリーは杖灯《つえあか》りをそれに当てながら、慎重に近づいた。魔性の誘いのように見える。霧を吹き飛ばして道をあけることができるものかどうか、ハリーは迷った。

「レダクト！　粉々《こなごな》！」ハリーが唱えた。

呪文は霧の真ん中を突き抜けて、なんの変化もなかった。それもそのはずだ、とハリーは気づいた。「粉々呪文」は固体に効くものだ。霧の中を歩いて抜けたらどうなるだろう？　試してみる価値があるだろうか？　それとも引き返そうか？

迷っていると、静けさを破って悲鳴が聞こえた。

「フラー？」ハリーがさけんだ。

深閑《しんかん》としている。ハリーはまわりをぐるりと見回した。フラーの身になにが起こったのだろう？　悲鳴は前方から聞こえてきたようだ。ハリーは息を深く吸い込み、魔の霧の中に走り入った。

天地が逆さまになった。ハリーは地面からぶら下がり、髪は垂れ、メガネは鼻からずり落ち、底なしの空に落ちていきそうだった。メガネを鼻先に押しつけ、逆さまにぶら下がったまま、ハリーは恐怖に陥っていた。芝生がいまや天井になり、両足が芝生に貼りつけられているようだった。頭の下には星のちりばめられた暗い空が果てしなく広がっている。片足を動かせば、完全に地上から落ちてしまう気がした。

「考えろ」体中の血が頭に逆流してくる中で、ハリーは自分に言い聞かせた。「考えるんだ……」

しかし、練習した呪文の中には、天と地が急に逆転する現象と戦うためのものは一つもなかった。思い切って足を動かしてみようか？　耳の中で、血液がドクンドクンと脈打つ音が聞こえた。道は二つに一つ――試しに動いてみること。さもなければ赤い火花を打ち上げて救出してもらい、失格すること。

ハリーは目を閉じて、下に広がる無限の虚空《こくう》が見えないようにした。そして、力一杯芝生の天井から右足を引き抜いた。

とたんに、世界は元にもどった。ハリーは前屈みにのめり、すばらしく硬い地面の上に両膝《ひざ》をついていた。ショックで、ハリーは一時的に足が萎《な》えたように感じた。気持ちを落ち着かせるためハリーは深く息を吸い込み、ふたたび立ち上がって前方へと急いだ。駆け出しながら肩越しに振り返ると、金色の霧は何事もなかったかのように、月明かりを受けてキラキラとハリーに向かってきらめいていた。

二本の道が交差する場所で、ハリーは立ち止まり、どこかにフラーがいないかと見回した。さけんだのはフラーにちがいなかった。フラーはなにに出会ったのだろう？　大丈夫だろうか？　赤い火花が上がった気配はない――フラーが自分で切り抜けたということだろうか？　それとも、杖を取ることができないほどたいへんな目にあっているのだろうか？　次第に不安を募らせながら、ハリーは二股《ふたまた》の道を右に取った……しかし同時にハリーは、ある思いを振り切ることができなかった。代表選手が一人落伍《らくご》した……。

　優勝杯はどこか近くにある。フラーはもう落伍してしまったようだ。僕はここまできたんだ。本当に優勝したら？　ほんの一瞬——期せずして代表選手になってしまってからはじめて——全校の前で三校対抗試合の優勝杯を差し上げている自分の姿がふたたび目に浮かんだ……。

　それから十分間、ハリーは袋小路以外はなんの障害にもあわなかった。同じ場所で、二度同じように曲り方をまちがえたが、やっと新しいルートを見つけ、その道を駆け進んだ。杖灯《つえあか》りが波打ち、生け垣に映った自分の影がちらちら揺れ、歪《ゆが》んだ。一つ角を曲がったところで、ハリーはとうとう「尻尾《しっぽ》爆発スクリュート」と出くわしてしまった。

　セドリックの言うとおりだった——ものすごく大きい。長さ三メートルはある。なによりも巨大なサソリそっくりだ。長い棘《とげ》を背中のほうに丸め込んでいる。ハリーが杖灯りを向けると、その光で分厚い甲殻《こうかく》がギラリと光った。

「ステューピファイ！　麻痺《まひ》せよ！」

呪文はスクリュートの殻《から》に当たって撥《は》ね返った。ハリーは間一髪でそれをかわしたが、髪が焦げる臭いがした。呪文が頭のてっぺんの毛を焦がしたのだ。スクリュートが尻尾から火を噴き、ハリーめがけて飛びかかってきた。

「インペディメンタ！　妨害せよ！」ハリーがさけんだ。

呪文はまたスクリュートの殻に当たって、撥ね返った。ハリーは数歩よろけて倒れた。

「インペディメンタ！」

スクリュートはハリーからほんの数センチのところで動かなくなった――辛《かろ》うじて殻のない下腹《したばら》の肉の部分に呪文を当てたのだ。ハリーはハァハァと息を切らしてスクリュートから離れ、必死で逆方向へと走った――妨害呪文は一時的なもので、スクリュートはすぐにも足が動くようになるはずだ。

ハリーは左の道を取った。行き止まりだった。右の道もまたそうだった。心臓をドキドキさせながら、ハリーは自分自身を押し止《とど》め、もう一度「四方位呪文《しほういじゅもん》」を使った。そしていまきた道をもどり、北西に向かう道を選んだ。

新しい道を急ぎ足で数分進んだとき、その道と平行に走る道でなにかが聞こえ、ハリーはぴたりと足を止めた。

「なにをする気だ？」セドリックがさけんでいる。「いったいなにをする気なんだ？」

そしてクラムの声が聞こえた。

「クルーシオ！　苦しめ！」

突然、セドリックの悲鳴があたりに響き渡った。ハリーはぞっとした。なんとかセドリックのほうに行く道を見つけようと、前方に向かって走った。しかし、見つからない。ハリーはもう一度「粉々呪文《こなごな》」を使った。あまり効き目はなかったが、それでも生け垣に小さな焼け焦げ穴が開いた。ハリーはそこに足を突っ込み、うっそうとからみ合った茨《いばら》や小枝を蹴って、その穴を大きくした。ローブが破れたが、むりやりその穴を通り抜け、右側を見ると、セドリックが地面でのた打ち回っていた。クラムが覆いかぶさるように立っている。

ハリーは体勢を立てなおし、クラムに杖《つえ》を向けた。そのときクラムが目を上げ、背を向けて走り出した。

「ステューピファイ！　麻痺せよ！」ハリーがさけんだ。

呪文はクラムの背中に当たった。クラムはその場でぴたりと止まり、芝生の上にうつ伏せに倒れ、ピクリとも動かなくなった。ハリーはセドリックのところへ駆けつけた。もう痙攣《けいれん》は止まっていたが、両手で顔を覆い、ハァハァ息をはずませながら横たわっていた。

「大丈夫か？」ハリーはセドリックの腕をつかみ、大声で聞いた。

「ああ」セドリックが喘《あえ》ぎながら言った。「ああ……信じられないよ……クラムが後ろから忍び寄って……音に気づいて振り返ったんだ。そしたら、クラムが僕に杖を向けて……」

セドリックが立ち上がった。まだ震えている。セドリックとハリーはクラムを見下ろした。

「信じられない……クラムは大丈夫だと思ったのに」クラムを見つめながら、ハリーが言った。

「僕もだ」セドリックが言った。

「さっき、フラーの悲鳴が聞こえた？」ハリーが聞いた。

「ああ」セドリックが言った。「フラーもクラムがやったと思うかい？」

「わからない」ハリーは考え込んだ。

「このままここに残して行こうか？」セドリックがつぶやいた。

「だめだ」ハリーが言った。「赤い火花を上げるべきだと思う。だれかがきてクラムを拾ってくれる……じゃないと、たぶんスクリュートに食われちゃう」

「当然の報いだ」セドリックがつぶやいた。

しかし、それでも自分の杖を上げ、空中に赤い火花を打ち上げた。火花は空高く漂い、クラムの倒れている場所を知らせた。

ハリーとセドリックは暗い中であたりを見回しながら、しばらく佇《たたず》んでいた。それからセドリックが口を開いた。

「さあ……そろそろ行こうか……」

「えっ？　ああ……うん……そうだね……」

奇妙な瞬間だった。ハリーとセドリックは、ほんのしばらくだったが、クラムに対抗することで手を組んでいた――いま、互いに競争相手だという事実が蘇《よみがえ》ってきた。二人とも無言で暗い道を歩いた。そしてハリーは左へ、セドリックは右へと分かれた。セドリックの足音はまもなく消えていった。

ハリーは「四方位呪文《しほうい》」を使って、正しい方向を確かめながら進んだ。勝負はハリーかセドリックかにしぼられた。優勝杯に先にたどり着きたいという思いが、いままでになく強く燃え上がった。しかし、ハリーはたったいま目撃したクラムの行動が信じられなかった。「許されざる呪文」を同類であるヒトに使うことは、アズカバンでの終身刑に値するとムーディに教わった。クラムはそこまでして三校対抗優勝杯が欲しいと思うはずがない……ハリーは足を速めた。

ときどき袋小路にぶつかったが、次第に闇が濃くなることから、ハリーは迷路の中心に近づいていることを確信した。長いまっすぐな道を、ハリーは勢いよくずんずん歩いた。するとまた、なにか蠢《うごめ》くものが見えた。杖灯《つえあか》りに照らし出されたのは、とてつもない生き物だった。『怪物的な怪物の本』で、絵だけでしか見たことのない生き物だ。

　スフィンクスだ。巨大なライオンの胴体、見事な爪を持つ四肢《しし》、長い黄色味を帯びた尾の先は茶色の房になっている。しかし、頭部は女性だった。ハリーが近づくと、スフィンクスは切れ長のアーモンド形の目を向けた。ハリーは戸惑いながら杖を上げた。スフィンクスは伏せて飛びかかろうという姿勢ではなく、左右に往《い》ったり来たりしてハリーの行く手を塞いでいた。

　スフィンクスが、深いしわがれた声で話しかけた。

「おまえはゴールのすぐ近くにいる。一番の近道はわたしを通り越していくことだ」

「それじゃ……それじゃ、どうか、道を空けてくれませんか？」

　答えはわかっていたが、それでもハリーは言ってみた。

「だめだ」スフィンクスは往《い》ったり来たりをやめない。「通りたければ、わたしの謎々《なぞなぞ》に答えるのだ。一度で正しく答えれば――通してあげよう。答えをまちがえれば――おまえを襲う。黙《もく》して答えなければ――わたしのところから返してあげよう。無傷で」

　ハリーは胃袋がガクガクと数段落ち込むような気がした。こういうのが得意なのはハーマイオニーだ。僕じゃない。ハリーは勝算を計った。謎が難しければ黙っていよう。無傷で帰れる。そして、中心部への別なルートを探そう。

「了解」ハリーが言った。「謎々《なぞなぞ》を出してくれますか？」
スフィンクスは道の真ん中で、後足《あとあし》を折って座り、謎をかけた。

最初のヒント。変装して生きる人だれだ
秘密の取引、嘘ばかりつく人だれだ

二つ目のヒント。だれかははじめに持っていて、
途中にまだまだ持っていて、なんだの最後はなんだ？
最後のヒントはただの音。言葉探しに苦労して、
よく出す音はなんの音

つないでごらん。答えてごらん
キスしたくない生き物はなんだ？

ハリーは、口をあんぐり開けてスフィンクスを見た。
「もう一度言ってくれる？……もっとゆっくり」ハリーはおずおずと頼んだ。

スフィンクスはハリーを見て瞬《まばた》きし、ほほえんで、謎々を繰り返した。

「全部のヒントを集めると、キスしたくない生き物の名前になるんだね？」ハリーが聞いた。

スフィンクスはただ謎めいた微笑《びしょう》を見せただけだった。ハリーはそれを「イエス」だと取った。ハリーは知恵をしぼった。キスしたくない動物ならたくさんいる。すぐに「尻尾《しっぽ》爆発スクリュート」を思いついたが、これが答えではないと、なんとなくわかる。ヒントを解かなければならないはずだ……。

「変装した人」ハリーはスフィンクスを見つめながらつぶやいた。「嘘をつく人……あー……それは――ペテン師。ちがうよ、まだこれが答えじゃないよ！　アー――スパイ？　あとでもう一回考えよう……二つ目のヒントをもう一回言ってもらえますか？」

スフィンクスは謎々の二つ目のヒントを繰り返した。

「だれかははじめに持っていて」ハリーは繰り返した。「あー……わかんない……途中にまだまだ持っていて……最後のヒントをもう一度？」

スフィンクスが最後の四行を繰り返した。

「ただの音。言葉探しに苦労して」ハリーは繰り返した。「あー……それは……あー……待てよ――『あー』！　『アー』っていう音だ！」

スフィンクスはハリーにほほえんだ。

「スパイ……アー……スパイ……アー……」ハリーも左右に往《い》ったり来たりしていた。「キスしたくない生き物……スパイダァー！　蜘蛛《くも》だ！」

スフィンクスは前よりもっとにっこりして、立ち上がり、前足をぐーんと伸ばし、脇に避《よ》けてハリーに道をあけた。

「ありがとう！」ハリーは自分の頭が冴《さ》えているのに感心しながら全速力で先に進んだ。

もうすぐそこにちがいない。そうにちがいない……杖《つえ》の方位が、この道はぴったり合っていることを示している。なにか恐ろしい物にさえ出会わなければ、勝つチャンスはある……。

分かれ道に出た。道を選ばなければならない。

「方角示せ！」ハリーがまた杖にささやくと、杖はくるりと回って右手の道を示した。ハリーがその道を大急ぎで進むと、前方に明かりが見えた。

三校対抗試合優勝杯が百メートルほど先の台座で輝いている。ハリーが駆け出したそのとき、黒い影がハリーの行く手に飛び出した。セドリックが優勝杯めがけて全速力で走っていた。ああっ、セドリックが先にあそこに着くだろう。ハリーは絶対に追いつけるはずがない。セドリックのほうがずっと背が高いし、足も長い――。

そのときハリーは、巨大ななにかが、左手の生け垣の上にいるのを見つけた。ハリーの行く手と交差する道に沿って、急速に動いている。あまりにも速い。このままではセドリックが衝突する。優勝杯に気を取られているセドリックは、それに気づいていない——。

「セドリック！」ハリーがさけんだ。「左を見て！」

セドリックは左を見、間一髪で身を翻《ひるがえ》し、衝突を避けた。しかし、あわてて足がもつれ、転んだ。ハリーはセドリックの杖が手を離れて飛ぶのを見た。同時に、巨大な蜘蛛が行く手の道に現れ、セドリックにのしかかろうとした。

「ステューピファイ！　麻痺《まひ》せよ！」ハリーがさけんだ。呪文は毛むくじゃらの黒い巨体を直撃したが、せいぜい小石を投げつけたくらいの効果しかなかった。蜘蛛はぐいと身を引き、ガサガサと向きを変えて、今度はハリーに向かってきた。

「ステューピファイ！　麻痺せよ！　インペディメンタ！　妨害せよ！　麻痺せよ！」

なんの効き目もない——蜘蛛が大きすぎるせいか、魔力が強いせいか、呪文をかけても蜘蛛を怒らせるばかりだ——。ぎらぎらした恐ろしい八つの黒い目と、剃刀《かみそり》のような鋏《はさみ》がちらりと見えた次の瞬間、蜘蛛はハリーに覆いかぶさっていた。

ハリーは蜘蛛の前肢《まえあし》に挟まれ、宙吊りになってもがいていた。蜘蛛を蹴飛ばそうとして片足が鋏《はさみ》に触れた瞬間、ハリーは激痛に襲われた——セドリックが「麻痺《まひ》せよ！」とさけんでいるのが聞こえたが、ハリーの呪文と同じく、効き目はなかった——蜘蛛《くも》が鋏をもう一度開いたとき、ハリーは杖《つえ》を上げてさけんだ。

「エクスペリアームス！　武器よ去れ！」

効いた——「武装解除呪文《ぶそうかいじょ》」で蜘蛛はハリーを取り落とした。その代わり、ハリーは四メートルの高みより、足から落下した。体の下で、すでに傷ついていた足が、ぐにゃりとつぶれた。考える間もなく、ハリーは、スクリュートのときと同じように、蜘蛛の下腹《したばら》めがけて杖を高く構え、さけんだ。

「ステューピファイ！　麻痺せよ！」同時にセドリックも同じ呪文をさけんだ。

一人の呪文ではできなかったことが、二人の呪文が重なることで効果を上げた——蜘蛛は横倒しになり、そばの生け垣を押しつぶし、もつれた毛むくじゃらの肢《あし》を道に投げ出していた。

「ハリー！」セドリックのさけぶ声が聞こえた。「大丈夫か？　蜘蛛の下敷きか？」

「いいや」ハリーが喘《あえ》ぎながら答えた。足を見ると、おびただしい出血だ。破れたローブに、蜘蛛の鋏のべっとりとした糊のような分泌物《ぶんぴつぶつ》がこびりついているのが見えた。立とうとしたが、片足がぐらぐらして体の重みを支え切れなかった。ハリーは生け垣に寄りかかって、喘ぎながらまわりを見た。

セドリックが三校対抗優勝杯のすぐそばに立っていた。優勝杯はその背後で輝いている。

「さあ、それを取れよ」ハリーが息を切らしながらセドリックに言った。「さあ、取れよ。君が先に着いたんだから」

しかし、セドリックは動かなかった。ただそこに立ってハリーを見ている。それから振り返って優勝杯を見た。金色の光に浮かんだセドリックの顔が、どんなに欲しいかを語っている。セドリックはもう一度こちらを振り向き、生け垣で体を支えているハリーを見た。

セドリックは深く息を吸った。

「君が取れよ。君が優勝するべきだ。迷路の中で、君は僕を二度も救ってくれた」

「そういうルールじゃない」ハリーはそう言いながら腹が立った。足がひどく痛む。蜘蛛を振りはらおうと戦って、体中がずきずきする。こんなに努力したのに、セドリックが僕より一足早かった。チョウをダンスパーティに誘ったときにハリーを出し抜いたと同じだ。

「優勝杯に先に到着した者が得点するんだ。君だ。僕、こんな足じゃ、どんなに走ったって勝てっこない」

セドリックは首を振りながら、優勝杯から離れ、「失神《しっしん》」させられている大蜘蛛のほうに一、三歩近づいた。

「できない」

「かっこつけるな」ハリーは焦《じ》れったそうに言った。「取れよ。そして二人ともここから出るんだ」

セドリックは生け垣にしがみついてやっと体を支えているハリーをじっと見た。

「君はドラゴンのことを教えてくれた」セドリックが言った。「あのとき前もって知らなかったら、僕は第一の課題でもう落伍《らくご》していたろう」

「あれは、僕も人に教えてもらったんだ」ハリーは血だらけの足をローブで拭《ぬぐ》おうとしながら、素気なく言った。「君も卵のことで助けてくれた――あいこだよ」

「卵のことは、僕もはじめから人に助けてもらったんだ」

「それでもあいこだ」

ハリーはそうっと足を試しながら言った。体重をその足にかけると、ぐらぐらした。蜘蛛《くも》に取り落とされたときに挫《くじ》いてしまったのだ。

「第二の課題のとき、君はもっと高い点を取るべきだった」セドリックは頑固だった。「君は人質全員が助かるようにあとに残った。僕もそうすべきだった」

「僕だけがばかだから、あの歌を本気にしたんだ！」ハリーは苦々しげに言った。「いいから優勝杯を取れよ！」

「できない」セドリックが言った。

セドリックはもつれた蜘蛛の肢《あし》をまたいでハリーのところにやってきた。ハリーはまじまじとセドリックを見つめた。セドリックは本気なんだ。ハッフルパフがこの何百年間も手にしたことのないような栄光から身を引こうとしている。

「さあ、行くんだ」セドリックが言った。ありったけの意志を最後の一滴まで振りしぼって言った言葉のようだった。しかし、断固とした表情で腕組みし、決心は揺るがないようだ。

ハリーはセドリックを見て、優勝杯を見た。一瞬、まばゆいばかりの一瞬、ハリーは優勝杯を持って迷路から出ていく自分の姿を思い浮かべた。高々と優勝杯を掲げ、観衆の歓声が聞こえ、チョウの顔が称讃《しょうさん》で輝く。これまでよりはっきりと光景が目に浮かんだ……そして、すぐにその光景は消え去り、ハリーは影の中に浮かぶセドリックの頑《かたく》なな顔を見つめていた。

「二人ともだ」ハリーが言った。

「えっ？」

「二人一緒に取ろう。ホグワーツの優勝に変わりない。二人引き分けだ」

セドリックはハリーをじっと見た。組んでいた腕を解いた。

「君――君、それでいいのか？」

「ああ」ハリーが答えた。「ああ……僕たち助け合ったよね？　二人ともここにたどり着いた。一緒に取ろう」

一瞬、セドリックは耳を疑うような顔をした。それからにっこり笑った。

「話は決まった」セドリックが言った。「さあここへ」

セドリックは肩を貸すようにハリーを抱え、優勝杯の載った台まで足を引きずって歩くハリーを支えた。たどり着くと、優勝杯の輝く取っ手にそれぞれ片手を伸ばした。

「三つ数えて、いいね？」ハリーが言った。「いち——に——さん——」

ハリーとセドリックが同時に取っ手をつかんだ。

とたんに、ハリーは臍《へそ》の裏側のあたりがぐいと引っ張られるような感覚に襲われ、両足が地面を離れた。優勝杯の取っ手から手が放せない。風のうなり、色の渦の中を、優勝杯はハリーを引っ張っていく。セドリックとともに。

第32章　骨肉そして血

足が地面を打つのを感じた。けがをした片足がくずおれ、前のめりに倒れる。優勝杯からやっと手が離れた。ハリーは顔を上げた。

「ここはどこだろう？」ハリーが言った。

セドリックは首を横に振り、立ち上がってハリーを助け起こした。二人は周囲を見回した。

ホグワーツからは完全に離れていた。何キロも――いや、もしかしたら何百キロも――遠くまできてしまったのは確かだ。城を取り囲む山々さえ見えない。二人は、暗い、草ぼうぼうの墓場に立っていた。右手にイチイの大木があり、その向こうに小さな教会の黒い輪郭《りんかく》が見える。左手には丘がそびえ、その斜面に堂々とした古い館が立つ。ハリーには、辛《かろ》うじて館の輪郭だけが見えた。

セドリックは三校対抗優勝杯を見下ろし、それからハリーを見た。

「優勝杯が移動キー《ポート》になっているって、だれかから聞いていたか？」

「全然」ハリーが墓場を見回しながら言った。深閑《しんかん》として、薄気味が悪い。「これも課題の続きなのかな？」

「わからない」セドリックは少し不安げな声で答えた。「杖《つえ》を出しておいたほうがいいだろうな？」

「ああ」ハリーが言った。

先にセドリックが杖のことを言い出したのが、ハリーにはうれしかった。

二人は杖を取り出した。ハリーはずっとあたりを見回し続けていた。またしても、だれかに見られているという、奇妙な感じがしていた。

「だれかくる」ハリーが突然言った。

暗がりにじっと目を凝らすと、墓石の間を、まちがいなくこちらに近づいてくる人影がある。顔までは見分けられなかったが、歩き方や腕の組み方から、なにかを抱えていることだけはわかった。小柄で、フードつきのマントをすっぽりかぶって顔を隠している。そして――その姿がさらに数歩近づき、二人との距離が一段と狭まってきたとき――ハリーにはその影が抱えているものが、赤ん坊のように見えた……それとも単にローブを丸めただけのものだろうか？

ハリーは杖を少し下ろし、横目でセドリックをちらりと見た。セドリックもハリーに訝《いぶか》しげな視線を返した。そして二人とも近づく影に目をもどした。

その影は、二人からわずか二メートルほど先の、丈高《たけだか》の大理石の墓石のそばで止まった。一瞬、ハリー、セドリック、そしてその小柄な姿が対峙《たいじ》する形となった。

そのとき、なんの前触れもなしにハリーの傷痕《きずあと》に激痛が走った。これまで一度も感じたことのないような激痛だった。両手で顔を覆ったハリーの指の間から、杖が滑り落ち、ハリーはがくりと膝《ひざ》を折った。地面に座り込み、痛みでまったくなにも見えず、いまにも頭が割れそうだった。

ハリーの頭の上で、どこか遠くから聞こえるようなかん高い冷たい声がした。

「よけいな奴《やつ》は殺せ！」シュッという音とともに、もう一つ別のかん高い声が夜の闇をつんざいた。

「アバダ　ケダブラ！」

緑の閃光《せんこう》がハリーの閉じた瞼《まぶた》の裏で光った。なにか重いものがハリーの横に倒れる音がした。傷痕の痛さは吐《は》き気がするほどに強まり、そして薄らいだ。見えるものを思うと目を開けることさえ恐ろしかったが、ハリーはじんじん痛む目を開けた。

セドリックがハリーの足元に大の字に倒れていた。死んでいる。

一瞬が永遠に感じられた。ハリーはセドリックの顔を見つめた――虚ろに見開かれた、廃屋《はいおく》の窓ガラスのように無表情なセドリックの灰色の目を。驚いたように半開きになったセドリックの口元を。信じられなかった。受け入れられなかった。信じられないという思い以外は、感覚が麻痺《まひ》していた。だれかが自分を引きずっていく。フードをかぶった小柄な男が、手にした包みを下に置き、杖灯《つえあか》りを点《つ》け、ハリーを大理石の墓石のほうに引きずっていく。杖灯りにちらりと照らし出された墓碑銘《ぼひめい》を目にした――「トム・リドル」――そのとたん、ハリーはむりやり後ろ向きにされ、背中をその墓石に押しつけられた。

次にフードの男は杖から頑丈な縄を出し、ハリーを首から足首まで墓石にぐるぐる巻きに縛りつけはじめた。ハァッハァッと、浅く荒い息遣いがフードの奥から聞こえる。ハリーは抵抗し、男がハリーをなぐった――男の手の指が一本欠けている。フードの男がだれなのか、わかった。ワームテールだ。

「おまえだったのか！」ハリーは絶句した。

しかし、ワームテールは答えなかった。縄を巻きつけ終わると、縄目《なわめ》の堅さを確かめるのに余念がなかった。結び目をあちこち不器用に触りながら、ワームテールの指は止めようもなく小刻みに震えていた。ハリーが墓石にしっかり縛りつけられ、びくともできない状態だと確かめると、ワームテールはマントから黒い布をひとにぎり取り出し、乱暴にハリーの口に押し込んだ。それから、一言も発せずにハリーに背を向けると、急いで立ち去った。ハリーは声も出せず、ワームテールがどこへ行ったのかを見ることもできなかった。墓石の裏を見ようとしても、首が回せない。ハリーは真正面しか見ることができなかった。

セドリックの亡骸《なきがら》が五、六メートルほど先に横たわっている。そこから少し離れて優勝杯が星明かりを受けて冷たく光りながら転がっていた。ハリーの杖はセドリックの足元に落ちている。ハリーが赤ん坊だと思ったローブの包みは、墓のすぐ前にあった。包みはじれったそうに動いている。包みを見つめると、ハリーの傷痕《きずあと》がふたたび焼けるように痛んだ……そのとき、ハリーははっと気づいた。包みの中身は見たくもないもの……包みを開けないでくれ。

足元で音がした。見下ろすと、ハリーが縛りつけられている墓石を包囲するように、巨大な蛇が草むらを這《は》いずり回っている。ワームテールのゼイゼイという荒い息遣いがまた一段と大きくなってきた。なにか重いものを押し動かしているようだ。やがてワームテールがハリーの視野の中に入ってきた。石の大鍋《おおなべ》を押して、墓の前まで運んでいた。水のようなものでなみなみと満たされている——ピシャピシャと撥《は》ねる音が聞こえた——ハリーがこれまで使ったどの鍋よりも大きい。巨大な石鍋の胴は、おとな一人が充分中に座れるほどの大きさだ。

地上に置かれた包みは、中からなにかが出たがってでもいるように、ますます絶え間なくもぞもぞと動いていた。ワームテールは、今度は鍋の底のところで杖を使い、忙しく動いていた。突然パチパチと鍋底《なべぞこ》に火が燃え上がった。大蛇はズルズルと暗闇に消えていった。

鍋の中の液体はすぐに熱くなった。表面がボコボコ沸騰《ふっとう》しはじめたばかりでなく、それ自身が燃えているかのように火の粉が散りはじめた。湯気が濃くなり、火加減を見るワームテールの輪郭《りんかく》がぼやけた。包みの中の動きがますます激しくなった。ハリーの耳に、ふたたびあのかん高い冷たい声が聞こえた。

「急げ！」

いまや液面全体が火花でまばゆいばかりだった。ダイヤモンドをちりばめてあるかのようだ。

「準備ができました。ご主人様」

「さあ……」冷たい声が言った。

ワームテールが地上に置かれた包みを開き、中にある物があらわになった。ハリーは絶叫したが、口の詰め物が声を押し殺した。

まるでワームテールが地面の石をひっくり返し、その下から、醜い、べっとりした、目の見えないなにかをむき出しにしたようだ――いや、その百倍も悪い。ワームテールが抱えていたものは、縮こまった人間の子供のようだった。ただし、こんなに子供らしくないものは見たことがない。髪の毛はなく、鱗《うろこ》に覆われたような、赤むけのどす黒いものだ。手足は細く弱々しく、その顔は――この世にこんな顔をした子供がいるはずがない――のっぺりと蛇のような顔で、赤い目がぎらぎらしている。

そのものは、ほとんど無力に見えた。細い両手を上げ、ワームテールの首に巻きつけると、ワームテールがそれを持ち上げた。そのときフードが頭からずれ落ち、ワームテールの弱々しい青白い顔が火に照らされた。その生き物を大鍋の縁まで運ぶとき、ワームテールの顔に激しい嫌悪感が浮かんだのをハリーは見た。一瞬、ハリーは、液体の表面に踊る火花が、邪悪《じゃあく》なのっぺりした顔を照らし出すのを見た。それから、ワームテールはその生き物を大鍋に入れた。ジュッという音とともに、その姿は液面から見えなくなった。弱々しい体が鍋底に落ちたコツンという小さな音をハリーは聞いた。

溺《おぼ》れてしまいますよう。ハリーは願った。傷痕《きずあと》の焼けるような痛みはほとんど限界を超えていた。溺れてしまえ……お願いだ……。

ワームテールがなにか言葉を発している。声は震え、恐怖で分別もつかなくなったように見える。杖《つえ》を上げ、両目を閉じ、ワームテールは夜の闇に向かって唱えた。

「父親の骨、知らぬ間に与えられん。父親は息子を蘇《よみがえ》らせん！」

ハリーの足下の墓の表面がパックリ割れた。ワームテールの命ずるままに、細かい塵《ちり》、芥《あくた》が宙を飛び、静かに鍋の中に降り注ぐのをハリーは恐怖に駆られながら見ていた。ダイヤモンドのような液面が割れ、シュウシュウと音を立てた。四方八方に火花を散らし、液体はあざやかな毒々しい青に変わった。

ワームテールは、次にヒーヒー泣きながら、マントから細長い銀色に光る短剣を取り出した。ワームテールの声が恐怖に凍りついたようなすすり泣きに変わった。

「しもべの――肉、――よ、喜んで差し出されん。――しもべは――ご主人様を――蘇《よみがえ》らせん」

ワームテールは右手を前に出した――指が欠けた手だ。左手にしっかり短剣をにぎり――振り上げた。

ワームテールがなにをしようとしているのか、ハリーは事の直前に悟った――ハリーは両目をできるだけ固く閉じた。だが、夜をつんざく悲鳴に耳を塞ぐことができなかった。まるでハリー自身が短剣に刺されたかのように、ワームテールの絶叫がハリーを貫いた。なにかが地面に倒れる音、ワームテールの苦しみ喘《あえ》ぐ声、なにかが大鍋《おおなべ》に落ちるバシャッというやな音、が聞こえた。ハリーは目を開ける気になれなかった……しかし液体はその間に燃えるような赤になり、その明かりが、閉じたハリーの瞼《まぶた》を通して入ってきた。

ワームテールは苦痛に喘ぎ、うめき続けていた。その苦しそうな息がハリーの顔にかかってはじめて、ハリーはワームテールがすぐ目の前にいることに気づいた。

「仇《かたき》の血、……力ずくで奪われん。……汝《なんじ》は……敵を蘇らせん」

ハリーにはどうすることもできない。あまりにもきつく縛りつけられていた……。目を細め、縄目《なわめ》がどうにもならないと知りながらもがきながら、ハリーは銀色に光る短剣が、ワームテールの残った一本の手の中で震えているのを見た。そして、その切っ先が、右腕の肘《ひじ》の内側を貫くのを感じた。鮮血が、切れたローブの袖《そで》に滲《にじ》み、滴《したた》り落ちた。ワームテールは痛みに喘ぎ続けながら、ポケットからガラスの薬瓶《くすりびん》を取り出し、ハリーの傷口に押し当て、滴《したた》る血を受けた。

ハリーの血を持ち、ワームテールはよろめきながら大鍋にもどり、その中に血を注いだ。鍋の液体はたちまち目もくらむような白に変わった。任務を終えたワームテールは、がっくりと鍋のそばに膝《ひざ》をつき、くずおれるように横ざまに倒れた。手首を切り落とされて血を流している腕を抱えて地面に転がり、ワームテールは喘ぎ、すすり泣いていた。

大鍋はグツグツと煮《に》え立ち、四方八方にダイヤモンドのような閃光《せんこう》を放っている。その目もくらむような明るさに、まわりのものすべてが真っ黒なビロードで覆われてしまったように見える。何事も起こらない……。

溺《おぼ》れてしまえ。ハリーはそう願った。失敗しますよう……。

突然、大鍋から出ていた火花が消えた。代わって、濛々《もうもう》たる白い蒸気がうねりながら立ち昇ってきた。濃い蒸気がハリーの目の前のすべてのものを隠した。立ち込める蒸気で、ワームテールもセドリックも、なにも見えない……失敗だ。ハリーは思った……溺《おぼ》れたんだ……どうか……どうかあれを死なせて……。

しかし、そのとき、目の前の靄《もや》の中にハリーが見たものは、氷のような恐怖をかき立てた。大鍋《おおなべ》の中から、ゆっくりと立ち上がったのは、骸骨《がいこつ》のようにやせ細った、背の高い男の黒い影だった。

「ローブを着せろ」蒸気の向こうから、かん高い冷たい声がした。ワームテールは、すすり泣き、うめき、手首のなくなった腕をかばいながらも、あわてて地面に置いてあった黒いローブを拾い、立ち上がって片手でローブを持ち上げ、ご主人様の頭からかぶせた。

やせた男は、ハリーを見つめながら大鍋をまたいだ……ハリーも男を見つめ返した。その顔は、この三年間、ハリーを悪夢で悩まし続けた顔だった。骸骨よりも白い顔、細長い、真っ赤で不気味な目、蛇のように平らな鼻、切れ込みを入れたような鼻の穴……。

ヴォルデモート卿《きょう》が復活した。

第33章　死喰い人

ヴォルデモートはハリーから目を逸《そ》らせ、自分の身体を調べはじめた。手はまるで大きな蒼《あお》ざめた蜘蛛《くも》のようだ。ヴォルデモートは蒼白い長い指で自分の胸を、腕を、顔をいとおしむようになでた。赤い瞳孔《どうこう》は、猫の目のように縦に細く切れ、暗闇にさらに明るくぎらぎら光った。両手を挙げて指を折り曲げるヴォルデモートは、うっとりと勝ち誇った顔をしている。地面に横たわり、ぴくぴく痙攣《けいれん》しながら血を流しているワームテールのことも、いつの間にかもどってきてシャーッシャーッと音を立てながらハリーのまわりを這《は》い回っている大蛇のことも、まるで気に止めていない。ヴォルデモートは、不自然に長い指のついた手をポケットの奥に突っ込み杖《つえ》を取り出すと、いつくしむようにやさしくなで、その杖をワームテールに向けた。ワームテールは地上から浮き上がり、ハリーが縛りつけられている墓石にたたきつけられて、その足元にくしゃくしゃになって泣きわめきながら転がった。ヴォルデモートは冷たい、無慈悲な高笑いを上げ、真っ赤な目をハリーに向けた。

ワームテールのローブはいまや血糊《ちのり》でてかてかに光っていた。手を切り落とした腕はローブが覆っている。

「ご主人様……」ワームテールは声を詰まらせた。「ご主人様……あなた様はお約束なさった……たしかにお約束なさいました……」

「腕を伸ばせ」ヴォルデモートが物憂《ものう》げに言った。

「おお、ご主人様……ありがとうございます。ご主人様……」

ワームテールは血の滴《したた》る腕を突き出した。しかし、ヴォルデモートはまたしても笑った。

「ワームテールよ。反対の腕だ」

「ご主人様。どうか……それだけは……」

ヴォルデモートはかがみ込んでワームテールの左手を引っ張り、ワームテールのローブの袖《そで》を、ぐいと肘《ひじ》の上までまくり上げた。その肌に刻まれた、生々しい赤い刺青《いれずみ》のようなものを、ハリーは見た――髑髏《どくろ》だ。口から蛇が飛び出している――クィディッチ・ワールドカップで空に現れたあの形と同じ。闇《やみ》の印《しるし》だ。ワームテールが止めどなく泣き続けるのも無視して、ヴォルデモートはその印を丁寧に調べた。

「もどっているな」ヴォルデモートが低く言った。「全員が、これに気づいたはずだ……そして、いまこそわかるのだ……いまこそはっきりするのだ……」

ヴォルデモートは長い蒼白《あおじろ》い人差し指を、ワームテールの腕の印に押し当てた。ハリーの額《ひたい》の傷痕《きずあと》がまたしても焼けるように鋭く痛んだ。ワームテールが新たにさけび声を上げた。ヴォルデモートがその指をワームテールの腕の印から離すと、印は真っ黒に変色していた。

ヴォルデモートは残忍な満足の表情を浮かべて立ち上がり、頭をぐいと反らせて暗い墓場をひとわたり眺め回した。

「それを感じたとき、もどる勇気のあるものが何人いるか」ヴォルデモートは赤い目をぎらつかせて星を見据えながらつぶやいた。「そして、離れようとする愚か者が何人いるか」

ヴォルデモートはハリーとワームテールの前を、往《い》ったり来たりしはじめた。その目はずっと墓場を見渡し続けている。一、二分経ったころ、ヴォルデモートはふたたびハリーを見下ろした。蛇のような顔が残忍な笑いに歪《ゆが》んだ。

「ハリー・ポッター、おまえはいま、俺様《おれさま》の父の遺骸《いがい》の上におるのだ」ヴォルデモートが歯を食いしばったまま、低い声で言った。「マグルの愚か者よ……ちょうどおまえの母親のように。しかし、どちらも使い道はあったわけだな？　おまえの母親は子供を守って死んだ……俺様は父親を殺した。死んだ父親がどんなに役立ったか、見たとおりだ……」

ヴォルデモートがまた笑った。往《い》ったり来たりしながら、ヴォルデモートはあたりを見回し、蛇は相変わらず草地に円を描いて這《は》いずっていた。

「丘の上の館が見えるか、ポッター？　俺様《おれさま》の父親はあそこに住んでいた。母親はこの村に住む魔女で、父親と恋に落ちた。しかし、正体を打ち明けたとき、父親は母を捨てた……父は、俺様の父親は、魔法を嫌っていた……」

「やつは母を捨て、マグルの両親の元にもどった。俺様が生まれる前のことだ、ポッター。そして母は、俺様を産むと死んだ。残された俺様は、マグルの孤児院で育った……しかし、俺様はやつを見つけると誓った……復讐してやったのだ。俺様に自分の名を与えた、あの愚か者……トム・リドルに……」

ヴォルデモートは、墓から墓へとすばやく目を走らせながら、歩き回り続けていた。

「俺様が家族の歴史を物語るとは……」ヴォルデモートが低い声で言った。「なんと俺様も感傷的になったものよ……しかし見ろ、ポッター！　俺様の真の家族がもどってきた……」

マントを翻《ひるがえ》す音があたりにみなぎった。墓と墓の間から、イチイの木の陰から、暗がりという暗がりから、魔法使いが「姿現わし」していた。全員がフードをかぶり、仮面をつけている。そして一人また一人と、全員が近づいてきた……ゆっくりと慎重に、まるでわが目を疑うというように……。ヴォルデモートは黙ってそこに立ち、全員を待った。そのとき、「死喰い人《デス・イーター》」の一人がひざまずき、ヴォルデモートに這《は》い寄ったかと思うとその黒いローブの裾《すそ》にキスをした。

「ご主人様……ご主人様……」その死喰い人がつぶやいた。

その後ろにいた死喰い人たちも、同じようにひざまずいてヴォルデモートの前に這い寄り、ローブにキスした。それから後ろに退《しりぞ》き、無言のまま全員が輪になって立った。その輪は、トム・リドルの墓を囲み、ハリー、ヴォルデモート、そしてすすり泣きながらぴくぴく痙攣《けいれん》している塊《かたまり》――ワームテールを取り囲んだ。しかし、輪には切れ目があった。まるであとからくる者を待つかのようだった。ヴォルデモートはしかし、これ以上くるとは思っていないようだ。ヴォルデモートがフードをかぶった顔をぐるりと見渡す。すると、風もないのに輪がガザガザと震えた。

「ようきた。『死喰い人』たちよ」ヴォルデモートが静かに言った。「十三年……最後に我々が会ってから十三年だ。しかしおまえたちは、それが昨日のことであったかのように、俺様の呼びかけに応えた……さすれば、我々はいまだに『闇《やみ》の印《しるし》』の下に結ばれている！　それにちがいないか？」

ヴォルデモートは恐ろしい顔をのけ反らせ、切れ込みを入れたような鼻腔《びくう》をふくらませた。

「罪の臭いがする」ヴォルデモートが言った。「あたりに罪の臭いが流れているぞ」

輪の中に、二度目の震えが走った。だれもがヴォルデモートから後ずさりしたくてたまらないのに、どうしてもそれができないという震えだった。

「おまえたち全員が、無傷で健やかだ。魔力も失われていない――こんなにすばやく現れるとは！――そこで俺様《おれさま》は自問する……この魔法使いの一団は、ご主人様に永遠の忠誠を誓ったのに、なぜ、そのご主人様を助けにこなかったのか？」

だれも口をきかなかった。地上に転がり、腕から血を流しながらまだすすり泣いているワームテール以外は、動く者もない。

「そして、自答するのだ」ヴォルデモートがささやくように言った。「おまえたちは俺様が敗れたと信じたにちがいない。いなくなったと思ったのだろう。おまえたちは俺様の敵の中にするりと立ちもどり、無罪を、無知を、そして呪縛《じゅばく》されていたことを申し立てたのだ……」

「それなれば、と俺様は自問する。なぜおまえたちは、俺様がふたたび立つとは思わなかったのか？　俺様がとうの昔に、死から身を護る手段を講じていたと知っているおまえたちが、なぜ？　生ける魔法使いのだれよりも俺様の力が強かったとき、その絶大なる力の証《あかし》を見てきたおまえたちが、なぜ？」

「そして俺様は自ら答える。たぶんおまえたちは、より偉大な力が――ヴォルデモート卿《きょう》をさえ打ち負かす力が存在するのではないかと信じたのであろう……たぶんおまえたちは、いまやほかの者に忠誠を尽くしているのだろう……たぶんあの凡人の、穢《けが》れた血の、そしてマグルの味方、アルバス・ダンブルドアにか？」

ダンブルドアの名が出ると、輪になった死喰い人たちが動揺し、あるものは頭を振り、ぶつぶつつぶやいた。ヴォルデモートは無視した。

「俺様は失望した……失望させられたと告白する……」

一人の死喰い人が突然、輪を崩して前に飛び出した。頭から爪先まで震えながら、その死喰い人はヴォルデモートの足元にひれ伏した。

「ご主人様！」死喰い人が悲鳴のような声を上げた。「ご主人様、お許しを！　我々全員をお許しください！」

ヴォルデモートが笑い出した。そして杖《つえ》を上げた。

「クルーシオ！　苦しめ！」

その死喰い人は地面をのたうって悲鳴を上げた。ハリーはその声が周囲の家まで聞こえるにちがいないと思った……警察がくるといい。ハリーは必死に願った……だれでもいい……なんでもいいから……。

ヴォルデモートは杖を下げた。拷問された死喰い人は、息も絶え絶えに横たわっている。

「起きろ、エイブリー」ヴォルデモートが低い声で言った。「立て。許しを請うだと？　俺様《おれさま》は許さぬ。俺様は忘れぬ。十三年もの長い間だ……おまえを許す前に十三年分のつけを払ってもらうぞ。ワームテールはすでに借りの一部を返した。ワームテール、そうだな？」

ヴォルデモートは泣き続けているワームテールを見下ろした。

「貴様が俺様の下にもどったのは、忠誠心からではなく、かつての仲間たちを恐れたからだ。ワームテールよ、この苦痛は当然の報いだ。わかっているな？」

「はい、ご主人様」ワームテールがうめいた。「どうか、どうかご主人様……お願いです……」

「しかし、貴様は俺様が身体を取りもどすのを助けた」ヴォルデモートは地べたですすり泣くワームテールを眺めながら、冷たく言った。「虫けらのような裏切り者だが、貴様は俺様を助けた……ヴォルデモート卿《きょう》は助ける者には褒美《ほうび》を与える……」

ヴォルデモートはふたたび杖《つえ》を上げ、空中でくるくる回した。回した跡に、溶けた銀のようなものが一筋、輝きながら宙に浮いていた。一瞬なんの形もなくよじれるように動いていたが、やがてそれは人の手の形になり、月光のように明るく輝きながら舞い下りて、血を流しているワームテールの手首にはまった。ワームテールは急に泣きやんだ。息遣いは荒く途切れがちだったが、ワームテールは顔を上げ、信じられないという面持ちで銀の手を見つめた。まるで輝く銀の手袋をはめたように、その手は継ぎ目なく腕についていた。ワームテールは輝く指を曲げ伸ばしした。それから、震えながら地面の小枝を摘み上げ、揉《も》み砕いて粉々にした。

「わが君」ワームテールがささやいた。「ご主人様……すばらしい……ありがとうございます……ありがとうございます……」

ワームテールはひざまずいたまま、急いでヴォルデモートのそばににじり寄り、ローブの裾《すそ》にキスをした。

「ワームテールよ。貴様の忠誠心が二度と揺るがぬよう」

「わが君、けっして……けっしてそのようなことは……」

ワームテールは立ち上がり、顔に涙の跡を光らせ、新しい力強い手を見つめながら輪の中に入った。ヴォルデモートは、今度はワームテールの右側の男に近づいた。

「ルシウス、抜け目のない友よ」

男の前で立ち止まったヴォルデモートがささやいた。

「世間的には立派な体面を保ちながら、おまえは昔のやり方を捨ててはいないと聞き及ぶ。いまでも先頭に立って、マグルいじめを楽しんでいるようだが？　しかしルシウス、おまえは一度たりとも俺様を探そうとはしなかった……クィディッチ・ワールドカップでのおまえの企みは、さぞかしおもしろかっただろうな……しかし、そのエネルギーを、おまえのご主人様を探し、助けるほうに向けるべきではなかったのか？」

「我が君、私は常に準備しておりました」フードの下からルシウス・マルフォイの声が、すばやく答えた。「あなた様のなんらかの印があれば、あなた様のご消息がちらとでも耳に入れば、私はすぐにお側に馳《は》せ参じるつもりでございました。何物も、私を止めることはできなかったでしょう――」

「それなのに、おまえは、この夏、忠実なる死喰い人が空に打ち上げた俺様《おれさま》の印を見て、逃げたと言うのか？」ヴォルデモートは気だるそうに言った。マルフォイ氏は突然口をつぐんだ。「そうだ。ルシウスよ、俺様はすべてを知っているぞ……おまえには失望した……これからはもっと忠実に仕えてもらうぞ」

「もちろんでございます、我が君、もちろんでございますとも……お慈悲を感謝いたします……」

ヴォルデモートは先へと進み、マルフォイの隣に空いている空間を――優に二人分の大きな空間を――立ち止まってじっと見つめた。

「レストレンジたちがここに立つはずだった」ヴォルデモートが静かに言った。「しかし、あの二人はアズカバンに葬《ほうむ》られている。忠実な者たちだった。俺様を見捨てるよりはアズカバン行きを選んだ……アズカバンが開放されたときには、レストレンジたちは最高の栄誉を受けるであろう。吸魂鬼《ディメンター》も我々に味方するであろう……あの者たちは、生来我らが仲間なのだ……追放された巨人たちも呼びもどそう……忠実なる下僕たちのすべてを、そしてだれもが震撼《しんかん》する生き物たちを、俺様の下に帰らせようぞ……」

ヴォルデモートはさらに歩を進めた。何人かの死喰い人の前を黙って通り過ぎ、何人かの前では立ち止まって話しかけた。

「マクネア……いまでは魔法省で危険動物の処分をしておるとワームテールが話していたが？　マクネアよ、ヴォルデモート卿《きょう》が、まもなくもっといい犠牲者を与えてつかわす……」

「ご主人様、ありがたき幸せ……ありがたき幸せ」マクネアがつぶやくように答えた。

「そしておまえたち」ヴォルデモートはフードをかぶった一番大きな二人の前に移動した。「クラッブだな……今度はましなことをしてくれるのだろうな、クラッブ？　そして、おまえ、ゴイル？」

二人はぎごちなく頭を下げ、のろのろとつぶやいた。

「はい、ご主人さま……」

「そういたします。ご主人さま……」

「おまえもそうだ、ノットよ」

ゴイルの影の中で前屈みになっている姿の前を通り過ぎながら、ヴォルデモートが言った。

「わが君、わたくしはあなた様の前にひれ伏します。わたくしめは最も忠実なる――」

「もうよい」ヴォルデモートが言った。

ヴォルデモートは輪の最も大きく空いているところに立ち、まるでそこに立つ死喰い人が見えるかのように、虚ろな赤い目でその空間を見回した。

「そしてここには、六人の死喰い人が欠けている……三人は俺様《おれさま》の任務で死んだ。一人は臆病風《おくびょうかぜ》に吹かれてもどらぬ……思い知ることになるだろう。一人は永遠に俺様の下を去った……もちろん、死あるのみ……そして、もう一人、最も忠実なる下僕であり続けた者は、すでに任務に就いている」

死喰い人たちがざわめいた。仮面の下から横目使いで、互いにすばやく目を見交わすのを、ハリーは見た。

「その忠実なる下僕はホグワーツにあり、その者の尽力により今夜は我らが若き友人をお迎えした……」

「そぉれ」ヴォルデモートの唇のない口がにやりとめくれ上がり、死喰い人の目がハリーのほうにさっと飛んだ。「ハリー・ポッターが、俺様の蘇《よみがえ》りのパーティにわざわざご参加くださった。俺様の賓客《ひんきゃく》と言ってもよかろう」

沈黙が流れた。そしてワームテールの右側の死喰い人が前に進み出た。ルシウス・マルフォイの声が、仮面の下から聞こえた。

「ご主人様、我々は知りたくてなりません……どうぞお教えください……どのようにして成し遂げられたのでございましょう……この奇跡を……どのようにして、あなた様は我々のもとにおもどりになられたのでございましょう……」

「ああ、それは、ルシウス、長い話だ」ヴォルデモートが言った。「その始まりは――そしてその終わりは――ここにおられる若き友人なのだ」

ヴォルデモートは悠々とハリーの隣にきて立ち、輪の全員の目が自分とハリーの二人に注がれるようにした。大蛇は相変わらずぐるぐると円を描いていた。

「おまえたちも知ってのとおり、世間はこの小僧が俺様の凋落《ちょうらく》の原因だと言っているそうだな？」ヴォルデモートが赤い目をハリーに向け、低い声で言った。ハリーの傷痕《きずあと》が焼けるように痛みはじめ、あまりの激痛にハリーは悲鳴を上げそうになった。

「おまえたち全員が知ってのとおり、俺様が力と身体を失ったあの夜、俺様はこの小僧を殺そうとした。母親が、この小僧を救おうとして死んだ――そして母親は、自分でも知らずにこやつを、この俺様《おれさま》にも予想だにつかなかったやり方で護った……俺様はこやつに触れることができなかった」ヴォルデモートは、蒼白《あおじろ》い長い指の一本を、ハリーの頰に近づけた。

「この小僧の母親は、自らの犠牲の印をこやつに残した……昔からある魔法だ。俺様はそれに気づくべきだった。見逃したのは不覚だった……しかし、それはもういい。いまはこの小僧に触れることができるのだ」ハリーは冷やりとした蒼白い長い指の先が触れるのを感じ、頭が割れるかと思うほど傷痕《きずあと》が痛んだ。ヴォルデモートはハリーの耳元で低く笑い、指を離した。そして死喰い人に向かって話し続けた。

「我が朋輩《ほうばい》よ、俺様の誤算だった。認めよう。俺様の呪いは、あの女の愚かな犠牲のお陰で撥《は》ね返り、我が身を襲った。あぁぁー……痛みを超えた痛み、朋輩よ、これほどの苦しみとは思わなかった。俺様は肉体から引き裂かれ、霊魂にも満たない、ゴーストの端くれにも劣るものになった……しかし、俺様はまだ生きていた。それをなんと呼ぶか、俺様にもわからぬ……だれよりも深く不死の道へと入り込んでいたこの俺様が、そういう状態になったのだ。おまえたちは、俺様のめざすものを知っておろう——死の克服だ。そしていま、俺様は証明した。俺様の実験のどれかが功《こう》を奏したらしい……あの呪いは俺様を殺していたはずなのだが、俺様は死ななかったのだ。しかしながら俺様は、最も弱い生き物よりも力なく、自らを救う術もなかった……肉体を持たない身だからだ。自らを救うに役立つかもしれぬ呪文のすべては、杖《つえ》を使う必要があったのだ……」

「あのころ、俺様は、眠ることもなく、一秒一秒を、果てしなくただ存在し続けることに力を尽くした……遠く離れた地で、森の中に棲《す》みつき、俺様は待った……だれか忠実な死喰い人が俺様を見つけようとするにちがいない……だれかがやってきて、俺様自身にはできない魔法を使い、俺様の身体を復活させるにちがいない……しかし、待つだけむだだった……」

聞き入る死喰い人の中に、またしても震えが走った。ヴォルデモートは、その恐怖の沈黙がうねり高まるのを待って話を続けた。

「俺様に残されたただ一つの力があった。だれかの肉体に取り憑《つ》くことだ。しかし、ヒトどもがうじゃうじゃしているところには、怖くて行けなかった。『闇祓《やみばら》い』どもがまだあちこちで俺様を探していることを知っていたからな。ときには動物に取り憑いた――もちろん、蛇が俺様の好みだが――しかし、動物の体内にいても、霊魂だけで過ごすのとあまり変わりはなかった。あいつらの体は、魔法を行うのには向いていない……それに、俺様が取り憑くと、あいつらの命を縮めた。どれも長続きはしなかった……」

「そして……四年前のことだ……俺様の蘇《よみがえ》りが確実になったかに見えた。ある魔法使いが――若造で、愚かな、だまされやすいやつだったが――我が住処《すみか》としていた森に迷い込んできて、俺様《おれさま》に出会った。ああ、あの男こそ、俺様が夢にまで見た千載一遇《せんざいいちぐう》の機会に見えた……なにしろ、その魔法使いはダンブルドアの学校の教師だった……その男は、やすやすと俺様の思いのままになった……その男が俺様をこの国に連れもどしてくれ、やがて俺様はその男の肉体に取り憑《つ》いた。そして、我が命令をその男が実行するのを、俺様は身近で監視《かんし》した。しかし我が計画は潰《つい》えた。賢者の石を奪うことができなかったのだ。永遠の命を確保することができなかった。邪魔が入った……またしても挫《くじ》かれた。このハリー・ポッターに……」

ふたたび沈黙が訪れた。動くものはなに一つない。イチイの木の葉さえ動かない。死喰い人たちは、仮面の中からぎらぎらした視線をヴォルデモートとハリーに注ぎ、じっと動かなかった。

「下僕は、俺様がその体を離れたときに死んだ。そして俺様は、またしても元のように弱くなった」ヴォルデモートは語り続けた。「俺様は、元の隠れ家にもどった。二度と力を取りもどせないのではないかと恐れたことを隠しはすまい……そうだ。あれは俺様の最悪のときであったかもしれぬ……もはや取り憑くべき魔法使いが都合よく現れるとは思えなかった……我が死喰い人たちのだれかが、俺様の消息を気にかけるであろうという望みを、そのとき、俺様はもう捨てていた……」

輪の中の仮面の魔法使いが、一人二人、ばつが悪そうにもぞもぞしたが、ヴォルデモートは気にも止めない。

「そして、ほとんど望みを失いかけたとき、ついに事は起こった。そのときからまだ一年と経ってはおらぬが……一人の下僕がもどってきた。ここにいるワームテールだ。この男は、法の裁きを逃れるため自らの死を偽装《ぎそう》したが、かつては友として親しんだ者たちによって隠れ家を追われ、ご主人様の下に帰ろうと決心したのだ。俺様が隠れていると長年噂《うわさ》されていた国で、ワームテールは俺様を探した……もちろん途中で出会ったネズミに助けられたのだ。ワームテールよ、貴様はネズミと妙に親密なのだな？　こやつの薄汚い友人たちが、アルバニアの森の奥深くにネズミも避ける場所があると、こやつに教えたのだ。やつらのような小動物が暗い影に取り憑かれて死んでゆく場所があるとな……」

「しかし、こやつが俺様の下にもどる旅はたやすいものではなかった。そうだな？　ワームテールよ。ある晩、俺様を見つけられるかと期待していた森のはずれで、腹をすかせ、こやつは愚かにも食べ物欲しさにある旅籠《はたご》に立ち寄った……そこで出会ったのは、こともあろうか魔法省の魔女、バーサ・ジョーキンズだ。そうだったな？」

「さて、運命が、ヴォルデモート卿《きょう》にどのように幸いしたかだ。ワームテールにとっては、ここで見つかったのは運の尽き、そして俺様にとっては、蘇《よみがえ》りの最後の望みを断たれるところだった。しかし、ワームテールは、こやつにそんな才覚があったかと思わせるような機転を働かせた――こやつはバーサ・ジョーキンズを丸め込んで夜の散歩に誘い出し、バーサをねじ伏せ……その女を俺様《おれさま》のもとへ連れてきたのだ。そして、すべてを破滅させるかもしれなかったバーサ・ジョーキンズが、逆に俺様にとって思いもかけない贈り物となった……つまり――ほんのわずか説得しただけで――この女はまさに情報の宝庫になってくれた」

「この女は、三校対抗試合が今年ホグワーツで行われると話してくれた。俺様が連絡を取りさえすれば、喜んで俺様を助けるであろう忠実な死喰い人を知っているとも言った。いろいろ教えてくれたものだ……しかし、この女にかけられていた『忘却術《ぼうきゃくじゅつ》』を破るのに俺様が使った方法は強力だった。そこで、有益な情報を引き出してしまったあとは、この女の心も体も修復不能なまでに破壊されてしまっていた。この女はもう用済みだった。俺様が取り憑《つ》くこともできなかった。俺様はこの女を処分した」

ヴォルデモートはぞくっとするような笑みを浮かべた。その赤い目は虚ろで残虐《ざんぎゃく》だった。

「ワームテールの体は、言うまでもなく、取り憑くのには適していなかった。こやつは死んだことになっているので、顔を見られたら、あまりに注意を引きすぎる。しかし、こやつは肉体を使う能力があった。俺様の召使いにはそれが必要だったのだ。魔法使いとしてはお粗末なやつだが、ワームテールは俺様の指示に従う能力はあった。俺様は、未発達で虚弱なものであれ、曲りなりにも自分自身の身体を得るための指示をこやつに与えた。真の再生に不可欠な材料が揃うまで仮の住処《すみか》にする身体だ……俺様が発明した呪いを一つ、二つ……それと、かわいいナギニの助けを少し借り」――ヴォルデモートの赤い目があたりをぐるぐる回り続けている蛇を捕らえた――「一角獣《ユニコーン》の血と、ナギニから搾《しぼ》った蛇の毒から作り上げた魔法薬……俺様はまもなくほとんど人の形にまでもどり、旅ができるまで力を取りもどした」

「もはや賢者の石を奪うことはかなわぬ。ダンブルドアが石を破壊するよう取り計らったことを俺様は知っていたからだ。しかし俺様は不死を求める前に、滅する命をもう一度受け入れるつもりだった。目標を低くしたのだ……昔の身体と昔の力で妥協してもよいと」

「それを達成するには――古い闇の魔術だが、今宵《こよい》俺様を蘇《よみがえ》らせた魔法薬には――強力な材料が三つ必要だということはわかっていた。さて、その一つはすでに手の内にあった。ワームテール、そうだな？　下僕の与える肉だ……」

「我が父の骨。当然それは、ここにくることを意味した。父親の骨が埋まっているところだ。しかし、敵の血は……ワームテールは適当な魔法使いを使わせようとした。そうだな？　ワームテールよ。俺様を憎んでいた魔法使いならだれでもいい……憎んでいる者はまだ大勢いるからな。しかし、失脚のときより強力になって蘇《よみがえ》るために使わなければならないのはただ一人だと、俺様《おれさま》は知っていた。ハリー・ポッターの血が欲しかったのだ。十三年前、我が力を奪い去った者の血が欲しかった。さすれば、母親がかつてこの小僧に与えた護りの力の名残《なごり》が、俺様の血管にも流れることになる……」

「しかし、どうやってハリー・ポッターを手に入れるか？　自分自身でさえ気づかないほど、この小僧はしっかり護られている。その昔、ダンブルドアが、この小僧の将来に備える措置をまかされたときに、ダンブルドア自身が工夫したある方法で護られている。ダンブルドアは古い魔法を使った。親戚の庇護《ひご》の下にあるかぎり、この小僧は確実に保護される。こやつがあそこにいれば、この俺様でさえ手出しができない……しかし、クィディッチ・ワールドカップがあるではないか……そこでは親戚からもダンブルドアからも離れ、保護は弱まると俺様は考えた。しかし、魔法省の魔法使いたちが集結しているただ中で誘拐《ゆうかい》を試みるほど、俺様の力はまだ回復していなかった。そのあとになると、この小僧はホグワーツに帰ってしまう。そこでは朝から晩まで、あの鼻曲りのマグル贔屓《びいき》のばか者の庇護の下だ。それではどうやってハリー・ポッターを手に入れるか？」

「そうだ……もちろん、バーサ・ジョーキンズの情報を使う。ホグワーツに送り込んだ我が忠実な死喰い人を使うのだ。この小僧の名が『炎のゴブレット』に入るように取り計らうのだ。我が死喰い人を使い、ハリーが試合に必ず勝つようにする――ハリー・ポッターが最初に優勝杯に触れるようにする――優勝杯は我が死喰い人が移動キー《ポートキー》に変えておき、それがこやつをここまで連れてくる。ダンブルドアの助けも保護も届かないところへ、そして待ち受ける俺様の両腕の中に連れてくるのだ。このとおり、小僧はここにいる……俺様の凋落《ちょうらく》の元になったと信じられている、その小僧が……」

ヴォルデモートはゆっくり進み出てハリーに向きなおり、杖《つえ》を上げた。

「クルーシオ！　苦しめ！」

これまで経験したどんな痛みをも超える痛みだった。自分の骨が燃えている。額《ひたい》の傷痕《きずあと》に沿って頭が割れているにちがいない。両目が頭の中でぐるぐる狂ったように回っている。終わって欲しい……気を失ってしまいたい……死んだほうがましだ……。

するとそれは過ぎ去った。ハリーはヴォルデモートの父親の墓石に縛りつけられたまま、ぐったりと縄目《なわめ》にもたれ、霧のかかったような視界の中で、ぎらぎら輝く赤い目を見上げていた。死喰い人の笑い声が夜の闇を満たして響いている。

「見たか。この小僧がただの一度でも俺様より強かったなどと考えるのが、なんと愚かしいことだったかを」ヴォルデモートが言った。

「しかし、だれの心にも絶対にまちがいがないようにしておきたい。ハリー・ポッターが我が手を逃れたのは、単なる幸運だったのだ。いまここで、おまえたち全員の前でこやつを殺すことで、俺様《おれさま》の力を示そう。ダンブルドアの助けもなく、この小僧のために死んでゆく母親もいない。だが、俺様はこやつにチャンスをやろう。戦うことを許そう。そうすれば、どちらが強いのか、おまえたちの心に一点の疑いも残るまい。もう少し待て、ナギニ」

ヴォルデモートがささやくと、蛇はスルスルと、死喰い人が立ち並んで見つめている草むらのあたりに消えた。

「さあ、縄目《なわめ》を解け、ワームテール。そして、こやつの杖《つえ》を返してやれ」

第34章　直前呪文

ワームテールがハリーに近づいた。縄目《なわめ》が解かれる前になんとか自分の体を支えようと、ハリーは足を踏ん張った。ワームテールはできたばかりの銀の手を上げ、ハリーの口を塞いでいた布を引っ張り出し、ハリーを墓石に縛りつけていた縄目を手の一振りで切り離した。

ほんの一瞬の隙があった。その隙にハリーは逃げようとできたかもしれない。しかし、草ぼうぼうの墓場に立ち上がると、ハリーの傷ついた足がぐらついた。死喰い人の輪が、ハリーとヴォルデモートを囲んで小さくなり、現れなかった死喰い人の空間も埋まってしまった。

ワームテールが輪の外に出て、セドリックの亡骸《なきがら》が横たわっているところまで行き、ハリーの杖《つえ》を持ってもどってきた。ワームテールは、ハリーの目を避けるようにして、杖をハリーの手に乱暴に押しつけ、それから見物している死喰い人の輪にもどった。

「ハリー・ポッター、決闘のやり方は学んでいるな？」闇の中で赤い目をギラギラさせながら、ヴォルデモートが低い声で言った。

その言葉にハリーは、二年前にほんの少し参加したホグワーツの決闘クラブのことを、まるで前世の出来事のように想い出した……ハリーがそこで学んだのは、「エクスペリアームス、武器よ去れ」という武装解除《ぶそうかいじょ》の呪文だけだ……それがなんになるというのか？　たとえヴォルデモートから杖《つえ》を奪ったとしても、死喰い人に取り囲まれて、少なく見ても三十対一の多勢に無勢だ。こんな場面に対処できるようなものは、いっさいなにも習っていない。

これこそ、ムーディが常に警告していた場面なのだ……防ぎようのない「アバダ ケダブラ」の呪文――それに、ヴォルデモートの言うとおりだ――ここにはもう、僕のために死んでくれる母はいない……僕は無防備だ……。

「ハリー、互いに礼をするのだ」ヴォルデモートは軽く腰を折ったが、蛇のような顔はまっすぐハリーに向けたままだった。「さあ、儀式の次第には従わねばならぬ……ダンブルドアはおまえに礼儀を守って欲しかろう……さあ、死にお辞儀するのだ、ハリー」

死喰い人たちが笑った。ヴォルデモートの唇のない口もにやりと笑っている。ハリーは頭を下げなかった。殺される前にヴォルデモートにもてあそばれてなるものか……そんな楽しみを与えてやるものか……。

「お辞儀をしろと言ったはずだ」ヴォルデモートが杖を上げた――すると、巨大な見えない手がハリーを容赦なく前に曲げでもするかのように、背骨が丸まるのを感じた。死喰い人がいっそう大笑いした。

「よろしい」ヴォルデモートがまた杖を上げながら、低い声で言った。ハリーの背を押していた力もなくなった。「さあ、今度は、男らしく俺様《おれさま》のほうを向け……背筋を伸ばし、誇り高く、おまえの父親が死んだときのように……」

「さあ――決闘だ」ヴォルデモートは杖を上げ、ハリーがなんら身を護る手段を取る間もなく、身動きすらできないうちに、またしても「磔《はりつけ》の呪い」がハリーを襲った。あまりに激しい、全身を消耗《しょうもう》させる痛みに、ハリーはもはや自分がどこにいるのかもわからなかった……白熱したナイフが全身の皮膚を一寸刻みにした。頭が激痛で爆発しそうだ。ハリーはこれまでの生涯でこんな大声でさけんだことがないというほど、大きな悲鳴を上げていた――。

そして、痛みが止まった。ハリーは地面を転がり、よろよろと立ち上がった。自分の手を切り落としたあのときのワームテールと同じように、ハリーはどうしようもなく体が震えていた。見物している死喰い人の輪に、ハリーはふらふらと横ざまに倒れ込んだが、死喰い人はハリーをヴォルデモートのほうへ押しもどした。

「ひと休みだ」ヴォルデモートの切れ込みのような鼻の穴が、興奮でふくらんでいた。「ほんのひと休みだ……ハリー、痛かったろう？　もう二度として欲しくないだろう？」

ハリーは答えなかった。僕はセドリックと同じように死ぬのだ。情け容赦のない赤い目がそう語っていた……僕は死ぬんだ。しかも、なにもできずに……しかし、もてあそばせはしない。ヴォルデモートの言うなりになどなるものか……命乞《いのちご》いなどしない……。

「もう一度やって欲しいかどうか聞いているのだが？」ヴォルデモートが静かに言った。「答えるのだ！　インペリオ！　服従せよ！」

そしてハリーは、生涯で三度目のあの状態を感じた。すべての思考が停止し、頭が空っぽになるあの感覚だ……ああ、考えないということは、なんという至福。ふわふわと浮かび、夢を見ているようだ……。

「いやだ」と答えればいいのだ……「いやだ」と言え……「いやだ」と言いさえすればいいのだ……。

「僕は言わないぞ」ハリーの頭の片隅で、強い声がした。「答えるものか……」

「いやだ」と言えばいいのだ……。

答えない。答えないぞ……。

「いやだ」と言えばいいのだ……。

「僕は言わないぞ！」言葉がハリーの口から飛び出し、墓場中に響き渡った。そして冷水を浴びせられたかのように、突然夢見心地が消え去った――同時に、体中に残っていた「磔《はりつけ》の呪い」の痛みがどっともどってきた――そして、自分がどこにいるのか、なにが自分を待ちかまえているのかも……。

「言わないだと？」ヴォルデモートが静かに言った。死喰い人はもう笑ってはいなかった。

「『いやだ』と言わないのか？　ハリー、従順さは徳だと、死ぬ前に教える必要があるな……もう一度痛い薬をやったらどうかな？」

ヴォルデモートが杖《つえ》を上げた。しかし、今回はハリーも用意ができていた。クィディッチで鍛えた反射神経で、ハリーは横っ飛びに地面に伏せた。ヴォルデモートの父親の大理石の墓石の裏側に転がり込むと、ハリーを捕らえそこねた呪文が墓石をバリッと割る音が聞こえた。

「隠れん坊をしているわけではないぞ、ハリー」ヴォルデモートの冷たい猫なで声が徐々に近づいてくる。死喰い人が笑っている。「俺様《おれさま》から隠れられるものか。もう決闘は飽きたのか？　ハリー、いますぐ息の根を止めて欲しいのか？　出てこい、ハリー……出てきて遊ぼうじゃないか……あっという間だ……痛みもないかもしれぬ……俺様《おれさま》にはわかるはずもないが……死んだことがないからな……」

ハリーは墓石の陰でうずくまり、最期がきたことを悟った。望みはない……助けはこない。ヴォルデモートがさらに近づく気配を感じながら、ハリーは唯一つのことを思い詰めていた。恐れも、理性をも超えた一つのことを――子供の隠れん坊のようにここにうずくまったまま死ぬものか。ヴォルデモートの足下にひざまずいて死ぬものか……父さんのように、堂々と立ち上がって死ぬのだ。たとえ防衛が不可能でも、僕は身を護るために戦って死ぬのだ……。

ヴォルデモートの、蛇のような顔が墓石の向こうから覗き込む前に、ハリーは立ち上がった……杖《つえ》をしっかりにぎりしめ、体の前にすっと構え、ハリーは墓石をくるりと回り込んで、ヴォルデモートと向き合った。

ヴォルデモートも用意ができていた。ハリーが「エクスペリアームス!」とさけぶと同時に、ヴォルデモートも「アバダ　ケダブラ!」と唱えた。

ヴォルデモートの杖から緑の閃光《せんこう》が走ったのと、ハリーの杖から赤い閃光が飛び出すのが、同時だった――二つの閃光が空中でぶつかった――そして突然、ハリーの杖が、電流に貫かれたかのように振動しはじめた。ハリーの手は杖をにぎったまま動かない。いや、手を放したくても離せなかった――細い一筋の光が、もはや赤でもなく緑でもなく、まばゆい濃い金色の糸のように、二つの杖を結んだ――驚いてその光を目で追ったハリーは、その先にヴォルデモートの蒼白《あおじろ》い長い指を見た。同じように震え、振動している杖をにぎりしめたままだ。

そして――ハリーの予想もしていなかったことが起きた――足が地上を離れるのを感じたのだ。杖同士が金色に輝く糸に結ばれたまま、ハリーとヴォルデモートの二人は空中に浮き上がっていった。二人はヴォルデモートの父親の墓石から離れて、滑るように飛び、墓石もなにもない場所に着地した……。死喰い人は口々にさけび、ヴォルデモートに指示を仰いでいた。死喰い人がまた近づいてきて、ハリーとヴォルデモートのまわりに輪を作りなおした。そのすぐあとを蛇がスルスルと這《は》ってきた。何人かの死喰い人が杖を取り出した――。

ハリーとヴォルデモートをつないでいた金色の糸が裂けた。杖同士をつないだまま、光が一千本余りに分かれてハリーとヴォルデモートの上に高々と弧《こ》を描き、二人のまわりを縦横に交差した。やがて二人は、金色のドーム型の網――光の籠《かご》ですっぽり覆われた。死喰い人がジャッカルのように二人を取り巻いていたが、そのさけび声は、いまは不思議に遠くに聞こえた……。

「手を出すな！」ヴォルデモートが死喰い人に向かってさけんだ。その赤い目が、いままさに起こっていることに驚愕《きょうがく》してカッと見開かれ、二人の杖をいまだにつないだままの光の糸を断ち切ろうともがいている。ハリーはますます強く、両手で杖《つえ》にしがみついた。そして、金色の糸は切れることなくつながっていた。

「命令するまでなにもするな！」ヴォルデモートが死喰い人に向かってさけんだ。

そのとき、この世のものとも思えない美しい調べがあたりを満たした……その調べは、ハリーとヴォルデモートを包んで振動している光が織りなす網の、一本一本の糸から聞こえてくる。ハリーはそれがなんの調べかわかっていた。これまで生涯で一度しか聞いたことはなかったが……不死鳥の歌だ……。

ハリーにとって、それは希望の調べだった……これまでの生涯に聞いた中で、最も美しく、最もうれしい響きだった……その歌は、ハリーの周囲にだけではなく、体の中にも響くように感じられた……ハリーにダンブルドアを思い出させる調べだった。そして、その音は、まるで友人がハリーの耳元に話しかけているようだった……。糸を切るでないぞ。

わかっています。切ってはいけないことを……。ハリーはその調べに語りかけた。しかし、そう思ったとたん、切らないということが難しくなった。ハリーの杖《つえ》がこれまでよりずっと激しく振動しはじめた……ハリーとヴォルデモートを結ぶ光の糸も、いまや変化していた……それは、まるで、いくつもの大きな光の玉が、二本の杖の間を滑って、往《い》ったり来たりしているようだった——光の玉がゆっくり、着実にハリーの杖のほうに滑ってくると、ハリーの手の中で杖が身震いするのが感じられた。光線はいま、ヴォルデモートからハリーに向かって動いている。そして、杖が怒りに震えている。ハリーはそんな気がした……。

一番近くの光の玉がハリーの杖先にさらに近づくと、指の下で杖の柄《え》が熱くなり、そのあまりの熱さに杖が火を噴いて燃えるのではないかと案じた。その玉が近づけば近づくほどハリーの杖は激しく震え、その玉に触れたら、杖はもうそれ以上耐えられないにちがいないとハリーは思った。ハリーの手の中で、杖はいまにも砕けそうだった――。

ハリーはその玉をヴォルデモートのほうに押し返そうと、気力を最後の一滴まで振りしぼった。耳には不死鳥の歌を一杯に響かせ、目は厳しくしっかり玉を凝視して……すると、ゆっくりと、非常にゆっくりと、光の玉の列が震えて止まった。そして、また同じようにゆっくりと、反対の方向へ動き出した……今度はヴォルデモートの杖が異常に激しく震える番だった……ヴォルデモートは驚き、そしてその目に恐怖の色さえ見せた……。

光の玉の一つがヴォルデモートの杖先からほんの数センチのところでひくひく震えていた。ハリーは自分でもなぜそんなことをするのかわからず、それがどんな結果をもたらすのかも知らなかった……しかし、ハリーはいま、これまでに経験したことがないほどに神経を集中させ、その光の玉を、ヴォルデモートの杖《つえ》に押し込もうとしていた……ゆっくりと……非常にゆっくりと……その玉は金の糸に沿って動いた……一瞬、玉が震えた……その玉が杖先に触れた……。

たちまち、ヴォルデモートの杖が、あたりに響き渡る苦痛のさけびを上げはじめた……そして――ヴォルデモートはぎょっとして、赤い目をカッと見開いた――濃い煙のような手が杖先から飛び出し、消えた……ヴォルデモートがワームテールに与えた手のゴースト……さらに苦痛の悲鳴……そして、ずっと大きいなにかがヴォルデモートの杖先から、花が開くように出てきた。灰色がかった大きなもの、濃い煙の塊《かたまり》のようなものだ……それは頭部だった……次は胴体、腕――セドリックの上半身だ。

ハリーがショックで杖を取り落とすとしたら、きっとこのときだったろう。しかしハリーは、金色の光の糸がつながり続けるよう、本能的にしっかり杖をにぎりしめていた。ヴォルデモートの杖先から、セドリック・ディゴリーの濃い灰色のゴーストが（本当にゴーストだったろうか？　あまりにしっかりした体だ）、まるで狭いトンネルをむりやり抜け出てきたようにその全身を現したときも、ハリーは杖を放さなかった……セドリックの影はその場に立ち上がり、金色の光の糸を端から端まで眺め、口を開いた。

「ハリー、がんばれ」その声は遠くから聞こえ、反響していた。ハリーはヴォルデモートを見た……大きく見開いた赤い目はいまもまだ驚愕《きょうがく》していた……ハリーと同じように、ヴォルデモートにもこれは予想外だったのだ……そして、ハリーは、金色のドームの外側をうろうろしている死喰い人たちの恐れおののくさけびをかすかに聞いた……。

杖がまたしても苦痛のさけびを上げた……すると杖先から、またなにかが現れた……またしても濃い影のような頭部だった。そのすぐあとに腕と胴体が続いた……ハリーが夢で見たあの年老いた男が、セドリック同様、杖先から自分を搾《しぼ》り出すようにして出てきた……そのゴーストは、いやその影は、いやそのなんだかわからないものはセドリックの隣に落ち、ステッキに寄りかかって、ちょっと驚いたようにハリーとヴォルデモートを、金色の網を、そして二本の結ばれた杖をじろじろと眺めた。

「そんじゃ、あいつはほんとの魔法使いだったのか？」老人はヴォルデモートを見ながらそう言った。「おれを殺しやがった。あいつが……やっつけろ、坊や……」

そのときすでに、もう一つ頭が現れていた……灰色の煙の像のような頭部は、今度は女性だ……杖が動かないようにしっかり押さえて両腕をぶるぶる震わせながら、ハリーはその女性が地上に落ちるのを見ていた。女性は他の影たちと同じように立ち上がり、目をみはった……。バーサ・ジョーキンズの影は、目の前の戦いを、目を丸くして眺めた。

「放すんじゃないよ。絶対！」その声も、セドリックのと同じように、遠くから聞こえてくるように反響した。「あいつにやられるんじゃないよ、ハリー――杖《つえ》を放すんじゃないよ！」

バーサも、ほかの二つの影のような姿も、金色の網の内側に沿って歩きはじめた。死喰い人が外側を右往左往している……ヴォルデモートに殺された犠牲者たちは、二人の決闘者の周囲を回りながら声をかけた。ハリーには激励の言葉をささやき、ハリーのところまでは届かない低い声で、ヴォルデモートを罵《ののし》っていた。

そしてまた、別の頭がヴォルデモートの杖先から現れた……一目見て、ハリーにはそれがだれなのかがわかった……セドリックが杖から現れた瞬間からずっとそれを待ってでもいたかのように、ハリーにはわかっていた……この夜ハリーが、ほかのだれよりも強く心に思っていた女性なのだから……。

髪の長い若い女性の煙のような影が、バーサと同じように地上に落ち、すっと立ってハリーを見つめた……ハリーの腕はいまやどうにもならないほど激しく震えていたが、ハリーも母親のゴーストを見つめ返した。

「お父さんがきますよ……」女性が静かに言った。「お父さんのためにもがんばるのよ……大丈夫……がんばって……」

そして、父親がやってきた……最初は頭が、それから体が……背の高い、ハリーと同じくしゃくしゃな髪。ジェームズ・ポッターの煙のような姿が、ヴォルデモートの杖先から花が開くように現れた。その姿は地上に落ち、妻と同じようにすっくと立った。そしてハリーに近づき、ハリーを見下ろして、ほかの影と同じように遠くから響くような声で、静かに話しかけた。殺戮《さつりく》の犠牲者にまわりを徘徊《はいかい》され、恐怖で鉛色の顔をしたヴォルデモートに聞こえないよう、低い声だった……。

「つながりが切れると、私たちはほんの少しの間しか留《とど》まっていられない……それでもおまえのために時間を稼いであげよう……移動《ポート》キーのところまで行きなさい。それがおまえをホグワーツに連れ帰ってくれる……ハリー、わかったね？」

「はい」手の中から滑り落ちそうになる杖を必死でにぎりながら、ハリーは喘《あえ》ぎ喘ぎ答えた。

「ハリー」セドリックの影がささやいた。「僕の体を連れて帰ってくれないか？　両親の許《もと》へ……」

「わかった」ハリーは杖を放さないために、顔が歪《ゆが》むほど力を込めていた。

「さあ、やりなさい」父親の声がささやいた。「走る準備をして……さあ、いまだ……」

「行くぞ！」ハリーがさけんだ。いずれにせよ、もう一刻も杖をつかんでいることはできないと思った――ハリーは渾身《こんしん》の力で杖を上にねじ上げた。すると金色の糸が切れた。光の籠《かご》が消え去り、不死鳥の歌がふっつりとやんだ――しかし、ヴォルデモートの犠牲者の影は消えなかった――ハリーの姿をヴォルデモートの目から隠すように、ヴォルデモートに迫っていった。

ハリーは走った。こんなに走ったことはないと思えるほど走った。途中で呆気《あっけ》にとられている死喰い人を二人跳ね飛ばした。墓石で身をかばいながら、ジグザグと走った。死喰い人の呪いが追いかけてくるのを感じながら、呪いが墓石に当たる音を聞きながら走った――呪いと墓石をかわしながら、ハリーはセドリックの亡骸《なきがら》に向かって飛ぶように走った。足の痛みももはや感じない。やらなければならないことに、全身全霊を傾けて走った――。

「やつを『失神《しっしん》』させろ！」ヴォルデモートのさけびが聞こえた。

セドリックまであと三メートル。ハリーは赤い閃光《せんこう》を避けて大理石の天使の像の陰に飛び込んだ。呪文が像に当たり、天使の片翼の先が粉々になった。杖《つえ》をいっそうしっかりとにぎりしめ、ハリーは天使の陰から飛び出した――。

「インペディメンタ！　妨害せよ！」杖を肩に担ぎ、追いかけてくる死喰い人に、当てずっぽうに杖先を向けながら、ハリーがさけんだ。

わめき声がくぐもったので、少なくとも一人は阻止できたと思ったが、振り返って確かめている暇はない。ハリーは優勝杯を飛び越え、後ろでいよいよ盛んに杖が炸裂する音を聞きながら、身を伏せた。倒れ込むと同時に、ますます多くの閃光が頭上を飛び越していった。ハリーはセドリックの腕をつかもうと手を伸ばした――。

「どけ！　俺様《おれさま》が殺してやる！　やつは俺様のものだ！」ヴォルデモートがかん高くさけんだ。

ハリーの手がセドリックの手首をつかんだ。ハリーとヴォルデモートとの間には墓石一つしかない。しかし、セドリックの亡骸《なきがら》は重すぎて、運べない。優勝杯に手が届かない――。

暗闇の中で、ヴォルデモートの真っ赤な目がめらめらと燃えた。ハリーに向けて杖を構え、口がにやりとめくれ上がるのを、ハリーは見た。

「アクシオ！　優勝杯！」ハリーは優勝杯に杖を向けてさけんだ。優勝杯が浮き上がり、ハリーに向かって飛んできた――ハリーは、その取っ手をつかんだ――。

ヴォルデモートの怒りのさけびが聞こえたと同時に、ハリーは臍《へそ》の裏側がぐいと引っ張られるのを感じた。移動《ポート》キーが作動したのだ――風と色の渦の中を、移動キーはぐんぐんハリーを連れ去った。セドリックも一緒に……二人は、帰っていく……。

第35章　真実薬

ハリーは地面にたたきつけられるのを感じた。顔が芝生に押しつけられ、草いきれが鼻腔《びくう》を満たした。移動《ポート》キーに運ばれている間、ハリーは目を閉じていた。そしていまもそのまま目を閉じている。ハリーは動かなかった。体中の力が抜けてしまったようだ。頭がひどくくらくらして、体の下で地面が船のデッキのように揺れている。

体を安定させるため、ハリーはそれまでしっかりつかんでいた二つのものを、いっそう強くにぎりしめた――滑らかな冷たい優勝杯の取っ手と、セドリックの亡骸《なきがら》だ。どちらかを放せば、脳みその隅に広がってきた真っ暗闇の中に滑り込んでいきそうな気がする。ショックと疲労で、ハリーは地面に横たわったまま、草の香りを吸い込んで待った……だれかがなにかをするのを待った……なにかが起こるのを待った……その間、額《ひたい》の傷痕《きずあと》が鈍く痛んだ……。

突然耳を聾《ろう》するばかりの音の洪水が訪れ、頭が混乱した。四方八方から声がする。

足音が、さけび声がする……ハリーは騒音に顔をしかめながらじっとしていた。悪夢が過ぎ去るのを待つかのように……。

二本の手が乱暴にハリーをつかみ、仰向けにした。

「ハリー！　ハリー！」

ハリーは目を開けた。

見上げる空に星が瞬《またた》き、アルバス・ダンブルドアがかがんでハリーを覗き込んでいる。大勢の黒い影が二人のまわりを取り囲み、徐々に近づいてくる。みなの足音で、頭の下の地面が振動しているような気がした。

ハリーは迷路の入口にもどってきていた。スタンドが上のほうに見え、そこに蠢《うごめ》く人影が見え、その上に星が見えた。

ハリーは優勝杯から手を離した。だが、セドリックはますますしっかりと引き寄せ、空いたほうの手を上げてダンブルドアの手首をとらえた。校長先生の顔がときどきぼうっと霞んだ。

「あの人がもどってきました」ハリーがささやいた。「もどったんです。ヴォルデモートが」

「何事かね？　なにが起こったのかね？」

コーネリウス・ファッジの顔が、逆さまになってハリーの上に現れた。愕然《がくぜん》として蒼白《そうはく》だった。

「なんたることだ――ディゴリー！」ファッジの顔がささやいた。「ダンブルドア――死んでいるぞ！」

同じ言葉が繰り返された。周囲に集まってきた人々の影が息を呑《の》み、自分のまわりに同じ言葉を伝えた……さけぶように伝える者――金切り声で伝える者――言葉が夜の闇に伝播《でんぱ》した――。「死んでいる！」「死んでいる！」「セドリック・ディゴリーが！ 死んでいる！」

「ハリー、手を放しなさい」ファッジの声が聞こえ、ぐったりしたセドリックの体から、ハリーの手を指で引きはがそうとしているのを感じた。しかし、ハリーはセドリックを放さなかった。

すると、ダンブルドアの顔が――まだぼやけ、霧がかかっているような顔が近づいてきた。

「ハリー、もう助けることはできんのじゃ。終わったのじゃよ。放しなさい」

「セドリックは、僕に連れて帰ってくれと言いました」ハリーがつぶやいた――大切なことなんだ。説明しなければと思った。「セドリックは僕に、ご両親の許《もと》に連れて帰ってくれと言ったのです……」

「もうよい、ハリー……さあ、放しなさい……」

ダンブルドアはかがみ込んで、やせた老人とは思えない力でハリーを抱き起こし、立たせた。ハリーはよろめいた。頭がずきずきする。傷んだ足は、もはや体を支えることができなかった。まわりの群衆がさらに近づこうと、押し合いへし合いしながら暗い顔でハリーを取り囲んだ。「どうしたんだ？」「どこか悪いのか？」「ディゴリーが死んでる！」

「医務室に連れていかなければ！」ファッジが大声で言った。「この子は病気だ。けがをしている――ダンブルドア、ディゴリーの両親を。二人ともここにきている。スタンドに……」

「ダンブルドア、わたしがハリーを医務室に連れていこう。わたしが連れていく――」

「いや、むしろここに――」

「ダンブルドア、エイモス・ディゴリーが走ってくるぞ……こちらにくる……話したほうがいいのじゃないかね――ディゴリーの目に入る前に？」

「ハリー、ここにじっとしているのじゃ――」

女子生徒たちが泣きわめき、ヒステリー気味にしゃくり上げていた……ハリーの目にその光景が、奇妙に映ったり消えたりしている……。

「大丈夫だ、ハリー。わしがついているぞ……行くのだ……医務室へ……」

「ダンブルドアがここを動くなって言った」ハリーはガサガサに荒れた声で答えた。傷痕《きずあと》がずきずきして、いまにも吐《は》きそうだった。目の前がますますぼんやりしてきた。

「おまえは横になっていなければ……さあ、行くのだ……」

ハリーより大きくて強いだれかが、ハリーを半ば引きずるように、半ば抱えるようにして、怯《おび》える群衆の中を進んだ。そのだれかがハリーを支え、人垣を押しのけるようにして城に向かう途中、周囲から息を呑《の》む声、悲鳴、さけび声がハリーの耳に入ってきた。芝生を横切り、湖やダームストラングの船を通り過ぎた。ハリーには、自分を支えて歩かせているその男の荒い息遣い以外にはなにも聞こえなかった。

「ハリー、なにがあったのだ？」

しばらくして、ハリーを抱え上げて石段を上りながら、その男が聞いた。コツッ、コツッ、コツッ。マッド-アイ・ムーディだ。

「優勝杯は移動キー《ポートキー》でした」玄関ホールを横切りながら、ハリーが言った。「僕とセドリックを墓場に連れていって……そして、そこにヴォルデモートがいた……ヴォルデモート卿《きょう》が……」

コツッ、コツッ、コツッ。大理石の階段を上がり……。

「闇の帝王がそこにいたと？　それからどうした？」

「セドリックを殺して……あの連中がセドリックを殺したんだ……」

「それで？」コツッ、コツッ、コツッ。廊下を渡って……。

「薬を作って……身体を取りもどした……」

「闇の帝王が身体を取りもどしたと？　あの方がもどってきたと？」

「それに、死喰い人たちもきた……そして僕、決闘をして……」

「おまえが、闇の帝王と決闘した？」

「逃れた……僕の杖《つえ》が……なにか不思議なことをして……僕、父さんと母さんを見た……ヴォルデモートの杖から出てきたんだ……」

「さあ、ハリー、ここに……。ここにきて、座って……もう大丈夫だ……これを飲め……」

鍵がカチャリとかかる音を聞き、コップが手に押しつけられるのを感じた。

「飲むんだ……気分がよくなるから……さあ、ハリー、いったいなにが起こったのか、わしは正確に知っておきたい……」

ムーディはハリーが薬を飲み干すのを手伝った。喉《のど》が焼けるような胡椒《こしょう》味で、ハリーは咳《せ》き込んだ。ムーディの部屋が、そしてムーディ自身が少しはっきり見えてきた……ムーディはファッジと同じくらい蒼白《そうはく》に見え、両眼が瞬きもせずしっかりとハリーを見据えていた。

「ヴォルデモートがもどったのか？　ハリー？　それは確かか？　どうやってもどったのだ？」

「あいつは父親の墓からと、ワームテールと僕から材料を取った」

ハリーが言った。頭がだんだんはっきりしてきた。傷痕《きずあと》の痛みも、もうそうひどくはなかった。ムーディの部屋が暗かったにもかかわらず、いまはその顔がはっきりと見える。遠くのクィディッチ競技場から、まだ悲鳴やさけび声が聞こえていた。

「闇の帝王はおまえからなにを取ったのだ？」ムーディが聞いた。

「血を」ハリーは腕を上げた。ワームテールが短剣で切り裂いた袖《そで》が破れていた。

ムーディはシューッと長い息を漏《も》らした。

「それで、死喰い人は？　やつらはもどってきたのか？」

「はい」ハリーが答えた。「大勢……」

「あの方は死喰い人をどんなふうに扱ったかね？」ムーディが静かに聞いた。「許したか？」

しかし、ハリーははっと気づいた。ダンブルドアに話すべきだった。あのとき、すぐに話すべきだった――「ホグワーツに死喰い人がいるんです。ここに、死喰い人がいる――そいつが僕の名前を『炎のゴブレット』に入れて、僕に最後までやり遂げさせたんだ――」

ハリーは起き上がろうとした。しかし、ムーディが押しもどした。

「だれが死喰い人か、わしは知っている」ムーディが落ち着いて言った。

「カルカロフ？」ハリーが興奮して言った。「どこにいるんですか？　もう捕まえたんですか？　閉じ込めてあるんですか？」

「カルカロフ？」ムーディは奇妙な笑い声を上げた。「カルカロフは今夜逃げ出したわ。腕についた闇の印が焼けるのを感じてな。闇の帝王の忠実なる支持者を、あれだけ多く裏切ったやつだ。連中に会いたくはなかろう……しかし、そう遠くへは逃げられまい。闇の帝王には敵を追跡する手段がある」

「カルカロフがいなくなった？　逃げた？　でも、それじゃ――僕の名前をゴブレットに入れたのは、カルカロフじゃないの？」

「ちがう」ムーディは言葉を噛《か》みしめるように言った。「ちがう。あいつではない。わしがやったのだ」

ハリーはその言葉を聞いた。しかし、呑《の》み込めなかった。

「まさか、ちがう」ハリーが言った。「先生じゃない……先生のはずがない……」

「わしがやった。確かだ」

ムーディの「魔法の目」がぐるりと動き、ピタッとドアを見据えた。外にだれもいないことを確かめているのだと、ハリーは理解した。同時にムーディは杖《つえ》を出してハリーに向けた。

「それでは、あのお方はやつらを許したのだな？　自由の身になっていた死喰い人の連中を？　アズカバンを免《まぬか》れたやつらを？」

「なんですって？」ハリーはムーディが突きつけている杖《つえ》の先を見ていた。悪い冗談だ。きっとそうだ。

「聞いているのだ」ムーディが低い声で言った。「あのお方をお探ししようともしなかったカスどもを、あのお方はお許しになったのかと、聞いているのだ。あのお方のためにアズカバンに入るという勇気もなかった、裏切りの臆病者《おくびょうもの》たちを。クィディッチ・ワールドカップで仮面をかぶってはしゃぐ勇気はあっても、このおれが空に打ち上げた闇の印を見て逃げ出した、不実な、役にも立たない蛆虫《うじむし》どもを」

「先生が打ち上げた……いったいなにをおっしゃっているのですか……？」

「ハリー、おれは言ったはずだ……言っただろう。おれがなによりも憎むのは、自由の身になった死喰い人だ。一番必要とされていたそのときに、ご主人様に背を向けたやつらだ。あのお方がやつらを罰せられることを、おれは期待していた。ご主人様が、あいつらを拷問なさることを期待した。ハリー、あのお方が連中を痛い目にあわせたと言ってくれ……」

ムーディは突然狂気の笑みを浮かべ、顔を輝かせた。

「言ってくれ。あのお方が、おれだけが忠実であり続けたとおっしゃったと……あらゆる危険を冒して、おれは、あのお方がなによりも欲っしておいでだったものを、御前《おんまえ》にお届けしようとした……おまえをな」

「ちがう……あ――あなたのはずがない……」

「別の学校の名前を使って、『炎のゴブレット』におまえの名前を入れたのはだれだ？　このおれだ。おまえを傷つけたり、試合でおまえが優勝するのを邪魔する恐れがあれば、そいつらを全員脅《おど》しつけたのはだれだ？　このおれだ。ハグリッドをそそのかして、ドラゴンをおまえに見せるように仕向けたのはだれだ？　このおれだ。おまえがドラゴンをやっつけるにはこれしかないという方法を思いつかせたのはだれだ？　このおれだ」

ムーディの「魔法の目」がドアから離れ、ハリーを見据えた。歪《ゆが》んだ口が、ますます大きくひん曲がった。

「簡単ではなかったぞ、ハリー。怪しまれずに、おまえが課題を成し遂げるように誘導するのはな。おまえの成功の陰におれの手が見えないようにするには、おれの狡《こう》猾《かつ》さを余すところなく使わなければならなかった。おまえがあまりにやすやすと全部の課題をやってのければ、ダンブルドアは大いに疑っただろう。おまえが迷路に入ってさえしまえば、そして、できれば大きなハンディをつけて先発してくれれば――そのときはほかの代表選手を取り除き、おまえの行く手になんの障害もないようにするチャンスはある。そう思っていた。しかし、おれはおまえのばかさ加減とも戦わなければならなかった。第二の課題……しくじるのではないかと、おれが最も恐れていたときだ。おれはおまえをしっかり見張っていた。おまえが卵の謎を解けないでいることも、おれは知っていた。そこで、またおまえにヒントをくれてやらねばならなかった——」

「もらわなかった」ハリーはかすれた声で言った。「セドリックがヒントをくれたんだ——」

「水の中で開けとセドリックに教えたのはだれだ？　それはおれだ。セドリックがおまえにそれを教えるにちがいないとの確信があった。ポッター、誠実な人間は扱いやすい。セドリックが、おまえにドラゴンのことを教えてもらった礼をしたいだろうと、おれはそう考えた。セドリックはそのとおりにした。それでもポッター、おまえは失敗しそうだった。おれはいつも見張っていた……図書室にいる間もずっとだ。おまえの必要としている本が、はじめからおまえの寮にあったことに、気づかなかったのか？　おれはずいぶん前から仕組んでおいたのだ。あのロングボトムの小僧にやった。覚えていないのか？『地中海の魔法水生植物』の本だ。あの本が、『えら昆布』についておまえが必要なことを全部教えてくれたろうに。おまえならだれにでも聞くだろう、だれにでも助けを求めるだろうと、おれは期待していた。ロングボトムなら、すぐにでもおまえに教えてくれたろうに。しかし、おまえはそうしなかった……聞かなかった……おまえには、自尊心の強い、なんでも一人でやろうとするところがある。お陰で、なにもかもだめになってしまうところだった」

「それではおれはどうすればよいのか？　どこか疑われないところから、おまえに情報を吹き込むしかない。クリスマス・ダンスパーティでおまえは、ドビーという屋敷しもべがプレゼントをくれたとおれに言った。おれは、洗濯物のローブを取りにくるよう、しもべ妖精を職員室に呼んだ。そして、やつの前でひと芝居打って、マクゴナガルと大声で話をした。だれが人質になったかとか、ポッターは『えら昆布』を使うことを思いつくだろうか、とな。するとおまえのかわいい妖精の友人は、すぐさまスネイプの研究室の戸棚に飛んでいき、それから急いでおまえを探した……」

ムーディの杖《つえ》は、依然としてまっすぐハリーの心臓を指していた。ムーディの肩越しに、壁に掛かった「敵鏡《てきかがみ》」が見え、煙のような影がいくつか蠢《うごめ》いていた。

「ポッター、おまえはあの湖で、ずいぶん長い時間かかっていた。溺《おぼ》れてしまったのかと思ったぐらいだ。しかし、ダンブルドアは、おまえの愚かさを高潔さだと考え、高い点をつけた。おれはまたほっとした」

「今夜の迷路も、本来ならおまえはもちろんもっと苦労するはずだった」ムーディが言った。「楽だったのは、おれが巡回していて、生け垣の外側から中を見透かし、おまえの行く手の障害物を呪文で取り除くことができたからだ。フラー・デラクールは、通り過ぎたときに呪文で『失神《しっしん》』させた。クラムには、ディゴリーをやっつけさせておまえの優勝杯への道をすっきりさせようと、『服従《ふくじゅう》の呪文』をかけた」

ハリーはムーディを見つめた。この人が……ダンブルドアの友人で、有名な「闇祓《やみばら》い」のこの人が……多くの死喰い人を捕らえたというこの人が……こんなことを……わけがわからない……辻褄《つじつま》が合わない……。

「敵鏡《てきかがみ》」に映った煙のような影が次第にはっきりしてきて、姿が明瞭になってきた。ムーディの肩越しに、三人の輪郭《りんかく》が徐々に近づいてくるのが見えた。しかし、ムーディは見ていない。「魔法の目」はハリーを見据えている。

「闇の帝王は、おまえを殺しそこねた。ポッター、あのお方は、それを強くお望みだった」ムーディがささやいた。「代わりにおれがやり遂げたら、あのお方がどんなにおれを褒《ほ》めてくださることか。おれはおまえをあのお方に差し上げたのだ――あのお方が蘇《よみがえ》るためになによりも必要だったおまえを――そして、あのお方のためにおまえを殺せば、おれは、ほかのどの死喰い人よりも高い名誉を受けるだろう。おれはあのお方の、最もいとしく、最も身近な支持者になれる……息子よりも身近な……」

ムーディの普通の目がふくれ上がり、「魔法の目」はハリーを睨《にら》みつけていた。ドアには閂《かんぬき》がかかっている。自分の杖《つえ》を取ろうとしても絶対に間に合わない……。

「闇の帝王とおれは……」

ムーディはしゃべり続けた。いまやハリーの前にぬっと立ってハリーを毒々しい目つきで見下ろしているムーディは、まったく正気を失っているように見えた。

「……共通点が多い。二人とも、たとえば、父親に失望していた……まったく幻滅していた。二人とも、父親と同じ名前をつけられるという屈辱《くつじょく》を味わった。そして二人とも、同じ楽しみを味わった……まったくのすばらしい楽しみだ……自分の父親を殺し、闇の秩序が確実に隆盛《りゅうせい》し続けるようにしたのだ！」

「狂ってる！」ハリーがさけんだ——さけばずにはいられなかった——。「おまえは狂っている！」

「狂っている？　おれが？」ムーディの声は、止めどなく高くなってきた。「いまにわかる！　闇の帝王がおもどりになり、おれがあのお方のお側にいるいま、どっちが狂っているかわかるようになる。あのお方がもどられた。ハリー・ポッター、おまえはあのお方を征服してはいない——そしていま——おれがおまえを征服する！」

ムーディは杖を上げた。口を開いた。ハリーはローブに手を突っ込んだ——。

「ステューピファイ！　麻痺《まひ》せよ！」

目もくらむような赤い閃光《せんこう》が飛び、バリバリ、メキメキと轟音《ごうおん》を上げてムーディの部屋の戸が吹き飛んだ――。

ムーディはのけ反るように吹き飛ばされ、床に投げ出された。ハリーは、ついいましがたまでムーディの顔があったところを見つめた。「敵鏡《てきかがみ》」の中からハリーを見つめ返している姿があった。アルバス・ダンブルドア、スネイプ先生、マクゴナガル先生だ。振り向くと、三人が戸口に立ち、ダンブルドアを先頭に杖《つえ》を構えていた。

その瞬間、ハリーははじめてわかった。ダンブルドアが、ヴォルデモートの恐れる唯一人の魔法使いだという意味が――。気を失ったマッド-アイ・ムーディの姿を見下ろすダンブルドアの形相は、ハリーが想像したこともないほどの凄《すさ》まじさだ。あの柔和なほほえみは消え、メガネの奥の目にも踊るようなキラキラした光はない。年を経た顔のしわの一本一本に、冷たい怒りが刻まれていた。体が焼けるような熱を発してでもいるように、ダンブルドアからエネルギーが周囲に放たれていた。

ダンブルドアは部屋に入り、意識を失ったムーディの体の下に足を入れ、蹴り上げて顔がよく見えるようにした。スネイプがあとから入ってきて、自分の顔がまだ映っている「敵鏡」を覗き込んだ。鏡の中の顔が、部屋の中をじろりと見た。

マクゴナガル先生はまっすぐハリーのところへやってきた。

「さあ、いらっしゃい。ポッター」マクゴナガル先生がささやいた。真一文字の薄い唇が、いまにも泣き出しそうにひくひくしていた。

「さあ、行きましょう……医務室へ……」

「待て」ダンブルドアが鋭く言った。

「ダンブルドア、この子は行かなければ――ごらんなさい――今夜一晩で、もうどんな目にあったか――」

「ミネルバ、その子はここに留《とど》まるのじゃ。ハリーに納得させる必要がある」ダンブルドアはきっぱり言った。「納得してこそはじめて受け入れられるのじゃ。受け入れてこそはじめて回復がある。この子は知らねばならん。今夜自分をこのような苦しい目にあわせたのがいったい何者なのかを。そしてその理由を」

「ムーディが」ハリーが言った。まだまったく信じられない気持ちだった。「いったいどうしてムーディが？」

「こやつはアラスター・ムーディではない」ダンブルドアが静かに言った。「ハリー、きみはアラスター・ムーディに会ったことがない。本物のムーディなら、今夜のようなことが起こったあとで、わしの目の届くところからきみを連れ去るはずがないのじゃ。こやつがきみを連れていった瞬間、わしにはわかった――そして、跡を追ったのじゃ」

ダンブルドアはぐったりしたムーディの上にかがみ込み、ローブの中に手を入れた。そしてムーディの携帯用酒瓶《さかびん》と鍵束《かぎたば》を取り出し、マクゴナガル先生とスネイプのほうを振り向いた。

「セブルス、君の持っている『真実薬《ベリタセラム》』の中で一番強力なものを持ってきてくれぬか。それから厨房《ちゅうぼう》に行き、ウィンキーという屋敷妖精を連れてくるよう。ミネルバ、ハグリッドの小屋に行ってくださらんか。大きな黒い犬がかぼちゃ畑にいるはずじゃ。犬をわしの部屋に連れていき、まもなくわしも行くからとその犬に伝え、それからここにもどってくるのじゃ」

スネイプもマクゴナガルも奇妙な指示があるものだと思ったかもしれない。しかし、二人ともそんな素振りは見せなかった。二人はすぐさま踵《きびす》を返し、部屋から出ていった。ダンブルドアは七つの錠前《じょうまえ》がついたトランクのところへ歩いていき、一本目の鍵を錠前に差し込んでトランクを開けた。中には呪文の本がぎっしり詰まっている。ダンブルドアはトランクを閉め、二本目の鍵を二つ目の錠前に差し込み、ふたたびトランクを開けた。呪文の本は消えていた。ここには壊れた「かくれん防止器」や、羊皮紙《ようひし》、羽根ペン、銀色の透明マントらしきものが入っていた。ダンブルドアが三つ目、四つ目、五つ目、六つ目と、次々に鍵を合わせトランクを開くのを、ハリーは驚いて見つめていた。開くたびにトランクの中身がちがっていた。七番目の鍵が錠前に差し込まれ、ふたがパッと開いた瞬間、ハリーは驚いてさけび声を漏《も》らした。竪穴《たてあな》のような、地下室のようなものが見下ろせた。三メートルほど下の床に横たわり、深々と眠っているやせ衰え飢《う》えた姿。それが本物のマッド-アイ・ムーディだった。木の義足はなく、「魔法の目」が入っているはずの眼窩《がんか》は、閉じた瞼《まぶた》の下で空っぽのようだった。白髪交じりの髪の一部がなくなっていた。ハリーは雷に打たれたように、まじまじとトランクの中で眠るムーディと、気を失って床に転がっているムーディとを見比べた。

ダンブルドアはトランクの縁をまたぎ、中に降りて眠っているムーディのかたわらの床に軽々と着地し、ムーディの上に身をかがめた。

「『失神術《しっしんじゅつ》』じゃ――『服従《ふくじゅう》の呪文』で従わされておるな――非常に弱っておる」ダンブルドアが言った。「もちろん、ムーディを生かしておく必要があったじゃろう。ハリー、そのペテン師のマントを投げてよこすのじゃ。ムーディは凍えておる。マダム・ポンフリーに診てもらわねば。しかし急を要するほどではなさそうじゃ」

ハリーは言われたとおりにした。ダンブルドアはムーディにマントをかけ、端を折り込んで包み、ふたたびトランクをまたいで出てきた。それから机の上に立てておいた携帯用酒瓶《さかびん》を取り、ふたを開けてひっくり返した。床にネバネバした濃厚な液体がこぼれ落ちた。

「ポリジュース薬じゃ、ハリー」ダンブルドアが言った。「単純でしかも見事な手口じゃ。ムーディは、けっして自分の携帯用酒瓶からでないと飲まなかった。そのことはよく知られていた。このペテン師は、当然のことじゃが、ポリジュース薬を作り続けるのに本物のムーディをそばに置く必要があった。ムーディの髪をご覧……」

ダンブルドアはトランクの中のムーディを見下ろした。

「ペテン師はこの一年間、ムーディの髪を切り取り続けた。髪が不揃いになっているところが見えるかの？　しかし、偽《にせ》ムーディは、今夜は興奮のあまり、これまでのように頻繁に飲むのを忘れていた可能性がある……一時間ごとに……きっちり毎時間……いまにわかるじゃろう……」

ダンブルドアは机のところにあった椅子を引き、腰掛けて、床のムーディをじっと見た。ハリーもじっと見た。何分間かの沈黙が流れた……。

すると、ハリーの目の前で床の男の顔が変わりはじめた。傷痕《きずあと》は消え、肌が滑らかになり、削《そ》がれた鼻もまともになって小さくなりはじめた。長いたてがみのような白髪交じりの髪は頭皮の中に引き込まれていき、色が薄茶色に変わった。突然ガタンと大きな音がして木製の義足が落ち、正常な足がその場所に生え出てきた。次の瞬間、「魔法の目」が男の顔から飛び出し、その代わりに本物の目玉が現れた。「魔法の目」は床を転がっていき、くるくるとあらゆる方向に回り続けていた。

目の前に横たわる、少しそばかすのある、色白の、薄茶色の髪をした男を、ハリーはだれだか知っている。ダンブルドアの「憂《うれ》いの篩《ふるい》」で見たことがある。クラウチ氏に、無実を訴えながら、吸魂鬼に法廷から連れ出されていった……しかし、いまは目のまわりにしわがあり、ずっと老けて見えた。

廊下を急ぎ足でやってくる足音がした。スネイプが足元にウィンキーを従えてもどってきた。そのすぐ後ろにマクゴナガル先生がいる。

「クラウチ！」スネイプが、戸口で立ちすくんだ。「バーティ・クラウチ！」

「なんてことでしょう」マクゴナガル先生も、立ちすくんで床の男を見つめた。

汚れ切ってよれよれのウィンキーが、スネイプの足元から覗き込んだ。ウィンキーは口をあんぐり開け、金切り声を上げた。

「バーティさま。バーティさま。こんなところでなにを？」ウィンキーは飛び出して、その若い男の胸にすがった。「あなたたちはこの人を殺されました！　この人を殺されました！　ご主人さまの坊っちゃまを！」

「『失神術《しっしんじゅつ》』にかかっているだけじゃ、ウィンキー」ダンブルドアが言った。「どいておくれ。セブルス、薬は持っておるか？」

スネイプがダンブルドアに、澄み切った透明な液体の入った小さなガラス瓶《びん》を渡した。授業中に、ハリーに飲ませるとスネイプが脅したベリタセラム、真実薬だ。ダンブルドアは立ち上がり、床の男の上にかがみ込み、男の上半身を起こして「敵鏡《てきかがみ》」の下の壁に寄りかからせた。「敵鏡」にはダンブルドア、スネイプ、マクゴナガルの影がまだ映っていて、部屋にいる全員を睨《にら》んでいた。ウィンキーはひざまずいたまま、顔を手で覆って震えている。ダンブルドアは男の口をこじ開け、薬を三滴流し込んだ。それから杖《つえ》を男の胸に向け、「リナベイト！ 蘇生せよ！」と唱えた。

クラウチの息子は目を開けた。顔が緩み、焦点の合わない目をしている。ダンブルドアは、男と同じ目線の高さになるよう、男の前に膝《ひざ》をついた。

「聞こえるかね？」ダンブルドアが静かに聞いた。

男は瞼《まぶた》を瞬《しばたた》かせた。

「はい」男がつぶやいた。

「話して欲しいのじゃ」ダンブルドアがやさしく言った。「どうやってここにきたのかを。どうやってアズカバンを逃れたのじゃ？」

クラウチは身を震わせて深々と息を吸い込み、抑揚《よくよう》のない、感情のない声で話しはじめた。

「母が助けてくれた。母は自分がまもなく死ぬことを知っていた。母の最期の願いとしておれを救出するよう父を説き伏せた。二人が訪ねてきた。おれをけっして愛してくれなかった父だが、母を愛していた。父は承知した。おれに、母の髪を一本入れたポリジュース薬をくれた。母はおれの髪を入れたものを飲んだ。おれと母の姿が入れ替わった」

「もう、それ以上言わないで、バーティ坊っちゃま、どうかそれ以上は。お父さまが困らせられます！」ウィンキーが震えながら頭を振った。

しかし、クラウチはまた深く息を吸い込み、相変わらず一本調子で話し続けた。

「吸魂鬼《ディメンター》は目が見えない。健康な者が一名と、死にかけた者が一名アズカバンに入るのを感じ取り、健康な者一名と、死にかけた者一名が出ていくのを感じ取った。父は囚人のだれかが独房の戸の隙間から目撃した場合のことを考え、おれに母の姿をさせて密かに連れ出したのだ」

「母はまもなくアズカバンで死んだ。最後までポリジュース薬を飲み続けるよう気をつけていた。母はおれの名前、おれの姿のまま埋葬された。だれもが母をおれだと思った」

男の瞼が痙攣《けいれん》した。

「そしてきみの父親は、きみを家に連れ帰ってから、どうしたのだね？」ダンブルドアが静かに聞いた。

「母の死を装った。静かな、身内だけの葬式だった。母の墓は空っぽだ。屋敷しもべ妖精の世話で、おれは健康を取りもどした。それからおれは隠され、管理されなければならなかった。父はおれをおとなしくさせるためにいくつかの呪文を使わなければならなかった。おれは、元気を取りもどしたとき、ご主人様を探し出すことしか考えなかった……ご主人様の下で仕えることしか考えなかった」

「お父上はきみをどうやっておとなしくさせたのじゃ？」ダンブルドアが聞いた。

『服従《ふくじゅう》の呪文』だ」男が答えた。「おれは父に管理されていた。昼も夜もむりやり透明マントを着せられた。いつも、おれはしもべ妖精と一緒だった。しもべ妖精がおれを監視《かんし》し、世話をした。妖精はおれを哀れんだ。ときどきは気晴らしさせるようにと、妖精が父を説き伏せた。おとなしくしていたらその褒美《ほうび》として」

「バーティ坊っちゃま。バーティ坊っちゃま」ウィンキーは顔を覆ったまますすり泣いた。「この人たちにお話ししてはならないでございます。あたしたちは困らせられます」

「きみがまだ生きていることを、だれかに見つかったことがあるのかね？」ダンブルドアがやさしく聞いた。「きみのお父上と屋敷妖精以外に、だれか知っていたかね？」

「はい」クラウチが言った。瞬《まばた》きがまた起こった。「父の役所の魔女で、バーサ・ジョーキンズ。あの女が、父のサインをもらいに書類を持って家にきた。父は不在だった。ウィンキーが中に通して、台所にもどった。おれのところに。しかし、バーサ・ジョーキンズはウィンキーがおれに話をしているのを聞いた。あの女は調べに入ってきた。透明マントに隠れているのがだれなのかが十分想像できるほどの話の内容を聞いてしまった。父が帰宅した。あの女が父を問い詰めた。父は、あの女が知ってしまったことを忘れさせるために、強力な『忘却術《ぼうきゃくじゅつ》』をかけた。あまりに強すぎて、あの女の記憶は永久にそこなわれたと父が言った」

「あの女はどうしてご主人さまの個人的なことにお節介を焼くのでしょう？」ウィンキーがすすり泣いた。「どうしてあの女はあたしたちをそっとしておかないのでしょう？」

「クィディッチ・ワールドカップについて話しておくれ」ダンブルドアが言った。

「ウィンキーが父を説き伏せた」クラウチは依然として抑揚《よくよう》のない声で言った。

「何か月もかけて父を説き伏せた。おれは何年も家から出ていなかった。おれはクィディッチが好きだった。ウィンキーが行かせてやってくれと頼んだ。透明マントを着せるから、だれにも見られずに観戦できると。もう一度新鮮な空気を吸わせてあげてくれと。ウィンキーは、お母さまもきっとそれをお望みですと言った。母がおれを自由にするために死んだのだと父に言った。お母さまが坊っちゃまを救ったのは、生涯幽閉《ゆうへい》の身にするためではありませんとウィンキーが言った。父はついに折れた」

「計画は慎重だった。父は、おれとウィンキーを、まだ早いうちに貴賓席《きひんせき》に連れていった。ウィンキーが父の席を取っているという手はずだった。姿の見えないおれがそこに座った。みんながいなくなってからおれたちが退席すればよい。ウィンキーは一人で座っているように見える。だれも気づかないだろう」

「しかし、ウィンキーは、おれがだんだん強くなっていることを知らなかった。父の『服従《ふくじゅう》の呪文』を、おれは破りはじめていた。ときどきほとんど自分自身にもどることがあった。短い間だが、父の管理を逃れたと思えるときがあった。それが、ちょうど貴賓席《きひんせき》にいるときに起こった。深い眠りから覚めたような感じだ。おれは公衆の中にいた。試合の真っ最中だ。そして、前の男の子のポケットから杖《つえ》が突き出ているのが見えた。アズカバンに行く前から、ずっと杖は許されていなかった。おれはその杖を盗んだ。ウィンキーは知らない。ウィンキーは高所恐怖症だ。顔を隠していた」

「バーティ坊っちゃま。悪い子です！」ウィンキーが指の間からぼろぼろ涙をこぼしながら、小さな声で言った。

「それで、杖を取ったのじゃな」ダンブルドアが言った。「そして、杖でなにをしたのじゃ？」

「おれたちはテントにもどった」クラウチが言った。「そのときやつらの騒ぎを聞いた。死喰い人の騒ぎを。アズカバンに入ったことがない連中だ。あのお方に背を向けたやつらだ。あのお方のために苦しんだことがないやつらだ。あいつらは、おれのようにつながれてはいなかった。やつらは自由にあのお方をお探しできたのに、そうしなかった。マグルをもてあそんでいただけだ。やつらの声がおれを呼び覚ました。ここ何年もなかったほど、おれの頭ははっきりしていた。おれは怒った。手には杖があった。おれは、ご主人様に忠義を尽くさなかったやつらを襲いたかった。父はテントにいなかった。マグルを助けにいったあとだった。ウィンキーはおれが怒っているのを見て心配した。ウィンキーは自分なりの魔法を使っておれを自分の体に縛りつけた。ウィンキーはおれをテントから連れ出し、死喰い人から遠ざけようと森へ引っ張っていった。おれはウィンキーを引き止めようとした。おれはキャンプ場にもどりたかった。死喰い人の連中に、闇の帝王への忠義とはなにかを見せつけてやりたかった。そして不忠者《ふちゅうもの》を罰したかった。おれは盗んだ杖で空に『闇《やみ》の印《しるし》』を打ち上げた」

「魔法省の役人がやってきた。四方八方に『失神《しっしん》の呪文』が発射された。そのうちの一つが木の間からおれとウィンキーが立っているところに届いた。おれたち二人を結んでいた絆《きずな》が切れた。二人とも『失神』させられた」

「ウィンキーが見つかったとき、父は必ずおれがそばにいると知っていた。ウィンキーが見つかった潅木《かんぼく》の中を探し、父はおれが倒れているのを触って確かめた。父は魔法省の役人たちが森からいなくなるのを待った。そしておれに『服従の呪文』をかけ、家に連れ帰った。父はウィンキーを解雇《かいこ》した。ウィンキーは父の期待に沿《そ》えなかった。おれに杖を持たせたし、もう少しでおれを逃がすところだった」

ウィンキーは絶望的な泣き声を上げた。

「家にはもう、父とおれだけになった。そして……そしてそのとき……」

クラウチの頭が、首の上でぐるりと回り、その顔に狂気の笑いが広がった。

「ご主人様がおれを探しにおいでになった……」

「ある夜遅く、ご主人様は下僕のワームテールの腕に抱かれて、おれの家にお着きになった。おれがまだ生きていることがおわかりになったのだ。ご主人様はアルバニアでバーサ・ジョーキンズを捕らえ、拷問した。あの女はいろいろとご主人様に話した。三大魔法学校対抗試合のこと、『闇祓《やみばら》い』のムーディがホグワーツで教えることになったことも話した。ご主人様は、父があの女にかけた『忘却呪文《ぼうきゃくじゅもん》』さえ破るほどに拷問した。あの女はおれがアズカバンから逃げたことを話した。父がおれを幽閉《ゆうへい》し、ご主人様を探し求めないようにしていると、あの女が話した。そこでご主人様は、おれがまだ忠実な従者であることを——たぶん最も忠実な者であることを——お知りになった。ご主人様はバーサの情報に基づいて、ある計画を練られた。おれが必要だった。ご主人様は真夜中近くにおいでになった。父が玄関に出た」

人生で一番楽しかったときを思い出すかのように、クラウチの顔にますます笑みが広がった。ウィンキーの指の間から、恐怖で凍りついた茶色の目が覗いていた。驚きのあまり口もきけない様子だ。

「あっという間だった。父はご主人様の『服従の呪文《ふくじゅう》』にかかった。今度は父が幽閉され、管理される立場になった。ご主人様は、父がいつものように仕事を続け、何事もなかったかのように振る舞うように服従させた。そしておれは解放され、目覚めた。おれはまた自分を取りもどした。ここ何年もなかったほど生き生きした」

「そして、ヴォルデモート卿《きょう》はきみになにをさせたのかね？」ダンブルドアが聞いた。

「あのお方のために、あらゆる危険を冒す覚悟があるかと、おれにお聞きになった。もちろんだ。あのお方にお仕えして、おれの力をあのお方に認めていただくのが、おれの最大の夢、最大の望みだった。あのお方はホグワーツに忠実な召使いを送り込む必要があると、おれにおっしゃった。三校対抗試合の間、それと気取られずにハリー・ポッターを誘導する召使いが必要だった。ハリー・ポッターを監視《かんし》する召使い。ハリー・ポッターが確実に優勝杯にたどり着くようにする召使い。優勝杯を移動《ポート》キーに変え、最初にそれに触れたものをご主人様の許《もと》に連れていくようにする召使い。しかし、その前に――」

「きみにはアラスター・ムーディが必要だった」ダンブルドアの声は相変わらず落ち着いていたが、そのブルーの目はめらめらと燃えていた。

「ワームテールとおれがやった。その前にポリジュース薬を準備しておいた。ムーディの家に出かけた。ムーディは抵抗した。騒ぎが起こった。なんとか間に合ってやつをおとなしくさせた。あいつ自身の魔法のトランクの一室にあいつを押し込んだ。あいつの髪の毛を少し取って、薬に入れた。おれがそれを飲んで、ムーディになりすました。おれはあいつの義足と「魔法の目」をつけた。準備を整えて、騒ぎを聞きつけマグルの処理に駆けつけたアーサー・ウィーズリーに会った。おれはゴミバケツを庭で暴れさせ、アーサー・ウィーズリーに、何者かが庭に忍び込んだのでゴミバケツが警報を発したと言った。それからおれは、ムーディの服や闇の検知器《けんちき》をムーディと一緒にトランクに詰め、ホグワーツに出発した。ムーディは『服従《ふくじゅう》の呪文』にかけて生かしておいた。あいつに質問したいことがあった。ダンブルドアでさえだますことができるよう、あいつの過去も癖も学ばなければならなかった。ポリジュース薬を作るのに、あいつの髪の毛も必要だった。ほかの材料は簡単だった。毒ツルヘビの皮は地下牢から盗んだ。魔法薬の先生に研究室で見つかったときは、捜索《そうさく》命令を執行しているのだと言った」

「ムーディを襲った後、ワームテールはどうしたのかね？」ダンブルドアが聞いた。

「ワームテールは父の家で、ご主人様の世話と父の監視《かんし》にもどった」

「しかしお父上は逃げ出した」ダンブルドアが言った。

「そうだ。しばらくして、おれがやったと同じように、父は『服従の呪文』に抵抗しはじめた。なにが起こっているのか、父はときどき気がついた。ご主人様は、父が家を出るのはもはや安全ではないとお考えになった。ご主人様は父に魔法省への手紙を書かせることにした。父に命じて、病気だという手紙を書かせた。しかし、ワームテールは義務を怠った。十分に警戒していなかった。父は逃げ出した。ご主人様は父がホグワーツに向かったと判断なさった。父はダンブルドアにすべてを打ち明け、告白するつもりだった。おれをアズカバンからこっそり連れ出したと自白するつもりだった」

「ご主人様は父が逃げたと報《しら》せをよこした。あのお方は、なんとしてでも父を止めるようにとおっしゃった。そこでおれは待機して見張っていた。ハリー・ポッターから手に入れた地図を使った。もう少しですべてを台無しにしてしまうかもしれなかった、あの地図だ」

「地図？」ダンブルドアが急いで聞いた。「なんの地図じゃ？」

「ポッターのホグワーツ地図だ。ポッターはおれをその地図で見つけた。ポッターは、ある晩、おれがポリジュース薬の材料をスネイプの研究室から盗むところを地図で見た。おれは父と同じ名前なので、ポッターはおれを父だと思った。おれはその夜、ポッターから地図を取り上げた。おれはポッターに、『クラウチ氏は闇の魔法使いを憎んでいる』と言った。ポッターは父がスネイプを追っていると思ったようだ」

「一週間、おれは父がホグワーツに着くのを待った。ついにある晩、父が校庭内に入ってくるのを地図が示した。おれは透明マントをかぶり、父に会いに出ていった。父は禁じられた森のまわりを歩いていた。そのときポッターがきた。クラムもだ。おれは待った。ポッターにけがをさせるわけにはいかない。ご主人様がポッターを必要としている。ポッターがダンブルドアを迎えに走った。おれはクラムに『失神術《しっしんじゅつ》』をかけ、父を殺した」

「あぁぁぁぁ！」ウィンキーが嘆きさけんだ。「坊っちゃま、バーティ坊っちゃま。なにをおっしゃるのです？」

「きみはお父上を殺したのじゃな」ダンブルドアが依然として静かな声で言った。「遺体はどうしたのじゃ？」

「禁じられた森の中に運んだ。透明マントで覆った。そのときおれは、地図を持っていた。地図で、ポッターが城に駆け込むのが見えた。ポッターはスネイプに出会った。ダンブルドアが加わった。ポッターがダンブルドアを連れて城から出てくるのを見た。おれは森から出て、二人の後ろに回り、現場にもどって二人に会った。ダンブルドアには、スネイプがおれに現場を教えてくれたと言った」

「ダンブルドアはおれに、クラウチ氏を探せと言った。おれは父親の遺体のところにもどり、地図を見ていた。みんながいなくなってから、おれは父の遺体を変身させ、骨に変えた……その骨を、透明マントを着て、ハグリッドの小屋の前の掘り返されたばかりの土に埋めた」

すすり泣きを続けるウィンキーの声以外は、物音一つしない。

やがて、ダンブルドアが言った。

「そして、今夜……」

「おれは夕食前に、優勝杯を迷路に運び込む仕事を買って出た」バーティ・クラウチがささやくように言った。「おれはそれを移動キー《ポートキー》に変えた。ご主人様の計画はうまくいった。あのお方は権力の座にもどったのだ。そしておれは、ほかの魔法使いが夢見ることもかなわぬ栄誉を、あのお方から与えられるだろう」

狂気の笑みがふたたび顔を輝かせ、クラウチは頭をだらりと肩にもたせかけた。そのかたわらで、ウィンキーがさめざめと泣き続けていた。

第36章　決別

ダンブルドアが立ち上がった。嫌悪の色を顔に浮かべ、しばらくバーティ・クラウチを見つめていた。そしてもう一度杖《つえ》を上げると、杖先から飛び出した縄がひとりでにバーティ・クラウチをぐるぐる巻きにしっかり縛り上げた。

ダンブルドアがマクゴナガル先生を見た。

「ミネルバ、ハリーを上に連れていく間、ここで見張りを頼んでもよいかの？」

「もちろんですわ」マクゴナガル先生が答えた。たったいまそばにいる人間が嘔吐《おうと》するのを見て、自分も吐きたくなったような顔をしている。しかし、取り出した杖をバーティ・クラウチに向けたとき、その手はしっかりしていた。

「セブルス」ダンブルドアがスネイプを向いた。「マダム・ポンフリーに、ここに降りてくるように頼んでくれぬか？　アラスター・ムーディを医務室に運ばねばならん。そして校庭に行き、コーネリウス・ファッジを探してここに連れてくるのじゃ。

ファッジはきっと、自分でクラウチを尋問《じんもん》したいことじゃろう。もし用があれば、あと半時間もしたらわしは医務室に行っておると、ファッジに伝えてくれ」

スネイプはうなずき、無言でさっと部屋を出ていった。

「ハリー？」ダンブルドアがやさしく言った。

ハリーは立ち上がったが、またぐらりとした。クラウチの話を聞いている間は気づかなかった痛みが、いまは完全にもどっていた。その上、体が震えている。ダンブルドアはハリーの腕をつかみ、介助《かいじょ》しながら暗い廊下に出た。

「ハリー、まずわしの部屋にきて欲しい」ダンブルドアは廊下を歩きながら静かに言った。「シリウスがそこで待っておる」

ハリーはうなずいた。一種の無感覚状態と非現実感とがハリーを襲っていた。しかし、ハリーは気にならなかった。むしろうれしかった。優勝杯に触れてから起こったことについて、なにも考えたくなかった。写真のようにあざやかに、くっきりと頭の中に明滅する記憶をじっくり調べてみる気にはなれなかった。トランクの中のマッド-アイ・ムーディ、手首のない腕をかばいながら地面にへたり込んでいるワームテール、湯気の立ち昇る大鍋《おおなべ》から蘇《よみがえ》ったヴォルデモート、セドリック……死んでいる……両親の許《もと》に返してくれと頼んだセドリック……。

「校長先生」ハリーが口ごもった。「ディゴリーさんご夫妻はどこに？」

「スプラウト先生と一緒じゃ」ダンブルドアが言った。

バーティ・クラウチを尋問《じんもん》している間、ずっと平静だったダンブルドアの声が、はじめてかすかに震えた。

「スプラウト先生はセドリックの寮監《りょうかん》じゃ。あの子を一番よくご存知じゃ」

ガーゴイルの石像の前にきた。ダンブルドアが合言葉を言うと、石像が脇に飛び退《の》いた。ダンブルドアとハリーは、動く螺旋《らせん》階段で樫《かし》の扉まで上っていき、ダンブルドアが扉を押し開けた。そこに、シリウスが立っていた。アズカバンから逃亡してきたときのように、蒼白《そうはく》でやつれた顔をしている。シリウスは一気に部屋を横切ってやってきた。

「ハリー、大丈夫か？　わたしの思ったとおりだ――こんなことになるのではないかと思っていた――いったいなにがあった？」

ハリーを介助《かいじょ》して机の前の椅子に座らせながら、シリウスの手が震えていた。

「いったいなにがあったのだ？」シリウスがいっそう急《せ》き込んでたずねた。

ダンブルドアがバーティ・クラウチの話を、一部始終シリウスに語りはじめた。ハリーは半分しか聞いていなかった。疲れ果て、体中の骨が痛んだ。眠りに落ちてなにも考えずなにも感じなくなるまで、何時間も何時間も邪魔されずひたすらそこに座っていたかった。

和らかな羽音がした。不死鳥のフォークスが、止まり木を離れ、部屋の向こうから飛んできて、ハリーの膝《ひざ》に止まった。

「やあ、フォークス」ハリーは小さな声でそう言うと、不死鳥の真紅と金色の美しい羽をなでた。フォークスは安らかに瞬《まばた》きながらハリーを見上げた。膝《ひざ》に感じる温《ぬく》もりと重みが心を癒《いや》した。

ダンブルドアが話し終えた。そして、机の向こう側にハリーと向き合って座った。ダンブルドアはハリーを見つめた。ハリーはその目を避けた。ダンブルドアは僕に質問をするつもりだ。僕に、すべてをもう一度思い出させようとしている。

「ハリー、迷路の移動《ポート》キーに触れてから、なにが起こったのか、わしは知る必要があるのじゃ」ダンブルドアが言った。

「ダンブルドア、明日の朝まで待てませんか？」シリウスが厳しい声で言った。片方の手をハリーの肩に置いていた。「眠らせてやりましょう。休ませてやりましょう」

ハリーはシリウスへの感謝の気持ちがどっとあふれるのを感じた。しかし、ダンブルドアはシリウスの言葉を無視し、ハリーのほうに身を乗り出した。ハリーは気が進まないままに顔を上げ、ダンブルドアのブルーの瞳を見つめた。

「それで救えるのなら」ダンブルドアがやさしく言った。「きみを魔法の眠りにつかせ、今夜の出来事を考えるのを先延ばしにすることできみを救えるのなら、わしはそうするじゃろう。しかし、そうではないのじゃ。一時的に痛みを麻痺《まひ》させれば、あとになって感じる痛みは、もっとひどい。きみは、わしの期待を遥《はる》かに超える勇気を示した。もう一度その勇気を示して欲しい。なにが起きたか、わしらに聞かせてくれ」

不死鳥が一声、和らかに震える声で鳴いた。その声が空気を震わせると、ハリーは、熱い液体が一滴喉《のど》を通り、胃に入り、体が温まって力がわいてくるような気がした。

ハリーは深く息を吸い込み、話しはじめた。話し出すと、その夜の光景の一つひとつが目の前に繰り広げられるように感じられた。ヴォルデモートを蘇《よみがえ》らせたあの液体から出る火花。周囲の墓の間から「姿現わし」してくる死喰い人。優勝杯のかたわらに横たわるセドリックの亡骸《なきがら》。

ハリーの肩をしっかりつかんだまま、一、二度、シリウスがなにか言いたそうな声を出した。しかし、ダンブルドアは手を上げてそれを制した。ハリーにはそのほうがうれしかった。話し出してみれば、続けて話してしまうほうが楽だった。ほっとすると言ってもよかった。毒のようなものが体から抜き取られていくような気分でさえあった。話し続けるには、ハリーの意思のすべてを振りしぼらなければならなかった。それでも、話し終われば気持ちがすっきりするような予感がした。

ワームテールが短剣でハリーの腕を突き刺した件《くだり》になると、シリウスが激しく罵《ののし》った。ダンブルドアがあまりにすばやく立ち上がったので、ハリーは驚いた。ダンブルドアは机を回り込んで近づき、ハリーに腕を出して見せるように言った。ハリーは、切り裂かれたローブと、その下の傷を二人に見せた。

「僕の血が、ほかのだれの血よりも、あの人を強くするとあの人自身が言ってました」ハリーがダンブルドアに言った。「僕を護っているものが――僕の母が残してくれたものが――あの人にも入るのだと言ってました。そのとおりでした――ヴォルデモートは僕に触っても傷つきませんでした。僕の顔を触ったんです」

ほんの一瞬、ハリーはダンブルドアの目に勝ち誇ったような光を見たような気がした。しかし次の瞬間、ハリーはきっと勘違いだと思いなおした。机の向こう側にもどったダンブルドアが、ハリーがこれまでに見たこともないほど老け込んで、疲れて見えたからだ。

「なるほど」ダンブルドアはふたたび腰を掛けた。「ヴォルデモートはその障害については克服したというわけじゃな。ハリー、続けるのじゃ」

ハリーは話を続けた。ヴォルデモートが大鍋《おおなべ》からどのように蘇《よみがえ》ったのかを語り、死喰い人たちへのヴォルデモートの演説を、思い出せるかぎり話して聞かせた。それから、ヴォルデモートがハリーの縄目《なわめ》を解き、杖《つえ》を返し、決闘しようとしたことを話した。

しかし、金色の光がハリーとヴォルデモートの杖同士《つえ》をつないだ件《くだり》では、ハリーは喉《のど》を詰まらせた。話し続けようとしても、ヴォルデモートの杖から現れたものの記憶がどっとあふれ、胸が一杯になってしまう。セドリックが出てくるのが見える。年老いた男が、バーサ・ジョーキンズが……母が……父が……。

シリウスが沈黙を破ってくれたのが、ハリーにはありがたかった。

「杖がつながった？」シリウスはハリーを見て、ダンブルドアを見た。「どういうことです？」

ハリーもふたたびダンブルドアを見上げた。ダンブルドアはなにかに強く惹《ひ》かれた顔をしていた。

「直前呪文じゃな」ダンブルドアがつぶやいた。

ダンブルドアの目がハリーの目をじっと見つめた。二人の間に、目に見えない光線が走り、理解し合ったかのようだった。

「呪文逆戻し効果《じゅもんぎゃくもど》？」シリウスが鋭い声で言った。

「さよう」ダンブルドアが言った。「ハリーの杖とヴォルデモートの杖には共通の芯《しん》が使ってある。それぞれに同じ不死鳥の尾羽根が一枚ずつ入っている。じつは、この不死鳥なのじゃ」

ダンブルドアはハリーの膝《ひざ》に安らかに止まっている真紅と金色の鳥を指さした。

「僕の杖の羽根は、フォークスの？」ハリーは驚いた。

「そうじゃ」ダンブルドアが答えた。「オリバンダー翁《おう》が、四年前、きみがあの店を出た直後に手紙をくれての、きみが二本目の杖を買ったと教えてくれたのじゃ」

「すると、杖が兄弟杖に出会うと、なにが起こるのだろう？」シリウスが言った。

「互いに相手に対して正常に作動しない」ダンブルドアが言った。「しかし、杖の持ち主が、二つをむりに戦わせると……非常に稀《まれ》な現象が起こる。どちらか一本がもう一本に対して、それまでにかけた呪文を吐《は》き出させる——逆の順序で。新しい呪文を最初に……そしてそれ以前にかけたものを次々に……」

ダンブルドアが確かめるような目でハリーを見た。ハリーがうなずいた。

「ということは——」

ダンブルドアがハリーの顔から目を離さず、ゆっくりと言った。

「セドリックがなんらかの形で現れたのじゃな？」

ハリーがまたうなずいた。

「ディゴリーが生き返った？」シリウスが鋭い声で言った。

「どんな呪文をもってしても、死者を生き返らすことはできぬ」ダンブルドアが重苦しく言った。「こだまが逆の順序で返ってくるようなことが起こったのじゃろう。生きていたときのセドリックの姿の影が杖から出てきた……そうじゃな、ハリー？」

「セドリックが僕に話しかけました」ハリーが言った。急にまた体が震え出した。

「ゴースト……セドリックのゴースト、それとも、なんだったのでしょう。それが僕に話しかけました」

「こだまじゃ」ダンブルドアが言った。「セドリックの外見や性格をそっくり保っておる。おそらく、ほかにも同じような姿が現れたのであろうと想像するが……もっと以前にヴォルデモートの杖《つえ》の犠牲になった者たちが……」

「老人が」ハリーはまだ喉《のど》が締めつけられているようだった。「バーサ・ジョーキンズが。それから……」

「ご両親じゃな？」ダンブルドアが静かに言った。

「はい」

ハリーの肩をつかんだシリウスの手に力が入り、痛いくらいだった。

「杖が殺《あや》めた最後の犠牲者たちじゃ」ダンブルドアがうなずきながら言った。「殺めた順序と逆に。もちろん、杖のつながりをもっと長く保っていれば、もっと多くの者が現れてきたはずじゃ。よろしい、ハリー、このこだまたち、影たちは……なにをしたのかね？」

ハリーは話した。杖から現れた姿が、金色の籠《かご》の内側を徘徊《はいかい》したこと、ヴォルデモートが影たちを恐れていたこと、ハリーの父親の影がどうしたらよいかを教えてくれたこと、セドリックの最期の願いのこと。

　そこまで話したとき、ハリーはもうそれ以上は続けられないと思った。シリウスを振り返ると、シリウスは両手に顔を埋《うず》めていた。

　ふと気がつくと、フォークスはすでにハリーの膝《ひざ》を離れ、床に舞い降りてその美しい頭《かしら》をハリーの傷ついた足にもたせかけている。その目からは真珠のようなとろりとした涙が、蜘蛛《くも》の残した足の傷にこぼれ落ちていた。痛みが消え皮膚は元通りになり、足は癒《い》えていた。

「もう一度言う」不死鳥が舞い上がり扉のそばの止まり木にもどると、ダンブルドアが言った。「ハリー、今夜きみは、わしの期待を遥《はる》かに超える勇気を示した。きみは、ヴォルデモートの力が最も強かった時代に戦って死んだ者たちに劣らぬ勇気を示した。一人前の魔法使いに匹敵する重荷を背負い、おとなに勝るとも劣らぬきみ自身を見出したのじゃ――さらにきみはいま、われわれが知るべきことをすべて話してくれた。わしと一緒に医務室に行こうぞ。今夜は寮にもどらぬほうがよい。魔法睡眠薬、それに安静じゃ……シリウス、ハリーと一緒にいてくれるかの?」

　シリウスがうなずいて立ち上がった。そして黒い犬に変身し、ハリー、ダンブルドアと一緒に部屋を出て階段を下り、医務室までついていった。

　ダンブルドアが医務室のドアを開けると、そこにはウィーズリーおばさん、ビル、ロン、ハーマイオニーが、困り果てた顔のマダム・ポンフリーを取り囲んでいた。どうやら、「ハリーはどこか」「ハリーの身になにが起こったか」と問い詰めていた様子だ。

ハリー、ダンブルドア、そして黒い犬が入ってくると、みないっせいに振り返った。ウィーズリーおばさんは声を詰まらせてさけんだ。

「ハリー！　ああ、ハリー！」

おばさんはハリーに駆け寄ろうとしたが、ダンブルドアが二人の間に立ちはだかった。

「モリー」ダンブルドアが手で制した。「ちょっと聞いておくれ。ハリーは今夜、恐ろしい試練をくぐり抜けてきた。それをわしのために、もう一度再現してくれたばかりじゃ。いまハリーに必要なのは、安らかに、静かに眠ることじゃ。もしハリーが、みなにここにいて欲しければ――」

ダンブルドアはロン、ハーマイオニー、そしてビルと見回した。

「そうして欲しい。しかし、ハリーが答えられる状態になるまでは、質問をしてはならぬぞ。今夜は絶対に質問してはならぬ」

ウィーズリーおばさんが、真っ青な顔でうなずき、まるでロン、ハーマイオニー、ビルがうるさくしていたかのように、しーっと言って三人を叱った。

「わかったの？　ハリーは安静が必要なのよ！」

「校長先生」

マダム・ポンフリーが、シリウスの変身した黒い大きな犬を睨《にら》みながら言った。

「いったいこれは――？」

「この犬はしばらくハリーのそばにいる」ダンブルドアはさらりと言った。「わしが保証する。この犬はたいそう躾《しつけ》がよい。ハリー――わしはきみがベッドに入るまでここにおるぞ」

ダンブルドアがみなに質問を禁じてくれたことに、ハリーは言葉に言い表せないほど感謝していた。みなに、ここにいて欲しくないというわけではない。しかし、もう一度あの出来事をまざまざと思い出し、もう一度口に出すことなど、ハリーにはとても耐えられない。

「ハリー、わしは、ファッジに会ったらすぐにもどってこよう」ダンブルドアが言った。「明日、わしが学校のみなに話をする。それまで、明日もここにおるのじゃぞ」

そして、ダンブルドアはその場を去った。

マダム・ポンフリーはハリーを病室のベッドに連れていった。隅のベッドに、本物のムーディが死んだように横たわっていた。木製の義足と「魔法の目」が、ベッド脇のテーブルに置いてある。

「あの人は大丈夫ですか?」ハリーが聞いた。

「大丈夫ですよ」マダム・ポンフリーがハリーにパジャマを渡し、ベッドのまわりのカーテンを閉めながら言った。

ハリーはローブを脱ぎ、パジャマを着てベッドに入った。ロン、ハーマイオニー、ビル、ウィーズリーおばさん、そして黒い犬がカーテンを回り込んで入ってきて、ベッドの両側に座った。ロンとハーマイオニーは、まるで怖いものでも見るように、恐る恐るハリーを見ている。

「僕、大丈夫」ハリーが二人に言った。「疲れてるだけ」

ウィーズリーおばさんは、必要もないのにベッドカバーのしわを伸ばしながら、目にいっぱい涙を浮かべていた。

マダム・ポンフリーは、いったんせかせかと医務室に行き、手にゴブレットと紫色の薬が入った小瓶《こびん》を持ってもどってきた。

「ハリー、これを全部飲まないといけません」マダム・ポンフリーが言った。「この薬で、夢を見ずに眠ることができます」

ハリーはゴブレットを取り、二口、三口飲んでみた。すぐに眠くなってきた。まわりのものすべてがぼやけてきた。病室中のランプが、カーテンを通して、親しげにウィンクしているような気がした。羽布団の温もりの中に、全身が深々と沈んでいくようだ。薬を飲み干す前に、一言も口をきく間もなく、疲労がハリーを眠りへと引きずり込んでいた。

眠りから覚めたとき、あまりに温かくまだとても眠かったので、もう一眠りしようとハリーは目を開けなかった。部屋はぼんやりと灯《あか》りが点《とも》っていた。きっとまだ夜で、あまり長い時間は眠っていないのだろうと思った。

そのとき、そばでひそひそ話す声が聞こえた。

「あの人たち、静かにしてもらわないと、この子を起こしてしまうわ」

「いったいなにをわめいてるんだろう？　またなにか起こるなんて、ありえないよね？」

ハリーは薄目を開けた。だれかがハリーのメガネを外したらしい。すぐそばにいるウィーズリーおばさんとビルの姿がぼんやり見えた。おばさんは立ち上がっている。

「ファッジの声だわ」おばさんがささやいた。「それと、ミネルバ・マクゴナガルだわね。いったいなにを言い争ってるのかしら」

ハリーにも聞こえた。だれかがどなり合いながら病室に向かって走ってくる。

「残念だが、ミネルバ、しかたがない――」コーネリウス・ファッジのわめき声がする。

「絶対に、あれを城の中に入れてはならなかったのです！」マクゴナガル先生がさけんでいる。「ダンブルドアが知ったら――」

ハリーは病室のドアがバーンと開く音を聞いた。ビルがカーテンを開け、みながドアのほうを見つめた。ハリーは、ベッドのまわりのだれにも気づかれずに起き上がって、メガネをかけた。

ファッジがドカドカと病室に入ってきた。後ろにマクゴナガル先生とスネイプ先生がいた。

「ダンブルドアはどこかね？」ファッジがウィーズリーおばさんに詰め寄った。

「ここにはいらっしゃいませんわ」ウィーズリーおばさんが怒ったように答えた。

「大臣、ここは病室です。少しお静かに――」

しかし、そのときドアが開き、ダンブルドアがさっと入ってきた。

「何事じゃ」

ダンブルドアは鋭い目でファッジを、そしてマクゴナガル先生を見た。

「病人たちに迷惑じゃろう？　ミネルバ、あなたらしくもない――バーティ・クラウチを監視《かんし》するようにお願いしたはずじゃが――」

「もう見張る必要がなくなりました。ダンブルドア！」マクゴナガル先生がさけんだ。「大臣がその必要がないようになさったのです！」

ハリーはマクゴナガル先生がこんなに取り乱した姿をはじめて見た。怒りのあまり頬はまだらに赤くなり、両手の拳《こぶし》をにぎりしめ、わなわなと震えている。

「今夜の事件を引き起こした死喰い人《デス・イーター》を捕らえたと、ファッジ大臣にご報告したのですが」スネイプが低い声で言った。「すると、大臣はご自分の身が危険だと思われたらしく、城に入るのに吸魂鬼《ディメンター》を一体呼んで自分につき添わせると主張なさったのです。大臣はバーティ・クラウチのいる部屋に、吸魂鬼を連れて入った――」

「ダンブルドア、私《わたくし》はあなたが反対なさるだろうと大臣に申し上げました！」マクゴナガル先生がいきり立った。「申し上げましたとも。吸魂鬼が一歩たりとも城内に入ることは、あなたがお許しになりませんと。それなのに――」

「失礼だが！」ファッジもわめき返した。ファッジもまた、こんなに怒っている姿をハリーははじめて見た。「魔法大臣として、護衛を連れていくかどうかは私が決めることだ。尋問《じんもん》する相手が危険性のある者であれば――」

しかし、マクゴナガル先生の声がファッジの声を圧倒した。

「あの――あの物が部屋に入るやいなや――」マクゴナガル先生は、全身をわなわなと震わせ、ファッジを指さしてさけんだ。「クラウチに覆いかぶさって、そして――そして――」

マクゴナガル先生が、なにが起こったのかを説明する言葉を必死に探している間、ハリーは胃が凍っていくような気がした。マクゴナガル先生が最後まで言うまでもない。吸魂鬼がなにをしたのかわかる。バーティ・クラウチに死の接吻を施したのだ。口から魂を吸い取ったのだ。クラウチは死よりも酷《むご》い姿になった。

「どのみち、クラウチがどうなろうと、なんの損失にもなりはせん！」ファッジがどなり散らした。「どうせやつは、もう何人も殺しているんだ！」

「しかし、コーネリウス、もはや証言ができまい」

まるではじめてはっきりと顔を見たかのように、ダンブルドアはじっとファッジを見つめていた。

「なぜ何人も殺したのか、クラウチはなんら証言できまい」

「なぜ殺したか？　ああ、そんなことは秘密でもなんでもなかろう？」ファッジがわめいた。「あいつは支離滅裂《しりめつれつ》だ！　ミネルバやセブルスの話では、やつは、すべて『例のあの人』の命令でやったと思い込んでいたらしい！」

「思い込みではない。たしかにヴォルデモート卿《きょう》が命じていたのじゃよ、コーネリウス」ダンブルドアが言った。「何人もが殺されたのは、ヴォルデモートがふたたび完全に勢力を回復する計画の布石にすぎなかったのじゃ。計画は成功した。ヴォルデモートは肉体を取りもどした」

ファッジはだれかに重たいものでなぐりつけられたような顔をした。呆然《ぼうぜん》として目を瞬《しばた》きながら、ファッジはダンブルドアを見つめ返した。いま聞いたことが、にわかには信じがたいという顔だ。

目を見開いてダンブルドアを見つめたまま、ファッジはブツブツ言いはじめた。

「『例のあの人』が……復活した？　ばかばかしい。おいおい、ダンブルドア……」

「ミネルバもセブルスもあなたにお話ししたことと思うが」ダンブルドアが言った。「わしらはバーティ・クラウチの告白を聞いた。真実薬の効き目で、クラウチは、わしらにいろいろ語ってくれたのじゃ。アズカバンからどのようにして隠密に連れ出されたか、ヴォルデモートが――クラウチがまだ生きていることをバーサ・ジョーキンズから聞き出し――クラウチを、どのように父親から解放するにいたったか、そして、ハリーを捕まえるために、ヴォルデモートがいかにクラウチを利用したかをじゃ。計画はうまくいった。よいか、クラウチはヴォルデモートの復活に力を貸したのじゃ」

「いいか、ダンブルドア」驚いたことに、ファッジの顔にはかすかな笑いさえ漂っていた。「まさか――まさかそんなことを本気にしているのではあるまいね。『例のあの人』が――もどった？　まあまあ、落ち着け……まったく。クラウチは『例のあの人』の命令で働いていると思い込んでいたのだろう――しかし、そんな戯言《たわごと》を真に受けるとは、ダンブルドア……」

「今夜ハリーが優勝杯に触れたとき、まっすぐにヴォルデモートのところに運ばれていったのじゃ」ダンブルドアはたじろぎもせずに話した。「ハリーが、ヴォルデモートの蘇《よみがえ》る場面を目撃した。わしの部屋まできてくだされば、一部始終お話しいたしますぞ」

ダンブルドアはハリーをちらりと見て、ハリーが目覚めているのに気づいた。しかし、ダンブルドアは首を横に振った。

「今夜はハリーに質問するのを許すわけにはゆかぬ」

ファッジは、奇妙な笑いを漂わせていた。ファッジもハリーをちらりと見て、それからダンブルドアに視線をもどした。

「ダンブルドア、あなたは――あー――本件に関して、ハリーの言葉を信じるというわけですな？」

一瞬、沈黙が流れた。静寂を破ってシリウスがうなった。毛を逆立て、ファッジに向かって歯をむいてうなった。

「もちろんじゃ。わしはハリーを信じる」

ダンブルドアの目が、いまやめらめらと燃えていた。

「わしはクラウチの告白を聞き、そして優勝杯に触れてからの出来事をハリーから聞いた。二人の話は辻褄《つじつま》が合う。バーサ・ジョーキンズがこの夏に消えてから起こったことの、すべてを説明できる」

ファッジは相変わらず変な笑いを浮かべている。もう一度ハリーをちらりと見て、ファッジは答えた。

「あなたはヴォルデモート卿《きょう》が帰ってきたことを信じるおつもりらしい。異常な殺人者と、こんな少年の、しかも……いや……」

ファッジはもう一度すばやくハリーを見た。ハリーは突然ピンときた。

「ファッジ大臣、あなたはリータ・スキーターの記事を読んでいらっしゃるのですね」ハリーが静かに言った。

ロン、ハーマイオニー、ウィーズリーおばさん、ビルが揃って飛び上がった。ハリーが起きていることに、だれも気づいていなかったからだ。

ファッジはちょっと顔を赤らめたが、すぐに挑戦的で、意固地な表情になった。

「だとしたら、どうだと言うのかね？」ダンブルドアを見ながら、ファッジが言った。「あなたはこの子に関する事実をいくつか隠していた。そのことを私が知ったとしたらどうなるかね？　蛇語《へびご》使いだって、え？　それに、城のいたるところでおかしな発作を起こすとか――」

「ハリーの傷痕《きずあと》が痛んだことを言いたいのじゃな？」ダンブルドアが冷静に言った。

「では、ハリーがそういう痛みを感じていたと認めるわけだな？」すかさずファッジが言った。「頭痛か？　悪夢か？　もしかしたら——幻覚か？」

「コーネリウス、聞くがいい」

ダンブルドアがファッジに一歩詰め寄った。クラウチの息子に「失神術《しっしんじゅつ》」をかけた直後にハリーが感じた、あのなんとも形容しがたい力が、またしてもダンブルドアから発散しているようだった。

「ハリーは正常じゃ。あなたやわしと同じようにな。額《ひたい》の傷痕《きずあと》は、この子の頭脳を乱してはおらぬ。ヴォルデモート卿《きょう》が近づいたとき、もしくはことさらに残忍な気持ちになったとき、この子の傷痕が痛むのだと、わしはそう信じておる」

ファッジはダンブルドアから半歩下がったが、意固地な表情は変えなかった。

「お言葉だが、ダンブルドア、呪いの傷痕が警鐘《けいしょう》になるなどという話は、これまでついぞ聞いたことが……」

「でも、僕はヴォルデモートが復活するのを、見たんだ！」ハリーがさけんだ。

ハリーはベッドから出ようとしたが、ウィーズリーおばさんが押しもどした。

「僕は、死喰い人を見たんだ！　名前をみんな挙げることだってできる！　ルシウス・マルフォイ——」

スネイプがぴくりと動いた。しかし、ハリーがスネイプを見たときには、スネイプの目はすばやくファッジにもどっていた。

「マルフォイの潔白は証明ずみだ！」ファッジはあからさまに感情を害していた。「由緒《ゆいしょ》ある家柄《いえがら》だ――いろいろと立派な寄付をしている――」

「マクネア！」ハリーが続けた。

「これも潔白！　いまは魔法省で働いている！」

「エイブリー――ノット――クラッブ――ゴイル――」

「君は十三年前に死喰い人の汚名を濯《すす》いだ者の名前を繰り返しているだけだ！」ファッジが怒った。「そんな名前など、古い裁判記録にでも見つけたのだろう！　戯《たわ》けたことを。ダンブルドア――この子は去年も学期末に、さんざんわけのわからん話をしていた――話がだんだん大げさになってくる。それなのにあなたは、まだそんな話を鵜呑《うの》みにしている――この子は蛇と話ができるのだぞ、ダンブルドア、それなのに、まだ信用できると思うのか？」

「愚か者！」マクゴナガル先生がさけんだ。「セドリック・ディゴリー！　クラウチ氏！　この二人の死が、狂気の無差別殺人だとでも言うのですか！」

「反証はない！」ファッジの怒りもマクゴナガル先生に負けず劣らずで、顔を真っ赤にしてさけび返した。「どうやら諸君は、この十三年間、我々が営々として築いてきたものを、すべて覆《くつがえ》すような大混乱を引き起こそうという所存だな！」

ハリーは耳を疑った。ファッジはハリーにとって、常に親切な人だった。少しどなり散らすところも、尊大なところもあるが、根は善人だと思っていた。しかし、いま目の前に立っている小柄な怒れる魔法使いは、心地よい秩序立った自分の世界が崩壊するかもしれないという予測を頭から拒否し、受け入れまいとしている――ヴォルデモートが復活したことを信じまいとしている。

「ヴォルデモートは帰ってきた」ダンブルドアが繰り返した。「ファッジ、あなたがその事実をすぐさま認め、必要な措置を講じれば、われわれはまだこの状況を救えるかもしれぬ。まず最初に取るべき重要な措置は、アズカバンを吸魂鬼の支配から解き放つことじゃ――」

「とんでもない！」ファッジがふたたびさけんだ。「吸魂鬼を取り除けと！　そんな提案をしようものなら、私は大臣職から蹴り落とされる！　夜、魔法使いの半数が安眠できるのは、吸魂鬼がアズカバンの警備に当たっていることを知っているからなのだぞ！」

「コーネリウス、あとの半分は、安眠できるどころではない！　あの生き物に看視されているのは、ヴォルデモート卿《きょう》の最も危険な支持者たちだ。そして吸魂鬼はヴォルデモートの一声で、たちまちあの者と手を組むであろう」ダンブルドアが言った。「連中はいつまでもあなたに忠誠を尽くしてはいませんぞ、ファッジ！　ヴォルデモートはやつらに、あなたが与えるよりずっと広範囲な力と楽しみを与えることができる！　吸魂鬼を味方につけ、昔の支持者がヴォルデモートの下に帰れば、あの者が十三年前のような力を取りもどすのを阻止するのは、至難の業ですぞ！」

ファッジは、怒りを表す言葉が見つからず、口をパクパクさせていた。

「第二に取るべき措置は――」ダンブルドアが迫った。「巨人に使者を送ることじゃ。しかも早急に」

「巨人に使者？」ファッジがかん高くさけんだ。舌がもどってきたらしい。「狂気の沙汰《さた》だ！」

「友好の手を差し伸べるのじゃ、いますぐ。手遅れにならぬうちに」ダンブルドアは続ける。「さもないと、ヴォルデモートが、以前にも行ったように、巨人を説得するじゃろう。魔法使いの中で自分だけが、巨人に権利と自由を与えるのだと言うてな！」

「ま、まさか本気でそんなことを！」ファッジは息を呑《の》み、頭を振り振りさらにダンブルドアから遠ざかった。「私が巨人と接触したなどと、魔法界に噂《うわさ》が流れでもしたら――ダンブルドア、みんな巨人を毛嫌いしているのに――私の政治生命は終わりだ――」

「あなたは、物事が見えなくなっている」いまやダンブルドアは声を荒らげていた。手で触れられそうなほど強烈なパワーのオーラが体から発散し、その目はふたたびめらめらと燃えている。「自分の役職に恋々としているからじゃ、コーネリウス！　あなたはいつでも、いわゆる純血をあまりにも大切に考えてきた。大事なのはどう生まれついたかではなく、どう育ったかなのだということを認めることができなかった！　あなたの連れてきた吸魂鬼がたったいま、純血の家柄《いえがら》の中でも旧家とされる家系の、最後の生存者を破壊した――しかも、その男は、その人生でいったいなにをしようとしたか！　いまここで、はっきり言おう――わしの言う措置を取るのじゃ。そうすれば、大臣職に留まろうが去ろうが、あなたは歴代の魔法大臣の中で、最も勇敢で偉大な大臣として名を残すであろう。もし、行動しなければ――歴史はあなたを、営々と再建してきた世界がヴォルデモートに破壊されるのを、ただ傍観していただけの男として記憶するのじゃ！」

「正気の沙汰ではない」またしても退《しりぞ》きながらファッジが小声で言った。「狂っている……」

そして、沈黙が流れた。マダム・ポンフリーがハリーのベッドの足元で、口を手で覆い、凍りついたように突っ立っていた。ウィーズリーおばさんはハリーに覆いかぶさるようにして、ハリーの肩を手で押さえ、立ち上がらないようにしていた。ビル、ロン、ハーマイオニーはファッジを睨《にら》みつけていた。

「目をつぶろうという決意がそれほど固いなら、コーネリウス」ダンブルドアが言った。「袂《たもと》を分かつときがきた。あなたはあなたの考えどおりにするがよい。そして、わしは――わしの考えどおりに行動する」

ダンブルドアの声に威嚇《いかく》の響きは微塵《みじん》もない。淡々とした言葉だった。しかし、ファッジは、ダンブルドアが杖《つえ》を持って迫ってきたかのように、毛を逆立てた。

「いいか、言っておくが、ダンブルドア」ファッジは人差し指を立て、脅すように指を振った。「私はいつだってあなたの好きなように、自由にやらせてきた。あなたを非常に尊敬してきた。あなたの決定に賛同できないときでもなにも言わなかった。あなた魔法省に相談なしに狼人間を雇ったり、ハグリッドをここに置いておいたり、生徒になにを教えるかを決めたり、そうしたことを黙ってやらせておく者はそう多くはないぞ。しかし、あなたがその私に逆らうというのなら――」

「わしが逆らう相手は一人しかいない」ダンブルドアが言った。「ヴォルデモート卿《きょう》じゃ。あなたもやつに逆らうのなら、コーネリウス、われわれは同じ陣営じゃ」

ファッジはどう答えていいのか思いつかないようだった。しばらくの間、小さな足の上で、体を前後に揺すり、山高帽を両手でくるくる回していた。

ついに、ファッジが弁解がましい口調で言った。

「もどってくるはずがない。ダンブルドア、そんなことはありえない……」

スネイプが左の袖《そで》をまくり上げながら、ずいっとダンブルドアの前に出た。そして腕を突き出し、ファッジに見せた。ファッジが怯《ひる》んだ。

「見るがいい」スネイプが厳しい声で言った。「さあ、闇《やみ》の印《しるし》だ。一時間ほど前には、黒く焼け焦げて、もっとはっきりしていた。しかし、いまでも見えるはずだ。死喰い人はみなこの印を闇の帝王によって焼きつけられている。互いに見分ける手段でもあり、我々を召集する手段でもあった。あの人がだれか一人の死喰い人の印に触れたときは、全員が『姿くらまし』し、すぐさまあの人の許《もと》に『姿現わし』することになっていた。この印が、今年になってからずっと、鮮明になってきていた。カルカロフのもだ。カルカロフはなぜ今夜逃げ出したと思うか？　我々は二人ともこの印が焼けるのを感じたのだ。二人ともあの人がもどってきたことを知ったのだ。カルカロフは闇の帝王の復讐を恐れた。やつはあまりに多くの死喰い人を裏切った。仲間として歓迎されるはずがない」

ファッジはスネイプからも後ずさりした。頭を振っている。スネイプの言ったことの意味がわかっていないようだった。スネイプの腕の醜い印に嫌悪感を感じたらしく、じっと見つめて、それからダンブルドアを見上げ、ささやくように言った。

「あなたも先生方も、いったいなにをふざけているのやら、ダンブルドア、私にはさっぱり。しかし、もう聞くだけ聞いた。私も、もうなにも言うことはない。この学校の運営について話があるので、ダンブルドア、明日連絡する。私は役所にもどらねばならん」

ファッジはほとんどドアを出るところまで行ったが、そこで立ち止まった。向きを変え、つかつかと病室を横切り、ハリーのベッドの前まで行って止まった。

「君の賞金だ」ファッジは大きな金貨の袋をポケットから取り出し、素気なくそう言うと、袋をベッド脇のテーブルにドサリと置いた。「一千ガリオンだ。授賞式が行われる予定だったが、この状況では……」

ファッジは山高帽をぐいとかぶり、ドアをバタンと閉めて部屋から出ていった。その姿が消えるやいなや、ダンブルドアがハリーのベッドのまわりにいる人々のほうに向きなおった。

「やるべきことがある」ダンブルドアが言った。「モリー……あなたとアーサーは頼りにできると考えてよいかな？」

「もちろんですわ」ウィーズリーおばさんが言った。唇まで真っ青だったが、決然とした面持ちだった。「ファッジがどんな魔法使いか、アーサーはよく知っています。アーサーはマグルが好きだから、ここ何年も魔法省で昇進できなかったのです。ファッジは、アーサーが魔法使いとしてのプライドに欠けると考えていますわ」

「ではアーサーに伝言を送らねばならぬ」ダンブルドアが言った。「起きていることの真実を納得させることができる者には、ただちに知らさねばならぬ。魔法省内部で、コーネリウスとちがって先を見通せる者たちと接触するには、アーサーは恰好《かっこう》の位置にいる」

「僕が父のところに行きます」ビルが立ち上がった。「すぐ出発します」

「それは上々じゃ」ダンブルドアが言った。「アーサーに、なにが起こったかを伝えて欲しい。近々わしが直接連絡すると言うてくれ。ただし、アーサーは目立たぬように事を運ばねばならぬ。わしが魔法省の内政に干渉をしていると、ファッジにそう思われると――」

「僕にまかせてください」ビルが言った。

ビルはハリーの肩をぽんとたたき、母親の頬にキスすると、マントを着て足早に部屋を出ていった。

「ミネルバ」ダンブルドアがマクゴナガル先生のほうを見た。「わしの部屋で、できるだけ早くハグリッドに会いたい。それから――もし、きていただけるようなら――マダム・マクシームも」

マクゴナガル先生はうなずいて、黙って部屋を出ていった。

「ポピー」ダンブルドアがマダム・ポンフリーに言った。「頼みがある。ムーディ先生の部屋に行って、そこにいるウィンキーという屋敷妖精がひどく落ち込んでいるはずじゃからできるだけの手を尽くし、それから厨房《ちゅうぼう》に連れて帰ってくれるか？　ドビーが面倒を見てくれるはずじゃ」

「は、はい」驚いたような顔をして、マダム・ポンフリーも出ていった。

ダンブルドアはドアが閉まっていることを確認し、マダム・ポンフリーの足音が消え去るまで待ってから、ふたたび口を開いた。

「さて、そこでじゃ。ここにいる者の中で二名の者が、互いに真の姿で認め合うべきときがきた。シリウス……普通の姿にもどってくれぬか」

大きな黒い犬がダンブルドアを見上げ、一瞬で男の姿にもどった。

ウィーズリーおばさんがさけび声を上げてベッドから飛び退《の》いた。

「シリウス・ブラック！」おばさんがシリウスを指さして金切り声を上げた。

「ママ、静かにして！」ロンが声を張り上げた。「大丈夫だから！」

スネイプはさけびもせず、飛び退きもしなかったが、怒りと恐怖の入り交じった表情だった。

「こやつ！」スネイプに負けず劣らず嫌悪の表情を見せているシリウスを見つめながら、スネイプがうなった。「やつがなんでここにいる？」

「わしが招待したのじゃ」ダンブルドアが二人を交互に見ながら言った。「セブルス、きみもわしの招待じゃ。わしは二人とも信頼しておる。そろそろ二人とも、昔のいざこざは水に流し、互いに信頼し合うべきときじゃ」

ハリーには、ダンブルドアがほとんど奇跡を願っているように思えた。シリウスとスネイプは、互いにこれ以上の憎しみはないという目つきで睨《にら》み合っている。

「妥協するとしよう」ダンブルドアの声に少しいらだちが表れていた。「あからさまな敵意をしばらく棚上げにするということでもよい。握手するのじゃ。きみたちは同じ陣営なのじゃから。時間がない。真実を知る数少ないわれわれが、結束して事に当たらねば、望みはないのじゃ」

ゆっくりと――しかし、互いの不幸を願うかのようにぎらぎらと睨み合い――シリウスとスネイプが歩み寄り、握手した。そして、あっという間に手を離した。

「当座はそれで十分じゃ」ダンブルドアがふたたび二人の間に立った。「さて、それぞれにやってもらいたいことがある。予想していなかったわけではないが、ファッジがあのような態度を取るのであれば、すべてが変わってくる。シリウス、きみにはすぐに出発してもらいたい。昔の仲間に警戒体制を取るように伝えてくれ――リーマス・ルーピン、アラベラ・フィッグ、マンダンガス・フレッチャー。しばらくはルーピンのところに潜伏していてくれ。わしからそこに連絡する」

「でも――」ハリーが言った。

シリウスにいて欲しかった。こんなに早く別れを言いたくなかった。

「またすぐ会えるよ、ハリー」シリウスがハリーを見て言った。「約束する。しかし、わたしは自分にできることをしなければならない。わかるね?」

「うん」ハリーが答えた。「うん……もちろん、わかります」

シリウスはハリーの手をぎゅっとにぎり、ダンブルドアのほうにうなずくと、ふたたび黒い犬に変身して、ひと跳びにドアに駆け寄り、前足で取っ手を回した。そしてシリウスもいなくなった。

「セブルス」ダンブルドアがスネイプのほうを向いた。「きみになにを頼まねばならぬのか、もうわかっておろう。もし、準備ができているのなら……もし、やってくれるなら……」

「大丈夫です」スネイプはいつもより青ざめて見えた。冷たい暗い目が、不思議な光を放っていた。

「それでは、幸運を祈る」ダンブルドアはそう言うと、スネイプの後ろ姿を、かすかに心配そうな色を浮かべて見送った。スネイプはシリウスのあとから、無言でさっと立ち去った。

ダンブルドアが次に口を開いたのは、それから数分経ってからだった。

「下に行かねばなるまい」ようやくダンブルドアが言った。「ディゴリー夫妻に会わなければのう。ハリー、残っている薬を飲むのじゃ。みな、またあとでの」

ダンブルドアがいなくなると、ハリーはまたベッドに倒れ込んだ。ハーマイオニー、ロン、ウィーズリーおばさんが、揃ってハリーを見ている。長い間、だれも口をきかなかった。

「残りのお薬を飲まないといけませんよ、ハリー」

ウィーズリーおばさんがやっと口を開いた。おばさんが、薬瓶《くすりびん》とゴブレットに手を伸ばしたとき、ベッド脇のテーブルに置いてあった金貨の袋に手が触れた。

「ゆっくりお休み。しばらくはなにかほかのことを考えるのよ……賞金でなにを買うかを考えなさいな！」

「金貨なんかいらない」抑揚《よくよう》のない声でハリーが言った。「あげます。だれでも、欲しい人にあげる。僕がもらっちゃいけなかったんだ。セドリックのものだったんだ」

迷路を出てからずっと、必死に抑えつけてきたものが、どっとあふれそうだった。鼻の奥がつんとして、目頭が熱くなった。ハリーは目を瞬《しばたた》いて天井を見つめた。

「あなたのせいじゃないわ、ハリー」ウィーズリーおばさんがささやいた。

「僕と一緒に優勝杯をにぎろうって、僕が言ったんだ」ハリーが言った。

熱い想いが喉《のど》まで下りてきた。ハリーは、ロンが目を逸《そ》らしてくれればいいのにと思った。

ウィーズリーおばさんは、薬をテーブルに置いてかがみ込み、両腕でハリーを包み込んだ。ハリーはこんなふうに、抱きしめられた記憶がなかった。母さんみたいだ。

ウィーズリーおばさんの胸に抱かれていると、今晩見たすべてのものの重みが、どっとのしかかってくるようだった。母さんの顔、父さんの声、地上に冷たくなって横たわるセドリックの姿。すべてが頭の中でくるくると回りはじめ、ハリーはもうがまんできなかった。胸を突き破って飛び出しそうな哀しいさけびを漏《も》らすまいと、ハリーは顔をくしゃくしゃにしてがんばった。

パーンと大きな音がした。ウィーズリーおばさんとハリーがパッと離れた。ハーマイオニーが窓辺に立っていた。なにかをしっかりにぎりしめている。

「ごめんなさい」ハーマイオニーが小さな声で言った。

「お薬ですよ、ハリー」ウィーズリーおばさんは、急いで手の甲で涙を拭《ぬぐ》いながら言った。

ハリーは一気に飲み干した。たちまち効き目が現れ、夢を見ない深い眠りが抵抗しがたい波のように押し寄せる。ハリーは枕に倒れ込み、もうなにも考えなかった。

第37章　始まり

一月《ひと》経ったいま振り返ってみても、あれから数日のことは、ハリーには切れ切れにしか思い出せなかった。これ以上はとても受け入れるのがむりだというくらい、あまりにいろいろなことが起こった。断片的な記憶も、みな痛々しいものだった。一番辛《つら》かったのは、おそらく次の朝にディゴリー夫妻に会ったことだろう。

二人とも、あの出来事に対して、ハリーを責めなかった。それどころか、セドリックの遺体を二人の許《もと》に返してくれたことを感謝した。ハリーに会っている間、ディゴリー氏はほとんどずっとすすり泣いていたし、夫人は、涙も涸《か》れ果てるほどの嘆き悲しみだった。

「それでは、あの子はほとんど苦しまなかったのね」

ハリーがセドリックの死に際の様子を話すと、夫人がそう言った。

「ねえ、あなた……結局あの子は、試合に勝ったそのときに死んだのですもの。きっと幸せだったにちがいありませんわ」

二人が立ち上がったとき、夫人はハリーを見下ろして言った。

「どうぞ、お大事にね」

ハリーはベッド脇のテーブルにあった金貨の袋をつかんだ。

「どうぞ、受け取ってください」ハリーが夫人に向かってつぶやいた。「これはセドリックのものになるはずでした。セドリックが一番先に着いたんです。受け取ってください――」

しかし、夫人は後ずさりして言った。

「まあ、いいえ、それはあなたのものですよ。わたしはとても受け取れません……あなたがお取りなさい」

翌日の夜、ハリーはグリフィンドール塔にもどった。ハーマイオニーやロンの話によれば、ダンブルドアがその日の朝食の席で生徒全員に話をしたそうだ。ハリーをそっとしておくよう、迷路で起こったことについて質問したり話をせがんだりしないようにと諭《さと》しただけだったと言う。大多数の生徒が、廊下で出会うハリーと目を合わせないよう避けて通ることに、ハリーは気づいた。ハリーとすれちがったあとで、手で口を覆いながらひそひそ話をする者もいた。リータ・スキーターの記事から、ハリーは錯乱していて危険性があると信じている生徒が多いのだろうと推測した。おそらくみな、セドリックの死について自分勝手な説を作り上げているにちがいない。しかし、ハリーはあまり気にならなかった。ロンやハーマイオニーと一緒にいるのが一番好きだった。三人で他愛のないことをしゃべったり、チェスをする二人をハリーが黙ってそばで見ていたりと、そんな時間が好きだった。三人とも、言葉に出さなくても一つの了解に達していると感じていた。つまり、三人とも、ホグワーツの外で起こっていることのなんらかの印、なんらかの便りを待っているということ――そして、なにか確かなことがわかるまでは、あれこれ詮索《せんさく》してもしかたがないということだ。一度だけ三人がこの話題に触れたのは、ウィーズリーおばさんが家に帰る前にダンブルドアと会ったことを、ロンが話したときだった。

「ママは、ダンブルドアに聞きにいったんだ。君が夏休みに、まっすぐ僕んちにきていいかって。だけどダンブルドアは、少なくとも最初だけは君がダーズリーのところに帰って欲しいんだって」

「どうして？」ハリーが聞いた。

「ママは、ダンブルドアにはダンブルドアなりの考え方があるって言うんだ」ロンはやれやれと頭を振った。「ダンブルドアを信じるしかないんじゃないか？」

ロンとハーマイオニー以外にハリーが話ができると思えるのは、ハグリッドだけだった。「闇の魔術に対する防衛術」の先生はもういないので、その授業は自由時間だった。木曜日の午後、その時間を利用して、三人はハグリッドの小屋を訪ねた。明るい、よく晴れた日だった。三人が小屋の近くまでくると、ファングが吠えながら尻尾《しっぽ》をちぎれんばかりに振って開け放したドアから飛び出してきた。

「だれだ?」ハグリッドが戸口に姿を見せた。

「ハリー!」ハグリッドは大股で外に出てきて、ハリーを片腕で抱きしめ、髪をくしゃくしゃとなでた。「ようきたな、おい。ようきた」

三人が中に入ると、暖炉前の木のテーブルに、バケツほどのカップと、受け皿が二組置いてあった。

「オリンペとお茶を飲んどったんじゃ」ハグリッドが言った。「たったいま帰ったところだ」

「だれと?」ロンが興味津々で聞いた。

「マダム・マクシームに決まっとろうが!」ハグリッドが言った。

「お二人さん、仲直りしたんだね?」ロンが言った。

「なんのこった?」ハグリッドが食器棚から三人のカップを取り出しながら、すっとぼけた。茶を入れ、生焼けのビスケットをひとわたり勧めると、ハグリッドは椅子の背に寄りかかり、黄金虫《こがねむし》のような真っ黒な目で、ハリーをじっと観察した。

「大丈夫か？」ハグリッドがぶっきらぼうに聞いた。

「うん」ハリーが答えた。

「いや、大丈夫なはずはねえ」ハグリッドが言った。「そりゃ当然だ。しかし、じきに大丈夫になる」

ハリーはなにも言わなかった。

「やつはもどってくると、わかっとった」ハグリッドが言った。

ハリー、ロン、ハーマイオニーは、驚いてハグリッドを見上げた。

「何年も前からわかっとったんだ、ハリー。あいつはどこかにいた。時を待っとった。いずれこうなるはずだった。そんで、いま、こうなったんだ。おれたちゃ、それを受け止めるしかねえ。戦うんだ。あいつが大きな力を持つ前に食い止められるかもしれん。とにかく、それがダンブルドアの計画だ。偉大なお人だ、ダンブルドアは。おれたちにダンブルドアがいるかぎり、おれはあんまり心配してねえ」

三人が信じられないという顔をしているので、ハグリッドはぼさぼさ眉《まゆ》をぴくぴく上げた。

「くよくよ心配してもはじまらん」ハグリッドが言った。「くるもんはくる。きたときに受けて立ちゃええ。ダンブルドアが、おまえさんのやったことを話してくれたぞ、ハリー」

ハリーを見ながら、ハグリッドの胸が誇らしげにふくらんだ。

「おまえさんは、おまえの父さんと同じぐらい大したことをやってのけた。これ以上の褒《ほ》め言葉は、おれにはねえ」

ハリーはハグリッドにほほえみ返した。ここ何日かではじめての笑顔だった。

「ダンブルドアは、ハグリッドになにを頼んだの？」ハリーが聞いた。「ダンブルドアはマクゴナガル先生に、ハグリッドとマダム・マクシームに会いたいと伝えるようにって……あの晩」

「この夏にやる仕事をちょっくら頼まれた」ハグリッドが答えた。「だけんど、秘密だ。しゃべっちゃなんねえ。おまえさんたちにでもだめだ。オリンペも――おまえさんたちにはマダム・マクシームだな――おれと一緒にくるかもしれん。くると思う。おれが説得できたと思う」

「ヴォルデモートと関係があるの？」

ハグリッドはその名前の響きにたじろいだ。

「かもな」はぐらかした。

「さて……おれと一緒に、最後の一匹になったスクリュートを見にいきたい者《もん》はおるか？　いや、冗談――冗談だ！」

みなの顔を見て、ハグリッドがあわててつけ加えた。

プリベット通りに帰る前夜、ハリーは寮でトランクを詰めながら、気が重かった。別れの宴が怖かった。例年なら、学期末のパーティは、寮対抗の優勝が発表される祝いの宴だった。ハリーは病室を出て以来、大広間が込んでいるときを避けていた。ほかの生徒にじろじろ見られるのがいやで、ほとんど人がいなくなってから食事をするようにしていた。

ハリー、ロン、ハーマイオニーが大広間に入ると、すぐに、いつもの飾りつけがないことに気づいた。別れの宴では、いつも優勝した寮の色で大広間を飾りつける。しかし今夜は、教職員テーブルの後ろの壁に黒の垂れ幕がかかっている。ハリーはすぐに、それがセドリックの喪《も》に服している印だと気づいた。

本物のマッド‐アイ・ムーディが教職員テーブルに着いていた。木製の義足も、「魔法の目」も元にもどっている。ムーディは神経過敏になっていて、だれかが話しかけるたびに飛び上がっていた。むりもない。もともと襲撃に対する恐怖心があったものが、自分自身のトランクに十か月も閉じ込められて、ますますひどくなったにちがいない。カルカロフ校長の席は空いていた。カルカロフはいったいいま、どこにいるのだろう、ヴォルデモートが捕まえたのだろうか。グリフィンドール生と一緒にテーブルに着きながら、ハリーはそんなことを考えていた。

マダム・マクシームはまだ残っていた。ハグリッドの隣に座っている。二人で静かに話をしている。その二人から少し離れて、マクゴナガル先生の隣にスネイプがいた。ハリーがスネイプを見ると、スネイプの目が一瞬ハリーを見た。表情を読むのは難しかった。いつもと変わらず辛辣《しんらつ》で不機嫌な表情に見えた。スネイプが目を逸《そ》らしたあとも、ハリーはしばらくスネイプを見つめていた。

ヴォルデモートの復活の夜、ダンブルドアの命を受けてスネイプはなにをしたのだろう？

それに、どうして……どうして……ダンブルドアはスネイプが味方だと信じているのだろう？　スネイプは味方のスパイだったと、ダンブルドアが「憂《うれ》いの篩《ふるい》」の中で言っていた。スネイプは「大きな身の危険を冒して」スパイになり、ヴォルデモートに対抗した。またしてもその任務に就くのだろうか？　もしかして、死喰い人たちと接触したのだろうか？　本心からダンブルドアに寝返ったわけではない、ヴォルデモート自身と同じように、時のくるのを待っていたのだというふりをして？

ダンブルドア校長が教職員テーブルで立ち上がり、ハリーは物思いから覚めた。大広間は、いずれにしてもいつもの別れの宴よりずっと静かだったが、さらに水を打ったように静かになった。

「今年も」ダンブルドアがみなを見回した。「終りがやってきた」

一息置いて、ダンブルドアの目がハッフルパフのテーブルで止まった。ダンブルドアが立ち上がるまで、このテーブルが最も打ち沈み、大広間のどのテーブルより哀しげな青い顔が並んでいた。

「今夜はみなにいろいろと話したいことがある」ダンブルドアが言った。「しかし、まずはじめに、一人の立派な生徒を失ったことを悼《いた》もう。本来ならここに座って」――ダンブルドアはハッフルパフのテーブルのほうを向いた――「みなと一緒にこの宴を楽しんでいるはずじゃった。さあ、みな起立して、杯を捧げよう。セドリック・ディゴリーのために」

全員がその言葉に従った。椅子が床をこする音がして、大広間の全員が起立した。全員がゴブレットを挙げ、沈んだ声が集まり、一つの大きな低い響きとなった。

「セドリック・ディゴリー」

ハリーは大勢の中から、チョウの顔を覗き見た。涙が静かにチョウの頬を伝っていた。みなと一緒に着席しながら、ハリーはうなだれてテーブルを見ていた。

「セドリックはハッフルパフ寮の特性の多くを備えた、模範的な生徒じゃった」ダンブルドアが話を続けた。「忠実なよき友であり、勤勉であり、フェアプレイを尊んだ。セドリックをよく知る者にも、そうでない者にも、セドリックの死はそれぞれに影響を与えた。それ故わしは、その死がどのようにしてもたらされたものかを、みなが正確に知る権利があると思う」

ハリーは顔を上げ、ダンブルドアを見つめた。

「セドリック・ディゴリーはヴォルデモート卿《きょう》に殺された」

大広間に、恐怖に駆られたざわめきが走った。みないっせいに、まさかという面持ちで、恐ろしそうにダンブルドアを見つめていた。みながひとしきりざわめき、また静かになるまで、ダンブルドアは平静そのものだった。

「魔法省は」ダンブルドアが続けた。「わしがこのことをみなに話すことを望んでおらぬ。みなのご両親の中には、わしが話したということで驚愕《きょうがく》なさる方もおられるじゃろう――その理由は、ヴォルデモート卿の復活を信じられぬから、またはみなのようにまだ年端《としは》もゆかぬ者に話すべきではないと考えるからじゃ。しかし、わしは、たいていの場合、真実は嘘に勝ると信じておる。さらに、セドリックが事故や自らの失敗で死んだと取り繕《つくろ》うことは、セドリックの名誉を汚すものだと信ずる」

驚き、恐れながら、いまや大広間の顔という顔がダンブルドアを見ていた……ほとんど全員の顔が――スリザリンのテーブルで、ドラコ・マルフォイがクラッブとゴイルに何事かコソコソ言っているのを、ハリーは目にした。むかむかする熱い怒りがハリーの胃にあふれた。ハリーはむりやりダンブルドアに視線をもどした。

「セドリックの死に関連して、もう一人の名前を挙げねばなるまい」ダンブルドアの話は続いた。「もちろん、ハリー・ポッターのことじゃ」

大広間にさざなみのようなざわめきが広がった。何人かがハリーのほうを見て、また急いでダンブルドアに視線をもどした。

「ハリー・ポッターは、辛《から》くもヴォルデモート卿《きょう》の手を逃れた。自分の命を賭《と》して、ハリー・ポッターは、セドリックの亡骸《なきがら》をホグワーツに連れ帰ったのじゃ。ヴォルデモート卿に対峙《たいじ》した魔法使いの中で、あらゆる意味でこれほどの勇気を示した者は、そう多くはない。そういう勇気を、ハリー・ポッターは見せてくれた。それが故に、わしはハリー・ポッターを讃《たた》えたい」

ダンブルドアは厳《おごそ》かにハリーのほうを向き、もう一度ゴブレットを挙げた。大広間のほとんどすべての者がダンブルドアに続いた。セドリックのときと同じく、みながハリーの名を唱和し、杯を上げた。しかし、起立した生徒たちの間から、ハリーはマルフォイ、クラッブ、ゴイル、それにスリザリンのほかの多くの生徒が、頑《かたく》なに席に着いたまま、ゴブレットに手も触れずにいるのを見た。ダンブルドアでも、「魔法の目」を持たない以上、それは見えなかった。

みながふたたび席に着くと、ダンブルドアは話を続けた。

「三大魔法学校対抗試合の目的は、魔法界の相互理解を深め、進めることじゃ。このたびの出来事――ヴォルデモート卿の復活じゃが――それに照らせば、そのような絆《きずな》は以前にも増して重要になる」

ダンブルドアは、マダム・マクシームからハグリッドへ、フラー・デラクールからボーバトンの生徒たちへ、スリザリンのテーブルのビクトール・クラムからダームストラング生へと視線を移していく。ハリーの目にはクラムが、ダンブルドアがなにか厳しいことを言うのではないかと、ほとんどびくびくしているように見えた。

「この大広間にいるすべての客人は」ダンブルドアは視線をダームストラングの生徒たちに止めながら言った。「好きなときにいつでもまた、おいでくだされ。みなにもう一度言おう――ヴォルデモート卿の復活に鑑《かんが》みて、われわれは結束すれば強く、バラバラでは弱い」

「ヴォルデモート卿は、不和と敵対感情を蔓延《まんえん》させる能力に長《た》けておる。それと戦うには、同じくらい強い友情と信頼の絆を示すしかない。目的を同じくし、心を開くならば、習慣や言葉のちがいなどまったく問題にはならぬ」

「わしの考えでは――まちがいであってくれればと、これほど強く願ったことはないのじゃが――われわれは暗く困難なときを迎えようとしている。この大広間にいる者の中にも、すでに直接ヴォルデモート卿の手にかかって苦しんだ者もおる。みなの中にも、家族を引き裂かれた者も多くいる。一週間前、一人の生徒がわれわれのただ中から奪い去られた」

「セドリックを忘れるでないぞ。正しきことと易《やす》きことのどちらかの選択を迫られたときは、思い出すのじゃ。一人の善良な、親切で勇敢な少年の身になにが起こったかを——たまたまヴォルデモート卿《きょう》の通り道に迷い出たばかりに。セドリック・ディゴリーを忘れるでないぞ」

ハリーはトランクを詰め終わった。ヘドウィグは籠《かご》に納まり、トランクの上に載せられた。ハリー、ロン、ハーマイオニーは、込み合った玄関ホールでほかの四年生と一緒に馬車を待った。馬車はホグズミード駅までみなを運んでくれる。今日もまた、美しい夏の一日だった。夕方に着くプリベット通りは、暑くて、緑が濃く、花壇には色とりどりの花が咲き乱れているだろう。そう思っても、ハリーにはなんの喜びもわいてこなかった。

「アリー《ハ》！」

ハリーはあたりを見回した。フラー・デラクールが急ぎ足で石段を上ってくる。その後ろの校庭のずっと向こうで、ハリーは、ハグリッドがマダム・マクシームを手伝って巨大な馬たちの二頭に馬具をつけているのを見た。ボーバトンの馬車が、まもなく出発する。

「まーた、会いましょーね」フラーが近づいて、ハリーに片手を差し出しながら言った。「わたーし、英語が上手になりたーいので、ここであたらけるようにのぞんでいまーす」

「もう十分に上手だよ」ロンが喉《のど》を締めつけられたような声を出した。フラーがロンにほほえみ、ハーマイオニーが顔をしかめた。

「さようなら、アリー《ハ》」フラーは帰りかけながら言った。「あなたに会えて、おんと《ほ》によかった！」

ハリーは少し気分が明るくなって、フラーを見送った。フラーは太陽に輝くシルバーブロンドの髪を波打たせ、急いで芝生を横切り、マダム・マクシームのところへもどっていった。

「ダームストラングの生徒はどうやって帰るんだろ？」ロンが言った。「カルカロフがいなくて、あの船の舵取りができると思うか？」

「カルカロフヴぁ《は》、舵を取っていなかった」ぶっきらぼうな声がした。「あの人ヴぁ《は》、自分がキャビンにいて、ヴぉくたちに仕事をさせた」

クラムはハーマイオニーに別れを言いにきたのだ。

「ちょっと、いいかな？」クラムが頼んだ。

「え……ええ……いいわよ」ハーマイオニーは少しうろたえた様子で、クラムについて人込みの中に姿を消した。

「急げよ！」ロンが大声でその後ろ姿に呼びかけた。「もうすぐ馬車がくるぞ！」

そのくせ、ハリーに馬車がくるかどうかを見張らせて、自分はクラムとハーマイオニーがいったいなにをしているのかと、人群れの上にずっと首を伸ばしている。

二人はすぐにもどってきた。ロンはハーマイオニーをじろじろ見たが、ハーマイオニーは平然としていた。

「ヴぉく、ディゴリーが好きだった」突然クラムがハリーに言った。

「ヴぉくに対して、いつも礼儀正しかった、いつも。ヴぉくがダームストラングからきているのに――カルカロフと一緒に」クラムは顔をしかめた。

「新しい校長はまだ決まってないの？」ハリーが聞いた。

クラムは肩をすぼめて、知らないという仕草をした。クラムもフラーと同じように手を差し出して、ハリーと握手し、それからロンと握手した。

ロンはなにやら内心の葛藤《かっとう》に苦しんでいるような顔をした。クラムが歩き出したとき、ロンが突然さけんだ。

「サイン、もらえないかな？」

ハーマイオニーは横を向き、ちょうど馬車道をやってきた馬なしの馬車のほうを見てほほえんだ。クラムは驚いたような顔をしながらも、うれしそうに羊皮紙《ようひし》の切れ端にサインした。

キングズ・クロス駅に向かう帰りの旅の天気は、一年前の九月にホグワーツにきたときとは天と地ほどにちがっていた。空には雲一つない。ハリー、ロン、ハーマイオニーは、なんとか三人だけで一つのコンパートメントを独占できた。ピッグウィジョンは、ホーホーと鳴き続けるのを黙らせるために、またロンのドレスローブで覆われていた。ヘドウィグは頭を羽に埋《うず》めてうとうとしている。クルックシャンクスは空いている席に丸まって、オレンジ色の大きなふわふわのクッションのようだ。列車が南に向かって速度を上げはじめると、ハリー、ロン、ハーマイオニーは、ここ一週間なかったほど自由にたくさんの話をした。ダンブルドアの別れの宴での話が、なぜかハリーの胸に詰まっていたものを取り除いてくれたような気がした。いまは、あの出来事を話すのがそれほど苦痛ではなくなった。三人は、ダンブルドアがヴォルデモートを阻止するのに、いまこのときにもどんな措置を取っているだろうかと、ランチのカートが回ってくるまで話し続けた。

ハーマイオニーがカートからもどり、釣銭を鞄にしまうとき、そこに挟んであった「日刊予言者新聞《にっかんよげんしゃしんぶん》」が落ちた。

読みたいような読みたくないような気分で、ハリーは新聞に目をやった。それに気づいたハーマイオニーが、落ち着いて言った。

「なんにも書いてないわ。自分で見てごらんなさい。でもほんとになんにもないわ。私、毎日チェックしてたの。第三の課題が終わった次の日に、小さな記事であなたが優勝したって書いてあっただけ。セドリックのことさえ書いてない。あのことについては、なぁんにもないわ。私の見るところじゃ、ファッジが黙らせてるのよ」

「ファッジはリータを黙らせられないよ」ハリーが言った。「こういう話だもの、むりだ」

「あら、リータは第三の課題以来、なんにも書いてないわ」ハーマイオニーが変に抑えた声で言った。

「実はね」ハーマイオニーの声が、今度は少し震えていた。「リータ・スキーターはしばらくの間、なにも書かないわ。私に自分の秘密をばらされたくないならね」

「どういうことだい？」ロンが聞いた。

「学校の敷地に入っちゃいけないはずなのに、どうしてあの女が個人的な会話を盗み聞きしたのか、私、突き止めたの」ハーマイオニーが一気に言った。

ハーマイオニーは、ここ数日、これが言いたくてうずうずしていたのだろう。しかしほかの出来事の重大さから判断して、ずっとがまんしてきたようだ。

「どうやって聞いてたの？」ハリーがすぐさま聞いた。

「君、どうやって突き止めたんだ？」ロンがハーマイオニーをまじまじと見た。

「そうね、実は、ハリー、あなたがヒントをくれたのよ」ハーマイオニーが言った。

「僕が？」ハリーは面食らった。「どうやって？」

「盗聴器、つまり虫よ」ハーマイオニーがうれしそうに言った。

「だけど、君、それはできないって言ったじゃない――」

「ああ、機械の虫じゃないのよ。そうじゃなくて、あのね……リータ・スキーターは――」ハーマイオニーは、静かな勝利の喜びに声を震わせていた。「無登録の『動物もどき《アニメーガス》』なの。あの女は変身して――」ハーマイオニーは鞄から密封した小さなガラスの広口瓶《ひろくちびん》を取り出した。「――コガネムシになるの」

「嘘だろう」ロンが言った。「まさか君……あの女がまさか……」

「いいえ、そうなのよ」ハーマイオニーが、ガラス瓶を二人の前で見せびらかしながら、うれしそうに言った。

中には小枝や木の葉と一緒に、大きな太ったコガネムシが一匹入っていた。

「まさかこいつが――君、冗談だろ――」ロンが小声でそう言いながら、瓶を目の高さに持ち上げた。

「いいえ、本当よ」ハーマイオニーがにっこりした。「病室の窓枠のところで捕まえたの。よく見て。触角のまわりの模様が、あの女がかけていたいやらしいメガネにそっくりだから」

ハリーが覗くと、たしかにハーマイオニーの言うとおりだった。それに、思い出したことがあった。

「ハグリッドがマダム・マクシームに自分のお母さんのことを話すのを僕たちが聞いたあの夜、石像にコガネムシが止まってたっけ！」

「そうなのよ」ハーマイオニーが言った。「それに、湖で話したあと、ビクトールが私の髪からコガネムシを取り除いてくれたわ。私の考えがまちがってなければ、あなたの傷痕《きずあと》が痛んだ日も、「占い学」の教室の窓枠にリータが止まっていたはずよ。この女、この一年、ずっとネタ探しにブンブン飛び回っていたんだわ」

「僕たちが木の下にいるマルフォイを見かけたとき……」ロンが考えながら言った。

「マルフォイは手の中のリータに話していたのよ」ハーマイオニーが言った。

「マルフォイはもちろん、知ってたんだわ。だからリータはスリザリンの連中からあんなにいろいろお誂《あつら》え向きのインタビューが取れたのよ。スリザリンは、私たちやハグリッドのとんでもない話をリータに吹き込めるなら、あの女が違法なことをしようがどうしようが、気にしないんだわ」

ハーマイオニーはロンから広口瓶《ひろくちびん》を取りもどし、コガネムシに向かってにっこりした。コガネムシは怒ったように、ブンブン言いながらガラスにぶつかった。

「私、ロンドンに着いたら出してあげるって、リータに言ったの」ハーマイオニーが言った。

「ガラス瓶に『割れない呪文』をかけたの。ね、だからリータは変身できないの。それから、私、今後一年間、ペンは持たないようにって言ったの。他人のことで嘘八百を書く癖が治るかどうか見るのよ」

落ち着きはらってほほえみながら、ハーマイオニーはコガネムシを鞄にもどした。

コンパートメントのドアがスーッと開いた。

「なかなかやるじゃないか、グレンジャー」ドラコ・マルフォイだった。

クラッブとゴイルがその後ろに立っている。三人とも、これまで以上に自信たっぷりで、傲慢《ごうまん》で、威嚇的《いかくてき》だった。

「それじゃ」マルフォイはおもむろにそう言いながら、コンパートメントに少し入り込み、唇の端に薄笑いを浮かべて中を見回した。「哀れな新聞記者を捕らえたってわけだ。そしてポッターはまたしてもダンブルドアのお気に入りか。結構なことだ」

マルフォイのにやにや笑いが広がった。クラッブとゴイルは横目で見ている。

「考えないようにすればいいってわけかい？」マルフォイが三人を見回して、低い声で言った。「なんにも起こらなかった。そういうふりをするわけかい？」

「出ていけ」ハリーが言った。

ダンブルドアがセドリックの話をしている最中に、マルフォイがクラッブとゴイルにひそひそ話をしていたのを見て以来、ハリーははじめてマルフォイとこんなに近くで顔を合わせた。ハリーはじんじん耳鳴りがするような気がした。ローブの下で、ハリーは杖《つえ》をにぎりしめた。

「君は負け組を選んだんだ、ポッター！　言ったはずだぞ！　友達は慎重に選んだほうがいいと僕が言ったはずだ。憶えてるか？　ホグワーツにくる最初の日に、列車の中で出会ったときのことを？　まちがったのとはつき合わないことだって、そう言ったはずだ！」

マルフォイがロンとハーマイオニーのほうを顎《あご》でしゃくった。

「もう手遅れだ、ポッター！　闇の帝王がもどってきたからには、そいつらは最初にやられる！　穢《けが》れた血やマグル好きが最初だ！　いや――二番目か――ディゴリーが最――」

だれかがコンパートメントで花火を一箱爆発させたような音がした。四方八方から発射された呪文の、目もくらむような光、バンバンと連続して耳をつんざく音。ハリーは目を瞬《しばたた》かせながら床を見た。

ドアの下に、マルフォイ、クラッブ、ゴイルが三人とも気を失って転がっている。ハリー、ロン、ハーマイオニーの三人とも立ち上がって、別々の呪いをかけていた。しかもやったのは三人だけではなかった。

「こいつら三人がなにをやってるのか、見てやろうと思ったんだよ」

フレッドがゴイルを踏みつけてコンパートメントに入りながら、ごく当たり前の顔で言った。杖を手にしていた。ジョージもそうだった。フレッドに続いてコンパートメントに入るとき、まちがいなくマルフォイを踏んづけるように気をつけていた。

「おもしろい効果が出たなあ」クラッブを見下ろして、ジョージが言った。「だれだい、『できものの呪い』をかけたのは？」

「僕だ」ハリーが言った。

「変だな」ジョージは気楽な調子だ。「おれは『くらげ足』を使ったんだが、どうもこの二つは一緒に使ってはいけないらしい。こいつ、顔中にくらげの足が生えてるぜ。おい、こいつらここに置いとかないほうがいいぞ。美観をそこねるぜ」

ロン、ハリー、ジョージが気絶しているマルフォイ、クラッブ、ゴイルを――呪いがごた混ぜにかかって、一人ひとりが相当ひどいありさまになっていたが――蹴飛ばしたり、転がしたり、押したりして廊下に運び出し、それからコンパートメントにもどってドアを閉めた。

「爆発スナップして遊ばないか？」フレッドがカードを取り出した。

五回目のゲームの途中で、ハリーは思い切って聞いてみた。

「ねえ、教えてよ」ハリーがジョージに言った。「だれを脅迫していたの？」

「ああ」ジョージが暗い顔をした。「あのこと」

「なんでもないさ」フレッドがいらつきながら頭を振った。「大したことじゃない。少なくともいまはね」

「おれたちあきらめたのさ」ジョージは肩をすくめる。

だが、ハリー、ロン、ハーマイオニーは食い下がった。ついにフレッドが言った。

「わかった、わかった。そんなに知りたいのなら……ルード・バグマンさ」

「バグマン？」ハリーが鋭く聞いた。「ルードが関係してたっていうこと？」

「いーや」ジョージが暗い声を出した。「そんな深刻なことじゃない。あのまぬけ。あいつにそんなことにかかわる脳みそはないよ」

「それじゃ、どういうこと？」ロンが聞いた。

フレッドはためらったが、ついに言った。

「おれたちがあいつと賭けをしたこと、憶えてるか？　クィディッチ・ワールドカップで。アイルランドが勝つけど、クラムがスニッチを捕るって？」

「うん」ハリーとロンが思い出しながら返事した。

「それが、あのろくでなし、アイルランドのマスコットのレプラコーンが降らせた金貨でおれたちに支払ったんだ」

「それで？」

「それでって」フレッドがいらいらと言った。「消えたよ、そうだろ？　次の朝にはパーさ！」

「だけど——まちがいってこともあるんじゃない？」ハーマイオニーが言った。

ジョージが苦々しく笑った。

「ああ、おれたちも最初はそう思った。あいつに手紙を書いて、まちがってましたよって言えば、しぶしぶ払ってくれると思ったさ。ところが、ぜんぜんだめ。手紙は無視されるし、ホグワーツでも何度も話をつけようとしたけど、そのたびに口実を作っておれたちから逃げたんだ」

「とうとう、あいつ、相当汚い手に出た」フレッドが言った。「おれたちは賭け事をするには若すぎる、だからなんにも払う気がないって言うのさ」

「だからおれたちは、元金を返してくれって頼んだんだ」ジョージが苦い顔をした。

「まさか断らないわよね！」ハーマイオニーが息を呑《の》んだ。

「そのまさかだ」フレッドが言った。

「だって、あれは全財産だったじゃないか！」ロンが言った。

「言ってくれるじゃないか」ジョージが言った。「もちろん、おれたちも最後にゃ、わけがわかったさ。リー・ジョーダンの父さんもバグマンから取り立てるのにちょっとトラブったことがあるらしい。バグマンは小鬼《ゴブリン》たちと大きな問題を起こしてたってことがわかったんだ。大金を借りてた。小鬼の一団がワールドカップのあと、バグマンを森で追い詰めて、持ってた金貨を全部ごっそり取り上げた。それでも借金の穴埋めには足りなかったんだ。小鬼たちがホグワーツまではるばる追ってきて、バグマンを監視《かんし》してた。バグマンはギャンブルで、すっからかんになってた。財布を逆さに振ってもなんにも出ない。それであのばか、どうやって小鬼に返済しようとしたか、わかるか？」

「どうやったの？」ハリーが聞いた。

「おまえさんを賭けにしたのさ」フレッドが言った。「君が試合で優勝するほうに、大金を賭けたんだ。小鬼を相手にね」

「そうか。それでバグマンは僕が勝つように助けようとしてたんだ！」ハリーが言った。「でも――僕、勝ったよね？　それじゃ、バグマンは君たちに金貨を支払ったんだよね！」

「どういたしまして」ジョージが首を振った。「小鬼もさる者。あいつらは、君とディゴリーが引き分けに終わったって言い張ったんだ。バグマンは君の単独優勝に賭けた。だから、バグマンは、逃げ出すしかない。第三の課題が終わった直後に、遁《とん》ずらしたよ」

ジョージは深いため息をついて、またカードを配りはじめた。

残りの旅は楽しかった。事実、ハリーはこのままで夏が過ぎればいい。キングズ・クロスに着かないで欲しいと思った……しかし、ハリーが今年、苦しい経験から学んだように、なにかいやなことが待ち受けているときには、時間はけっしてゆっくり過ぎてはくれない。あっという間に、ホグワーツ特急は九と四分の三番線に入線していた。生徒が列車を降りるときの、いつもの混雑と騒音が廊下にあふれた。ロンとハーマイオニーは、トランクを抱えてマルフォイ、クラッブ、ゴイルをまたぐのに苦労していた。しかし、ハリーはじっとしていた。

「フレッド――ジョージ――ちょっと待って」

双子が振り返った。ハリーはトランクを開けて、対抗試合の賞金を取り出した。

「受け取って」ハリーはジョージの手に袋を押しつけた。

「なんだって？」フレッドがびっくり仰天した。

「受け取ってよ」ハリーがきっぱりと繰り返した。「僕、要らないんだ」

「狂ったか」ジョージが袋をハリーに押し返そうとした。

「ううん。狂ってない」ハリーが言った。「君たちが受け取って、発明を続けてよ。これ、悪戯《いたずら》専門店のためさ」

「やっぱり狂ってるぜ」フレッドがほとんど恐れをなしたように言った。

「いいかい」ハリーが断固として言った。「君たちが受け取ってくれないなら、僕、これをドブに捨てちゃう。僕、欲しくないし、必要ないんだ。でも僕、少し笑わせて欲しい。僕たち全員、笑いが必要なんだ。僕の感じでは、まもなく僕たち、これまでよりもっと笑いが必要になる」

「ハリー」ジョージが両手で袋の重みを計りながら、小さい声で言った。「これ、一千ガリオンあるはずだぜ」

「そうさ」ハリーがにやりと笑った。「カナリア・クリームがいくつ作れるかな」

双子が目をみはってハリーを見た。

「ただ、おばさんにはどこから手に入れたか、内緒にして……もっとも、おばさんはもう君たちを魔法省に入れることに、そんなに興味はないはずだけど……」

「ハリー」フレッドがなにか言おうとした。しかし、ハリーは杖《つえ》を取り出した。

「さあ」ハリーがきっぱりと言った。「受け取れ、さもないと呪いをかけるぞ。いまならすごい呪いを知ってるんだから。ただ、一つだけお願いがあるんだけど、いいかな？　ロンに新しいドレスローブを買ってあげて。君たちからだと言って」

二人が二の句を継げないでいるうちに、ハリーはマルフォイ、クラッブ、ゴイルをまたぎ、列車の外に出た。三人とも全身呪いの痕《あと》だらけで、まだ廊下に転がっていた。

柵《さく》の向こうでバーノンおじさんが待っていた。ウィーズリーおばさんがそのすぐそばにいた。おばさんはハリーを見るとしっかり抱きしめ、耳元でささやいた。

「夏休みの後半は、あなたが家にくることを、ダンブルドアが許してくださると思うわ。連絡をちょうだいね、ハリー」

「じゃあな、ハリー」ロンがハリーの背中をたたいた。

「さよなら、ハリー！」ハーマイオニーは、これまで一度もしたことのないことをした。ハリーの頬にキスしたのだ。

「ハリー――ありがと」ジョージがもごもご言う隣で、フレッドが猛烈にうなずいていた。

ハリーは二人にウィンクして、バーノンおじさんのほうに向かい、黙っておじさんのあとについて駅を出た。いま心配してもしかたがない。ダーズリー家の車の後部座席に乗り込みながら、ハリーは自分に言い聞かせた。

ハグリッドの言うとおりだ。くるもんはくる……きたときに受けて立てばいいんだ。

あれは三年前、ある日

佐竹美保

一本の電話が入った。旧知の編集者から、「ハリー・ポッター」シリーズのハードカバー版・改装画の依頼だった。えっ、というのが私の一声。なにしろ私、読んだこと無し、映画も最後まで観きったこと無し。しばらく戸惑いがあったものの好奇心がそれを飛び越えてしまい、承諾に至り、ハリー・ポッターと向き合うことになった。私にとって新しい物語で新しい絵が描けるワクワク感、それに浸っていられたのは束の間ですぐに、全巻すべての装画と各章タイトルカットの膨大な量を短期間で遂行するという恐ろしい事態を実感することに。

版の寸法だけで、デザインもイメージも真っ白の手探り作業がここから始まっていった。最初に世に出る第一巻の使命は、シリーズ全体のイメージ付け、強いインパクト、熟知の読者の目にも、初めての読者の目にも止まるような絵を提供しなければならない事。それを果たすべく、第一巻「賢者の石」を読み、案を出す準備にかかったのだが、モチーフとして、ホグワーツ城の全景とふくろうのヘドウィグが頭にあるものの、なかなか構図が決まらず、着色の方法（画材等）も含めて幾度も再考を重ね、装丁家によるタイトルを組ませてからも描きなおした枚数はかなりになった。これらはすべて手元に残してあり、時々講演に持参し、本作りっておもしろいよ、でもこんなにたいへんだったのよ、と見てもらっている。（なんの自慢にもならないが）最終的に翻訳者の松岡さんの「タテに長いイメージ」という一言が構図の決め手となり、第一巻の表紙絵が出来上がった。城からあふれ出る明かりは、ホグワーツに入っていく子どもたちの高揚感を包み込むように、城下の穴に向かう船には、不安と緊張感が感じられるような明かりを置いた。

そして次なる第二巻「秘密の部屋」の色調は、闇の中の不死鳥の赤みがかったオレンジ。シリーズで装画を続けるには、色調の変化が必要なので、第三巻「アズカバンの囚人」は緑色。

今、三巻目までの三作を見ると、迷いと緊張がありありと出ているのがわかる。そのとき気づいていない絵描きの心の奥底を、絵は時を経ることで露わにしてしまうんだなと思ってしまった。そしてそれが良くわかったのは、第四巻「炎のゴブレット」からの絵がずいぶんと楽しそうに見えるのだ。三巻目までの緊張から開放され、構図もモチーフも自由に好きなように描いているのがわかる。

さて、表紙絵の着彩方法は、透明水彩、不透明水彩絵の具を塗り重ね、色調を深めるために色鉛筆とマーカーを使った（マーカーは本当に便利）。もちろん手彩色なので、幾度かのイギリス側からの直しの事態が起きたときは、いちいち塗りなおしたり、塗りつぶしたりして対処していった（アナログ派のぼやき）。全体を通して、部分的な直しが生じたものの、表紙としての絵が認められたのはとてもおもしろかった。特に「炎のゴブレット」下巻、湖底から出現させた船の型は少しやり過ぎたかなと思っていたので、嬉しくもあったし、弾みがついた。実際にありえないものを、臨場感たっぷりに提供できる楽しさは、この仕事ならではと思っている。この船の絵に関して少し。作業工程で少しつまずきがあり、色を重ねすぎてしまい、背景と船が同一画面で調和せず、ベッタリとした絵になってしまった。悩んでとった行動が、台所で水をかけながらスポンジでゴシゴシすること数分。やがて現れたのは良い感じの空間の景色、そのまま表紙の絵となった。もうひとつどうでもいいエピソードがあって、私は描いた絵をコピーして取っておくことにしているのだが、この原画だけコピーした後それを持って銭湯に行ってしまい、しばらくロッカーの中で待ってもらうことに。湖水でびしょぬれのダームストラングの船は日本の湿気もおびることとなった。

「炎のゴブレット」上巻では、描きあがったものがどうしても納得いかず、同じ構図、色調で新しく描きなおしている。このように自分で好きなように始めると自分のこだわりが出てしまう。私の悪いクセである。

とばして、第七巻「死の秘宝」上巻では、下巻のモチーフをホグワーツ校内の戦いのイメージと決めていたので、対照的な静かなシーンを選んだ。ゴドリックの谷の雪の冷たさを、透明水彩の効果と不透明水彩を指で伸ばすことで表現できたと思っている。この絵でも直しがあり、積もっている雪の量を減らすために、雪をシャーベット状に変えて消したのだが、結局最初の絵でいこうということになる。このときはデータ保存の素敵な存在に感謝感謝。下巻の絵でも私のミスで、奥の窓から昼間の光を差し込ませてしまった。夜間だという指摘があり、ステンドグラスに変えてしのぐという直しの部分がはっきりわかる最後の絵となってしまった。

さてさて、表紙絵とは別に章タイトルにつけるカット（小挿絵）も描くのだが、そのつど原稿を読んでモチーフとなるモノを探り出していった。総数二百七十二点、本になって入ったカットはとても小さいが、実際はそれよりもかなり大きく描いている。もはや老眼と手のこわばりで小さいものが描けないのだ。使ったのは、えんぴつ、薄墨、ペン、グレイマーカー。他社になるがD・W・ジョーンズの挿絵もこれによる。

「ハリー・ポッター」シリーズは、映画等でかなりキャラクターや背景が印象づけられているが、やはりファンタジーは読者のそれぞれの空想と想像で物語の世界をふくらませていってほしいと思う。読者に読まれて現れるハリーの世界は、無限で自在。わたしの絵はそのお手伝いとして、こんな風景もあるかもという絵の中に、あまり顔をはっきり出さないでハリーを小さく置いている。あとの想像はおまかせね、と読者に丸投げしているみたいだが、読書で培う想像力は、現実に生きる中できっと力になってくれると私は信じている。

ダドリーがハリーに絞り出すように言ったことば、

――「おまえ、粗大ごみじゃないと思う」――

動かなくなったドビーの大きな眼、

――星の光をちりばめてキラキラ光っていた――

いろいろな人たちが過ぎていく。

最後にこの場をお借りして、お世話になった装丁家坂川栄治さん、ありがとうございました。

（挿絵画家）

本書は
単行本二〇〇二年十月　静山社刊
携帯版二〇〇六年九月　静山社刊
を三分冊にした3です。

装画　おとないちあき
装丁　坂川事務所

ハリー・ポッター文庫⑨
ハリー・ポッターと炎のゴブレット
〈新装版〉4－3
2022年7月5日　第1刷

作者　J.K.ローリング
訳者　松岡佑子

発行者　松岡佑子
発行所　株式会社静山社
〒102-0073　東京都千代田区九段北1-15-15
TEL 03(5210)7221
印刷・製本　中央精版印刷株式会社

ISBN 978-4-86389-688-8　printed in Japan